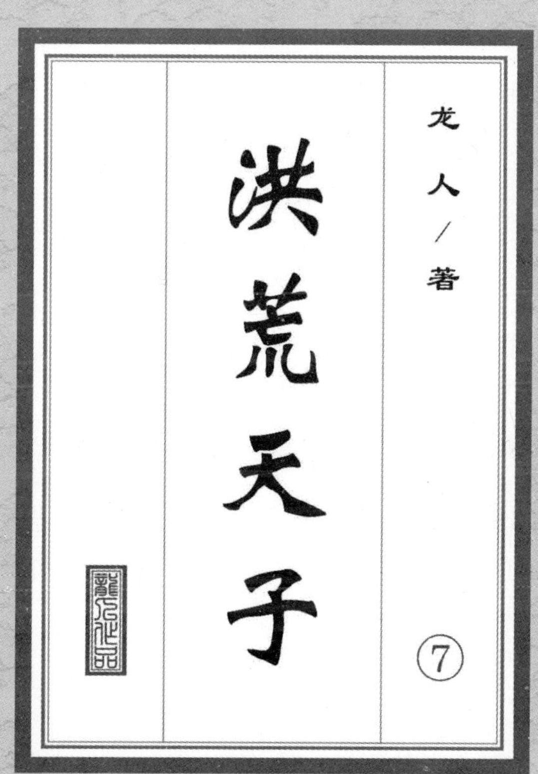

洪荒天子

龙人／著

⑦

二十一世纪出版社集团
21st Century Publishing Group
全国百佳出版社

图书在版编目（CIP）数据

洪荒天子：全10册 / 龙人著. -- 南昌：二十一世纪出版社集团，2017.11

ISBN 978-7-5568-3103-6

Ⅰ. ①洪… Ⅱ. ①龙… Ⅲ. ①侠义小说－中国－当代 Ⅳ. ① I247.5

中国版本图书馆 CIP 数据核字 (2017) 第 243742 号

洪荒天子：全10册　　龙　人 著

责任编辑　敖登格日乐
出版发行　二十一世纪出版社集团
（江西省南昌市子安路75号　330025）
www.21cccc.com　cc21@163.net
出 版 人　张秋林
经　　销　新华书店
印　　刷　北京龙跃印务有限公司
版　　次　2018年2月第1版　2018年2月第1次印刷
开　　本　710mm × 1000mm　1/16
印　　张　160
字　　数　1731千
书　　号　ISBN 978-7-5568-3103-6
定　　价　498.00元（全10册）

赣版权登字—04—2017—745

目录

第九十一章　真假蛟梦

陶莹直爽的表现让轩辕大吃一惊，不由自主地摸了一下被亲的额头，整个人似乎也都轻松了起来，心中自是暗自欢喜，有陶莹这个美人高手助阵自是一件好事，他怎会不乐意？不过，他也有些犹豫："你出来，你爹可知道？"

"没关系，他其实是知道的，只是故意装作不知道而已。"陶莹娇嗔道。

"那太好了，我就收莹莹这个小卒，不过要是一个听话的小卒！"轩辕欢欣道。

"当然是听话的小卒了！"陶莹旋即神色一整，认真地道，但很快又为自己的表情笑出声来。

白夜和竹山诸人皆在大口地喘气，虽然此刻已经杀出重围，但他们却不能不为死去的兄弟致哀。

轩辕放下陶莹，所有人的表情都一丝不漏地收集在脑中，其实，他心中也有些难过，看着自己的兄弟们战死却无能为力，这种感觉的确很不舒服。

陶莹望了望自己刚才逃出来的地方，淡淡地道："你们为死去的兄弟们行个礼吧，没有他们的牺牲，便没有我们活着的幸福，我们定不会让他们白白死去的！"

"是的，我们绝不会让他们的血白流！"白夜和竹山咬牙道。

轩辕表情肃然，所有人的表情皆肃然，陶莹的提议被每个人都接受了，不管是重伤的，还是轻伤的，相互搀扶着向他们突围而出的方向深深鞠了三躬。

这一切的变故都有些出乎人意料之外，蛟梦究竟去了哪里？而这个假蛟梦又是什么人？白夜诸人一时之间失去了主意，他们从未怀疑蛟梦会是冒牌货，或是他们从来都不敢怀疑，若非轩辕，他们大概仍蒙在鼓里。

假蛟梦竟能将蛟梦的声音和举止气势模仿得如此像，任谁都会感到有些不可思议，如果说这人不是与蛟梦接触得极多的人，确让人有些难以相信，但却没有人认识假蛟梦。

轩辕目前所要做的自然是以严刑对假蛟梦拷问，这是没有办法中的办法。事实上，他对这些事情也有些头大，如果这人冒充的不是蛟梦而是别人的话，事情可能会好办一些。他不明白，以蛟梦的能耐，怎会轻易被调包呢？如果说此人早就居心叵测，那他们的目的又是什么呢？难道说便只是为了杀自己？若是如此，在自己昏睡之时下手岂不是轻而易举之事？

轩辕旋又明白，如果那时候下手的话，那这个假蛟梦必死无疑，因为那时他根本就逃不出猎豹和郎二诸人的杀戮。因此，他便只好等上了岸之后与东夷人一起出手，那样便可以稳操胜券，但是他却没有估到轩辕的伤势和功力恢复得如此之快，而且半道上又杀出一个陶莹来，这使得他的计划全都泡汤了。但谁也不能否认，若在正常情况下，假蛟梦的计划确实是能够顺利实行的，遗憾的是一切都不依常规发展，这便注定了假蛟梦的计划会失败。

而轩辕能够发现假蛟梦是经过易容的也并非偶然，若是在几天之前，他或许还真的无法发现这个秘密，但那晚在忘忧谷逗留了一夜之时，歧富所授的小巧之技中便有此一项。因此，他才敢大胆地怀疑蛟梦。不过，替假蛟梦易容之人的易容术显然极为高明。

轩辕的队伍经过了几个时辰的休整，已是第二天，众人元气恢复了不少，但整个队伍所剩却只有二十余人，损失了一大半，不过能够活着的人都是精英。

一大早，叶七便来告诉轩辕，那假蛟梦竟咬毒自杀了，而且没有从这个人的口中得到一点消息，倒是在他的胸前发现了一个刺青图案，图案是一只怪鸟。

轩辕一下子也愣住了，他也没有估到这人竟然有如此狠劲，居然咬毒自杀，确有些出乎他的意料之外，但也更让他增加了一分忧心，若是这人咬毒自杀是他们组织训练的结果，那可想而知这假蛟梦所在的组织将是如何的可怕，但事到如今，也只好走一步算一步了。不过，只凭这假蛟梦能够如此轻易联系上东夷族的人，估计应该与东夷脱不了关系，蛟梦很可能是被东夷人给掳去了。

“去将白夜和姬成叫来。”轩辕沉吟了半晌，才吸了口气道。

“我们已经来了，轩辕有什么事？”白夜诸人显然已经知道了假蛟梦咬毒自杀的事情，全都赶到轩辕这里来了。

“来得正好！”轩辕往营间的地席上一坐，示意众人也坐下。

白夜诸人的神情有些忧虑，但却仍能够保持平静，显然是假蛟梦的死，线索一断，使他们心中生出担心的情绪，自是担心蛟梦的安危。

“我要你们立刻去追上蛟龙和少典神农，要他们暂时不要前往熊城，也不要去常山君子国，因为我们的计划很可能已经被东夷人所知。因此，你们先叮嘱他们随郎氏两兄弟去黄叶族暂住，待看清形势再动。”轩辕吩咐道。

“黄叶族？”白夜惊奇地问道。

“对，我待会儿写封信让你带给郎二，不过，你们必须小心一个人。”轩辕深深地吸了一口气道。

“谁？”姬成问道。

“天祭司！你告诉木青大哥，便说我让他注意天祭司，如果真的出了什么问题的话，宁可错杀也不能任由事态发展下去！”轩辕神情肃然地道。

白夜和竹山诸人一阵错愕，他们根本没有料到所要注意的人竟是天祭司，但此刻他们只相信轩辕，对于其他人甚至是有些不敢相信了。当然，天祭司一直是有侨族所尊重之人，一时之间他们仍无法接受监视天祭司的事实。

“为什么?”姬成问道。

“如果我可以告诉你为什么的话，就会让你们去对付他了，我只是有一种很不好的预感，不过，你们不能对蛟龙说出我的怀疑，只需对木青兄说就行了。”轩辕沉声道。

“那你们呢?”竹山问道。

“我可能要去范林一趟，然后再往熊城，至于今后我们便由龙族战士为我们联系。”轩辕道。

众人一阵沉默。

轩辕在向陶唐氏方向行走之时，竟与柳庄等二十名赶来会合的君子国剑手相遇。显然是因为这群人未能追及轩辕的队伍，也不曾与鬼方的高手相遇，但他们见轩辕和剑奴皆受伤不轻，不由得都吃了一惊，于是一行人返回盖山氏。

跂燕与陶莹相见，似心中有所不喜，轩辕只好安慰几句，但很快便被兴高采烈的盖危给拉了过去，唯留下两女相对。

轩辕却不明白盖危为何如此欢喜，惊奇地问道：“是何事让你如此高兴?”

“首领来看这马，我们想了好几天，终于造出了一个可以横放在马背上固定的东西，这样骑起来，马儿奔跑得再快也平稳如舟，再也不用担心被它摔下来了。”盖危兴高采烈地比画着，轩辕却不明白他比画的是什么，只好被他拉着一路疾走。

“好，好，让我也来试试……”还未走到外面的坡地上，便听得一阵阵喝彩之声响起。

轩辕赶到一看，却是盖危的大儿子盖石在马背上做了几个极为惊险的动作。

盖石这小子似乎由于父亲的遗传，动作轻灵至极，干脆利落，倒的确是个可造的人才，轩辕不由得想到了叶皇和花猛，他觉得盖石和花猛倒挺搭配的，今后有必要让花猛好好调教调教这小子，若是能学好神风诀，那定会更妙。

几个年轻的小伙子竞相上马，那马通体骝青，腰腿粗壮，异常神骏，轩辕似还是首次仔细打量这马。不过，此际马背之上架起了一个古怪的东西，像是马蹄的形状，呈一定的弧度，前后两端凸起，左右是中间高两头顺马背塌下，极为吻合马背的曲线，这古怪的玩意儿以皮革紧裹，更以两条长带扎于马腹之下，想来是为了将之平衡在马背上。而在两条长带之上似还系着两个踏脚的东西，直让轩辕看得一头雾水。

"首领!"众盖山氏的人与几名龙族战士见轩辕来到，不由得忙呼道。盖山氏的人也都叫轩辕为首领，显然已将自己当作龙族战士的一分子了。

轩辕向众人点了点头，马背上的盖石一个漂亮的翻身落下马来，牵着那青骝马来到轩辕身边，兴高采烈地道："首领，看我们为马弄的装备。"说着伸手拍了拍马背之上那古怪的玩意儿，又接着道，"这东西可还真管用。"

"是吗？这是什么东西?"轩辕伸手摸了摸那以皮革相裹的怪东西，问道。

那青骝马见到轩辕，也似乎极为欢喜，亲热地以马头与轩辕摩擦，还伸出大舌头舔着轩辕的脸，众人不由得都笑了起来。

"还没起名字呢，不过，这是以唐山软木雕成的，且用了一层厚厚的皮帛和棉团包起来，否则若是跑起来定将马背全都磨破，而包有皮棉，也使人感到更平稳一些。我们正等首领起个名字呢。"盖危微有些自豪，介绍道。

轩辕用手拉了拉，因两根长带子的原因，那怪玩意儿竟贴得极紧，便像是生于马背之上的怪物。"这带子是什么东西做成的?"轩辕望了望那非丝非帛的带子，奇怪地问道。

"这是砻璐皮所制成的，坚韧无比，便是普通刀剑都难断它，别看这样两条带子，却足可承受千斤重物。因此，有它绑着这玩意儿，定不会掉下来。”盖危介绍道。

轩辕似乎有些惊讶，拉了一下那两根带子，似乎仍有些弹性，比之牛筋还要坚韧许多。轩辕用脚踏了一下那铁镫，整个身子的重量都放上去，但那铁镫竟没有半点变形，可见其稳定性和平衡性的确已经很好了。

希聿聿……青骝马引颈一声长嘶，声裂云霄，高昂至极，众人皆为此声马嘶激得热血上涌。

“好!”轩辕一声长笑，踏蹬而上，一带缰绳，坐上那古怪的东西，顿觉如坐于虎皮椅上，感觉极为轻松。

青骝马一感轩辕上背，立刻再次长嘶，撒腿便跑。

盖危倒吓了一跳，青骝马已自他头顶一跃而过，如一缕青烟般，瞬间消失在所有人的视线之中，唯留这群人望着轩辕消失的方向静静发呆，似乎谁也没有料到，这青骝马竟有如此速度，显然刚才那么多人骑它之时，只是小跑一阵，根本就没有显出其真正的实力。

“好快的速度!”盖危惊愕地赞道。

“太好了，真是太好了，如果我们能将那满山谷的野马全部抓来，一人一匹，那岂不是可以漫山遍野地跑而无人能够追及？那时候，什么狗屁战鹿、战牛，全都要靠边站了!”盖石一声怪叫，欢喜地呼道。

众人不由得莞尔，但事实确实如此，以青骝马的速度，那些战鹿和战牛在负人的情况下如何能比？而刚才青骝马一声长嘶，连他们都心神摇曳，何况是别的动物？

盖危禁不住对未来也充满了憧憬。

约莫一盏茶时间，众人又听到一声长长的马嘶，远处的山坡上出现了一个很小的黑点，很快那黑点又出现在另一个山坡之上，然后越来越大，迅速地出现在众人的身前，青骝马与轩辕同时长啸，马一立而起，两只前蹄在空中连踏数踏，气势逼人，轩辕更自空中飘落，状若天神。

“好！痛快!”轩辕一落地便忍不住欢喜地赞道。

青骝马立刻被盖石牵住，众人是越看越爱，越爱越看。

轩辕也爱怜地伸手一拍马背，喜道：“得此神物，天下谁还能抗衡？

我要让龙族战士每个人都拥有一匹如这样的战马，那时候纵横天下谁可匹敌？”

“恭喜首领能得如此好马！”众人见战马神骏之状，不由得都过来道贺。

“首领给这东西起个名字吧。”盖危指了指马背之上的玩意儿，欢悦地问道。

“横于马背安于泰山，就叫它马鞍吧，而这个踏脚之物自是马镫。”轩辕也是兴致勃勃，雄心壮志。

“马鞍？马鞍？”众人低念了几遍，都欣然地接受了这个新词。

“盖危兄，我要你用它为我带回千千万万头战马，那时候别说氿曲，就是整个鬼方我们也可以用马蹄踏平！”轩辕重拍盖危的肩头，语重心长且豪气干云地道。

“首领放心，盖危定竭尽全力为龙族猎获到最好的野马！”盖危也被轩辕之语激得热血上涌，慨然道。

此时，歧燕和陶莹竟相携而来，两位人比天仙的绝色美女使轩辕和所有人都看呆了，让轩辕发呆的是歧燕和陶莹竟似亲若姐妹般，似乎根本就不存在一点芥蒂。

“你们？”轩辕惊讶地问出一半，却被歧燕打断了反问道：“我们怎么了？”

轩辕望了望歧燕那娇憨之状，又望了望陶莹似有得色的样子，却不明白陶莹是用了什么手法使得歧燕如此快地接受了她，但他心中却极为欢悦，道：“你们还不快过来给我抱抱？”

歧燕和陶莹哪想到轩辕所说的竟是这戏谑之言，而且当着这么多人的面，陶莹还好一些，但歧燕脸嫩，便有些吃不消了，正要娇嗔出口，却被陶莹一拉。

“过来就过来，还怕你这暴君不成！”陶莹毫不在意，一拉歧燕，便向轩辕靠来。

歧燕似乎是因为陶莹的原因，竟也毫无羞怯地走了过来。

轩辕自然是大方地将两女揽入怀中，道：“来试试我的好坐骑。”

陶莹当然见过这种神骏至极的野马，只是她从未想过这东西能成为坐骑，不由得为之雀跃。而跂燕虽然早就试过马背上的滋味，却并未试过这般装备的战马，见轩辕兴致如此高昂，也是心动至极。

“燕姐，你先上!”陶莹推了跂燕一下，笑道。

“还是你先吧，我早就试过，我想这头马比起你的青牛定会更有另一番滋味。”跂燕竟客气地推让起来。

“那小妹便不客气了。”陶莹说完喜滋滋地接过缰绳，一跃即上马背，身形之优雅，只让众龙族战士大声叫好。

陶莹纵缰跃马而去，唯留下一片尘埃让众人观瞻。

“燕妹想不想回范林?”轩辕突然问道。

“当然想，我们什么时候回去?”跂燕一听有机会回范林，哪还会不大喜过望?似有些迫不及待了。

“看把你急的，我们明日便起程。”轩辕打趣道。

“太好了!”跂燕欢呼雀跃之中奔向带马回驰的陶莹，让轩辕大感好笑。

“太好了，我也要你去给我弄一匹，我那宝贝牛儿送给别人好了!”陶莹一阵欢呼，自马背上跃下，疾步跑到轩辕身边，撒娇似的道。

跂燕却接过马缰乘骑而去，也不管陶莹与轩辕那亲热的样子了。

“是吗?”轩辕好笑地问道。

“当然，我从来没见过比它更快更平稳的坐骑，而且这马比我那青牛灵活多了，无论是弹跳还是奔走，绝对是最好的，若是在马背之上配以长枪，那敌人根本就来不及阻挡便会被挑倒一片，长枪配以高速的马，这一击的力道即使是功力高你一筹的对手，只怕也会吃不消了。”陶莹赞不绝口地道，在牛背之上，她是一个挥洒自如的高手，若能将牛换成马，那无论是速度、韧劲，抑或平稳方面都是不可同日而语的，令骑者更将如鱼得水。陶莹是一个惯于乘骑出手的高手，自然会自战斗方面去考虑坐骑的用途。

轩辕和盖山氏诸人禁不住眼睛大亮，他们还从未想到这马与战争的实际联系，还未想到将马本身最大的优势发挥到战场上去，经陶莹一提醒，顿时若拨云见日般一阵明悟。

“好，乖莹莹，你这个想法太好了，我这匹马就送给你，而你便教我的兄弟们在马上使枪杀敌，如何?”轩辕激动得双手搭住陶莹的香肩，欢喜地问道。

陶莹一呆，有些不敢相信似的，问道：“真的就将马给我了?”

“当然，你知道你刚才的话有多么重要吗? 就因你这一句话，我可以训练出一支天下无敌的大军，区区一匹马又算什么?”轩辕仍忍不住激动。

“那你呢?”陶莹有些不好意思。

“我可以再去抓几匹野马将之驯服，将来我们还会拥有千万匹战马呢!”轩辕豪气干云地道。

“不，我还是等你抓回马后再要吧，否则对燕姐可不好交代。”陶莹狡黠地一笑。

轩辕也一呆，旋与陶莹相视而笑，半晌笑罢，方向周围的人人声道：“大家准备一下，我们立刻去猎捕野马!”

众人一听，不禁一阵欢呼，迅速向城外跑去。

陶莹也大喜。

由于此番高手众多，又有青骝马，因此猎马行动竟出奇的顺利。

事实上盖山氏的兄弟们每天都在监视着马群的动向，轩辕的这番猎马提议的确正合众人的心意，是以所有人都极为卖力。

行动结束，竟猎回了十余匹极为神骏的野马，最妙的却是青骝马竟带回了一匹乌炭似的母马，此马全身乌黑发亮，没有一撮杂毛，只让跂燕和陶莹诸女大喜过望。

这是盖山氏有史以来从未有过的收获，虽然有两名兄弟被野马踏伤，但却无法掩饰众人内心的喜悦。事实上，众人久久未曾自与万马同奔的壮烈气势中回过神来，那确实是一个难忘的记忆。陶莹和跂燕从来都没有想过会有这么一天这么一场奇遇，众龙族战士也大叫不虚此行。

白天便在这欢喜的氛围之中迅速过去，轩辕却决定翌日一早便回范林一趟，他必须将龙族战士的问题先解决，至于虎叶和蛟梦的事情也只能先放到一边。以他目前的力量，仍不足以单独与鬼方或东夷抗衡。

陶莹自然不愿与轩辕分开，何况她自陶唐氏私自跑出来已得了陶基的默许，更是没有任何顾忌。

轩辕此刻的伤势已经痊愈，剑奴的伤势也已好了个七七八八，没有什么大碍。

晚上的狂欢进行到二更便已接近尾声，跂燕似乎是想到明日便可以回家见亲人，因此极乖，早早地便睡了，倒是陶莹和轩辕诸人没有多大的睡意。

轩辕曾听说陶莹有早睡的习惯，今夜竟快近三更了仍不休息，不由奇怪地凑过去问道："莹莹，你怎么还不休息？你不是习惯早睡吗？"

陶莹却白了轩辕一眼，没好气地道："燕姐将你交给我了，你不睡我敢睡吗？"

轩辕一听可真乐了，厚着脸皮小声问道："那便是说莹莹今天会伺候我睡觉啰？"

"去你的吧！"陶莹终于脸红了，旋又扑哧一笑，"难道我还会怕你不成？"

轩辕心头大动，一把搂过陶莹，笑道："好，这可是你说的，那咱们现在就去睡觉好了。"

陶莹大窘，欲推开轩辕的怪手，但却无能为力，半晌，才急促地喘息道："给我留点面子好吗？"

轩辕大感好笑，改牵陶莹的柔荑，问道："这样行了吧？"

陶莹温驯地点了点头，只好迅速自混乱的场面中抽身退出，心中却充满了异样的刺激。

跂燕果然并不在轩辕的房间中，而是在她自己那个单间里，这是盖山氏为轩辕所独设的一个小院，本来剑奴也住在这个小院中，但今日剑奴也知趣地退出了，如今这个院子中大概只剩下轩辕及邻间的跂燕。

院子并不大，但却有一道土墙相隔，院子之间植有四棵大树，地处盖山氏住户的正中心，也算是极为清幽了。

房间早有人为之点亮了火把，盖山氏的人对轩辕的照料极为细心，这一点是毋庸置疑的。每天都会将房间打扫得十分干净，那石木结构的墙壁和屋顶也清理得很洁净，床上更是铺得软绵至极，这本就是盖山氏最好的房子。

屋子之中唯剩下轩辕与陶莹相对。

“好莹莹，他们已经准备好了沐浴之水，你要不要一起来？”轩辕一把搂住俏脸通红的陶莹，柔声问道。

“不，不，不！”陶莹忙推开轩辕，慌乱地道，“你去洗吧，我在这里等你好了。”她似乎已经意识到了什么。

轩辕不由得欢笑着独自行入浴室，他知道陶莹仍然脸嫩，不宜太过相逼。

轩辕自浴室中出来，陶莹却已经不在房中，门却是开着的，他不由得微讶，而此时却听得跂燕的房间里传来了一阵低语之声，他哪还不明白陶莹去向跂燕求助去了？不由得暗笑，只穿了一袭短裤便出门推开了跂燕的房门。

“谁？”跂燕和陶莹似乎都吓了一跳。

“还会有谁呢？你们俩今晚谁陪我？”轩辕反问道。

“当然是莹妹了。”跂燕拥着薄被坐起，露出无限娇好的上身，春光入目只让轩辕欲火大腾。

陶莹乍见轩辕赤身而进，脸儿更烫，竟不知道该说什么。

“莹莹还不快过来？”轩辕快步走过去一把拉住陶莹的手，跂燕却咯咯笑了起来，道：“看我们这么急色的夫君啊，莹妹，今晚他就交给你了。”

“谁说的？今晚你也不能少。”轩辕真的做出了一副色急之状，将陶莹横抱而起，却放到跂燕的软榻之上，而他更不客气地爬上了大榻。

“不，不，不行……”陶莹慌忙坐起。

跂燕却一下子把陶莹搂住拉倒在床，笑道：“好夫君，快对莹妹使坏！”

陶莹大窘，羞急地抗议道：“门……门还没关上呢……”

跂燕和轩辕不由得大感好笑。

轩辕并没有真个睡着，虽然刚才抵死缠绵，但他并没有半丝疲劳之感，反而更觉得心神飞跃。他想到了雁菲菲和那已出世却未曾见过面的孩子，心中便有一丝说不出的歉意。他在异乡风流快活，唯雁菲菲独守姬水凄苦无依，他恨不得插上翅膀飞回姬水河畔，将之搂在怀中抵死缠绵。可是，现实却不允许他这样做，而且也是不可能的，自此地回姬水没有一个月的时间绝无法抵达，或许有了青骝马之后，可将时间缩短半个月，可是半个月的时间确会发生许许多多意想不到的事情，唯望木青能替自己跑一趟。

他决定日后一定要加倍补偿她母子俩。

陶莹和跂燕皆如八爪鱼似的将轩辕缠着，都睡得极沉。想到两女刚才在身下狂呼乱叫的俏模样，轩辕不由得再次涌动起一股强烈的欲望，忖道：“若菲菲能在这里便好了，或是琼儿和褒弱。是啊，燕琼和褒弱现在怎样了呢？她们会不会跟叶皇和柔水他们一起去范林呢？还有桃红。桃红最善解人意了，而蛟幽何尝不善解人意呢？”想到蛟幽，轩辕心中一阵隐痛。

“嗯……”跂燕翻动了一下身，似乎是被轩辕再次升起欲望时的生理反应给惊醒了，但却故意闭眼装作未醒之状。

轩辕怎会不知跂燕已醒？只凭她那逐渐发烫的胴体便可清晰地感觉到，但跂燕既装没醒，他也故意做梦呓状喃喃道：“燕妹，我要你……你……”说话间，一只手不经意间搭在薄被之下跂燕那丰腴而坚挺的乳房之上。

跂燕的身子忍不住颤了一下，显然以为轩辕只是在做梦，说梦话，但仍忍不住被激得情欲奔放，浑身发烫。一对玉手禁不住在轩辕那刚铁般结实凸起的肌肉上轻轻移动，想着刚才所带来的快乐，更是欲火无法自控。

当跂燕的手摸到轩辕下身时，轩辕再也无法装傻了，身子轻翻，在跂燕未来得及惊讶之时，便已压在她的身体上……

“嗯……”轩辕的动作实让跂燕有些意外，但却只有欣喜，轻哼一声，便反将轩辕抱得更紧。

轩辕想到那可怜的雁菲菲，禁不住对身下跂燕的动作更为猛烈。

狂风暴雨中，跂燕再也控制不住地狂呼乱叫起来，如身坠云端雾里，只知道拼命地迎合着。

轩辕却有另外一种完全不同的感受，他竟感到体内那股并不属于他的生机再一次活了过来，并随着身体的运动和精神的刺激变得狂野，却并不对身体有任何的冲击，而脑子似乎更为清晰，甚至似感应到一个遥远的地方有人在呼唤他、思念他，心神仿佛飞越到了另外一层空间之中，宁静、平和、空荡而又虚渺。

周围的一切都变得更为清晰，每一寸肌肤都似乎可以捕捉到来自四面八方的信息，思感更已越出这春意盎然的屋子，向四面八方延伸。院子外的东西也似乎变得实在起来，包括邻院中熟睡之人的呼吸声，虫蚁的爬动声，数十丈之外马的嘶声，风声……一切的一切都显得那么清晰。

轩辕更知道，陶莹醒了，不仅醒了，更似乎也再次春情勃发起来，在跂燕销魂蚀骨的声音刺激之下，若再不醒来且不动情，那实是骗人。

轩辕在跂燕狂哼一声之时，以最快的速度翻上陶莹动人的胴体。

“不要！”陶莹象征性地伸手挡了一下……

陶莹早已春情勃发，哪堪如此刺激？也不知天高地厚地迎合着，似乎忘了自己是刚经人道的处子之身。

两人火热的激情以最狂野的形式演绎出来，响起了急促的喘息声，若院子中还有人，一定能够听得一清二楚。

轩辕从未找到过今日这般感觉，心神竟可以完全与欲望分开，去感受另外一片天地。虽然往日在欢好之时灵觉会强上许多，但却从没有像这次一般似已超脱时空，对遥遥存在的精神异力也似乎可以感觉到，可以说他的整个人在此时已分成了三个部分——精神、思感和肉体。这一切都分得如此清晰，像是完全脱离了三个不同的个体，但又以他为中心紧密结合起来。

突然，轩辕身子一震，陶莹已陷入了一种疯狂的兴奋中，几到半昏迷之状，自然感觉不到轩辕的异常反应，只是仍疯狂地迎合着。

轩辕蓦地加剧动作幅度，陶莹便很快如一摊烂泥般软倒在榻上，四肢却仍死死地缠住轩辕。

“宝贝，好好休息，我先出去一会儿，立刻回来。”轩辕拉开陶莹相缠的玉臂，亲了香汗淋漓的陶莹一口，柔声道。

陶莹乖乖地点了点头，此刻她连动一根手指的力气都没有了。而跂燕也是疲惫至极，竟已沉沉睡着了，陶莹那么粗重的喘息和呼叫竟也没有唤醒她。

轩辕顺手摸了跂燕几把，披衣而出。

他的思感一直在延伸，竟可以在情欲之外仍可保持这般高度的灵觉，实让他感到极为欢喜，不过，他的感觉一直紧锁着二十丈外的一棵古树。

月色昏黄，轩辕脚步加快，当他身形出现在院外之时，那古树之上一道黑影却向山下电射而去。

轩辕无法看清那人的面目，或许是因为一开始这个人便未曾与他照面，但这个人能够感应到轩辕发现了他，单凭这一点，便可知此人绝不简单。

轩辕并无意追赶，他只是担心跂燕和陶莹的安危，若在平时，陶莹自保应没有任何问题，但现在却不行，只怕被人抬走了也不知道，所以他驻足没有追击。

那黑影才掠出十余丈，也突然停住身形，他似乎感觉到轩辕无意相追。不过，他的停身却并不是因为这些，而是因为他的前方静静地立着一道人影。

强大的杀气让他不得不驻足。

“朋友何必如此来也匆匆去也匆匆呢？不如入内一叙吧？”那挡住神秘人去路的人正是剑奴。

事实上，几乎没有多少人比剑奴拥有更好的警觉性，当初轩辕和帝恨偷上东山口之时，在剑奴面前似乎根本无法遁迹。

而剑奴那超凡的警觉性正是留守东山口的必备条件，此刻他能警觉这神秘人的存在并不意外。

轩辕悠然嘘了一口气，有剑奴出手，他会省去许多心力。

那神秘人对剑奴拦截在他的前方似乎感到极为意外，但他却知道，以他一人之力，若是继续待在这里必会是死路一条。若引来了其他高手围击，他哪还有命在？何况尚有一直立于坡顶的轩辕的虎视眈眈。想到这里，他不由低吼一声：“好意心领！”便夹着一股强风向剑奴扑到。

剑奴冷哼出剑，虽然他感到眼前的对手绝非一个好对付的角色，但这更激起了他的斗志，而且他似乎完全明白这神秘敌人的心思。因此，他绝不会让其达成走脱的愿望。

轩辕的身子禁不住一阵轻震，脑子之中竟涌起一股热血，是因为那神秘人的声音太熟悉了，哪怕对方便是化成灰，他也不能忘记这声音，但他几乎不敢相信这是事实，不由一声悲啸，杀机狂涌，冷喝道：“想不到你居然还没有死，今日我就让你这恶魔永不得超生！”

叮……剑奴与那神秘人抗击了十余招，双方都奈何不了对方，但那神秘人自是不可能逃脱了。

“让开！”轩辕如风影一般插入剑奴和那神秘人之间，向剑奴低喝道。

那人竟猛然倒退三步，是因为来自轩辕身上那股浓烈如酒的杀意，使夏末的夜晚变得凉意逼人。

神秘人蒙面的黑巾无风自动，倒像他的鼻孔是一个风箱。

“地祭司，摘下这些没用的掩饰受死吧！”轩辕的声音犹如自千年冰窟中传出。

那神秘人的眼里闪过一丝惧意和惊讶，虽是在黑暗之中，但却无法瞒过轩辕的目光。

轩辕未语，目光却投上了深邃而无法揣度的天空，像是陷入了一个遥远的空间之中。

月光昏黄而朦胧，那半圆的实体如一块被天狗咬碎的银盘，浅色的云，深色的天，几点星光寒寒地闪烁着，使得夜幕更加深沉。

杀机，如一道寒流，漫过每一寸虚空，轩辕昔日心头的每一点记忆都化成涌动的思潮，沉重地漫过每一个细胞成为无法抹去的仇恨。

这一切，就只因为一个人——那就是眼前的神秘人地祭司！

轩辕绝对可以肯定眼前之人便是有侨族曾经的地祭司，也即他为之隐忍了十年的大仇人，只是他完全没有料到会在这里遇到这个大仇人，而且身中剧毒沸灵子汁居然没死。

这或许是天意，轩辕的目光自天空中缓缓回落至地祭司的身上。

神秘人一阵怪笑，伸手揭下自己的蒙面黑巾，露出一张苍白的脸庞，正如轩辕所猜，此人正是有侨族的地祭司，只是比之一年前已经消瘦了很多，而且面目更为阴沉。

轩辕笑了，是残酷而冷厉的笑，此刻他再非昔日的轩辕，要杀地祭司只是轻而易举的事，但他却要让地祭司慢慢地死去。十年的仇恨，若是让对手痛快地死去，那实是太过便宜他了，是以轩辕的笑容很残酷，也让人心寒。

“小子，今日老夫之来并不是与你搏命的。”地祭司突然淡淡地道。

“但今日我却定要取你狗命。”轩辕不屑地道。

“哼！”地祭司悠然放松，竟似乎完全不在意轩辕会对他发起强大的攻势，一举将之击毙，事实上，轩辕也有这个能力。

轩辕心中微感讶异，但仇恨在他心中已根深蒂固，无论地祭司怎么表现都不会消除他心中的恨意。不过，他并没有立即出手，他倒要看看对方能够弄出什么花样来。

“我想与你进行一场交易。”地祭司一副不怕轩辕不上钩的样子，悠然道。

“你认为你有与我谈交易的资格吗?”轩辕冷然反问道。

“交易是不讲资格的，只要有足够的条件。”地祭司似乎明白自己的武功与轩辕有一段差距，是以他的态度表现得极为温和，没有丝毫的慌张，让人觉得他的确有恃无恐。

第九十二章　鬼方祭司

轩辕眉头一掀，眼中厉芒暴射，冷笑道：“看到你，任何交易我都提不起兴趣，无论你的条件如何，我只需送你下地狱，自会有人再来找我谈，所以你就受死吧！”

地祭司大骇，轩辕说打便打，而且竟不让他将话说完便已出招，在刀光亮起之时，他禁不住大喝一声：“且慢！”

轩辕的刀顿住，却只距地祭司咽喉三寸许，若是轩辕稍一用力，地祭司便立即身首异处了。

轩辕目光冰冷得不含半点感情，瞪着地祭司，杀机不减：“我可以让你在死前说两句话！”

“难道你不想听听是什么交易？”地祭司身上渗出一阵阵冷汗，急问道，刚才他竟没有出手，事实上他在心神松弛的状态下根本就来不及出手相阻轩辕这一刀，因为刀速实在太快，而且全无征兆，话音一落，便已至他面门，他如何能躲？

“一句！”轩辕声音冷得刺骨。

地祭司脸色顿时更加苍白，他明白轩辕杀他之心是如何坚决，几乎没有任何人可以改变。他禁不住深深吸了口凉气，感受着刀锋散发出的寒意，道：“我知道蛟幽在哪里！”

轩辕浑身一震，杀意锐减，难以置信地盯着地祭司，锋锐的目光几乎深深地透入地祭司的灵魂中。

地祭司几乎无法承受轩辕目光带来的压力，那深邃锋锐的眼神像是撕裂了现实的宇宙，将他引入了一个让他惊惧的世界，犹如赤身立在洪荒大漠之中，那种孤独使他感到一阵阵绝望。

地祭司实难相信这是人的目光，禁不住合上眸子，不敢与轩辕对视，但却隐隐感到轩辕的目光如一柄冰刀般划在他的脸上，但利刀却并未割开他的咽喉。

当然，地祭司绝不会傻得以为轩辕肯放过他，只不过是轩辕被他的话给镇住了，这只是暂时的。

"她在哪里？"轩辕冷然问道，声调没有半点缓和。

"我可以告诉你，甚至可以将她送到你的身边，但这只是交易的一部分，如果你不答应我的交易，我绝不会告诉你！不过，我也不防将我的筹码说出来，那便是你的亲生父亲和你最爱的人蛟幽！"地祭司此刻是有恃无恐了，自轩辕的话语中不难听出，他对蛟幽仍是情深意切。

轩辕再次掩饰不住内心的震动，目射奇光，半晌才微微平息内心的震荡，问道："我父亲是谁？"

轩辕的语气平静得让地祭司有些惊讶。

"如果我以这两个条件交换，你认为这笔交易可做否？"地祭司不答反问道。

"说吧，你想与我交换何物？"轩辕收回利刀，嘘了口气，淡然问道。

"河图洛书！"地祭司目光之中闪过一丝神采，悠然道。

轩辕并不吃惊，只是冷冷地回答道："我并没有什么河图洛书。"

"但是你一定可以拿到它。"地祭司肯定地道。

"哼，你也太高估我轩辕了。"轩辕不以为然地道。

"如果连你也得不到河图洛书的话，只怕这个世界上没有任何外人可以得到它了。"地祭司也对轩辕的话不以为然。

"别忘了尚有东夷和三苗在虎视眈眈，且不说你鬼方，你又凭什么认为我可以独得河图洛书？何况你们也太小看龙歌和圣女凤妮了。"轩辕漠然道。

"我自然不会忘记他们，更不会小看龙歌和圣女凤妮，但是我不相信他们能够斗过你。事实上，我没有必要与你在这个问题上争执，我要的是河图洛书，你要的是完好无损的蛟幽和生父，我不管你用什么手段，只要能夺得河图洛书，他们便会重归你的身边！”地祭司冷然道。

“我想知道我的生父是谁，我怎么知道你不会只是在耍花招？”轩辕杀机再起，冷然问道。

“我可以告诉你你的生父是谁，但你不要妄想可以救出他。其实，这在有侨族中并不是什么大秘密，稍稍年长之人都清楚。你的生父乃是少典王虎叶，而少典神农乃是你同父异母的兄弟！”地祭司淡淡地道。

“什么?!”轩辕不敢置信地愕然问道。

“正因为你的父亲是有侨族的宿敌虎叶，所以你爷爷才会被气死，甚至不再理会你母亲，族人也缄口不提此事。而蛟梦更是对虎叶恨意深种，因为他也曾喜欢你的母亲，如果你不相信可以去问蛟梦。假如我没有猜错的话，木青那小子应该也是知情者，至于其他的毛头小子便如你一般不得而知了。”地祭司吸了口气悠然道。

轩辕感到一阵难以适应，虎叶竟是他的生父，少典神农竟是他的亲哥哥，这是多么不可思议的事情啊，这一切来得竟是如此突然，几乎让他一时之间无法接受。这十余年来，他无时不在期盼着得知生父的消息，但一旦突然得知，却又有些无法适应。

地祭司很想杀死这个可怕的对手，但是他却不敢动手，尽管此刻轩辕有些魂不守舍，可是他根本就不敢冒这个险，一个不好，可能真会将自己的命给赔进去。因为旁边尚有剑奴虎视眈眈，刚才他试过剑奴的武功，应在他之上。

剑奴只是因为伤势未愈，否则以地祭司的武功实不是剑奴之敌。

当然，轩辕此际虽然心神已乱，但并不代表他没有反击之力，地祭司早知道轩辕的传闻，便连鬼三和曲妙、土计这般绝世高手也在轩辕手中吃了亏，他哪还敢去冒险？

“你究竟是什么人？”轩辕突然问道，神情又恢复了极度的冷漠。

地祭司不由得一怔，但旋即明白轩辕所指，不由笑道：“我乃血鬼部二首领，鬼三的大师侄是也。当初正是我师叔鬼三救了蛟幽，更是由我将蛟幽带回鬼方，我也没有隐瞒你的任何必要。蛟幽此刻便在荤育宫，只要你一得河图洛书，我们便可一手交人、一手交货，这可算是公平交易，就算你获得其中之一，也可与我交换其中一人，这想来已是够对得起你了。”

“好，你滚吧，今日便饶你一命，但我也绝不会放过你的!”轩辕沉声道。

“哈哈……”地祭司笑了笑道，“在交易完之后，我们便是生死大敌，那时候我也不会放过你，而我更非一个有仇不报之人!”

“休要啰唆! 若是我得到河图洛书会让人与你联系的，在这期间你们如找上门来，我也照杀不误。若蛟幽和少典王有个三长两短，我发誓定将鬼方赶尽杀绝!”轩辕冷冷地道。

地祭司不屑地一笑，他自不相信轩辕的话，事实上轩辕还没有这个能力。不过，他不屑争辩，转身便向山下掠去。

“圣王!”剑奴担忧地叫了一声。

“回去休息吧。”轩辕吸了口气道，此时盖山氏的许多人也都被惊醒了，但见轩辕和剑奴回来，也都不明所以地再去休息。

次日，范林那边竟调派了百余名战士前来盖山氏，想来是收到轩辕手谕，便立刻派人来了。轩辕留下一半人，而他自己则领着另一半刚来自范林的龙族战士及郎大这群战士和柳庄、剑奴诸人护着盖山氏的老小妇孺前往范林，也有些妇人并不愿意离开，这自然由她们自己决定。

轩辕同时派出十名君子国剑手带着他的手谕前往常山，让百合、丁香和思过诸人配合陶唐氏的百名工匠兴建大本营，加强防范。当然，保护好常山的根据地自然也是一件极为重要的事，那亦是他将来征战天下的本钱之一。

轩辕在回范林途中还带着陶莹去了一趟忘忧谷，请求木神说亲，而后也顺道去陶唐氏向陶基和唐宽及陶莹众娘亲问好，陶莹也只好跟着相陪。

陶唐氏众人自是欢喜，几乎已经认定了轩辕这个乘龙快婿。事实上，轩辕近来的影响的确很大，使得陶唐氏这群不甘寂寞的人也看到了一些曙光，便连三苗的颛臾大主祭都对轩辕另眼相看，可见轩辕确有过人的魅力。何况陶唐氏的一些长者们早已暗地里接受了轩辕，只凭轩辕当日在酒席间所表现出来的风度就让他们为之折服，且又有木神在背后撑台，如此人物，实当得陶唐快婿。

当然，陶莹私随轩辕而去让人有些惊讶，这个平时娇弱的二小姐竟有如此决断，且毫无娇女之弱质，实让众长者感到欣慰。

陶基似乎对陶莹极为放任，便是陶莹欲随轩辕去范林也不相阻，反而遣数名高手护送，实让轩辕感到有些意外。

不过，轩辕心中大喜，这等于得到了陶唐氏的公然支持，自是一件大喜事。

陶莹更带着轩辕来向陶宗陪礼道歉，当日轩辕在忘忧谷外与陶宗比武胜出自是得罪了这个骄蛮的人物，但陶宗却是陶莹的亲叔叔，轩辕这个未来的娇婿怎能不来陪礼道歉？尽管当时他并没有错。

陶宗对轩辕确是有些恨意，但被他宠坏的侄女拉着轩辕来道歉陪礼，他自是没法拒绝，且轩辕一副孺子可教的样子也让他心间之气消了不少，再加上陶莹在旁边一个劲地撒娇逗笑，很快便将两人之间的不快给化解了，到后来，几人都像没事人一般。

轩辕很感激陶莹如此做法，这使他在陶唐氏再无后顾之忧，他也越来越发现陶莹心思极为细密，聪慧异常，更能将情理与大事结合得极好，能得如此一位娇妻，轩辕的确是值得庆贺。

众人在陶唐氏待了一日，便直取范林，一队人马声势不小，所幸洪荒中无处不是丛林，在这地广人稀之地，这两百余人的队伍也不是很张扬。

轩辕此刻有绝对的信心应付路上可能发生的变故，因为真正的高手和几大部族的真正实力全聚集在有熊族的十大联城外，还有谁会派大量人马前来对付他们呢？更不会有人有太多的闲情来与他纠缠。龙歌在这关键的时刻已成了焦点，有熊族内外都在关注着这位一直都未曾露面的王子。

而此刻，轩辕与鬼方似乎勉强达成了一个协议，虽然地祭司的话不能全信，但也不能不信。因为这是极可能的，鬼方此刻只想全力对付有熊族，可以说是无暇分神对付轩辕。如果能够将轩辕稳住或是拉拢他来助己方成事，自是最理想的结果。否则，有轩辕在中间横插一手，会让鬼方大伤脑筋。

地祭司知道轩辕在盖山氏，很可能是自泄曲人那里得到的消息，因为盖危曾是沚曲人所猎杀的对象，而上次盖危却与轩辕一起对付沚曲人，这让沚曲人猜到轩辕可能与盖山氏的关系。

事实上，地祭司的表现不似作伪，若是仔细一推敲，地祭司所说的可能是事实，当日蛟幽从剑峰坠入神潭，那个角度和方位正是鬼三自山壁间飞出与歧富交手的角度，而以鬼三的武功要接住飞坠而下的蛟幽也并非不可能。鬼三在神潭边苦苦守候了神龙二三十年，而地祭司则一直潜伏于有侨族中，两人同属鬼方部，若说没有联系那才是怪事。如果事情真如地祭司所说，两人是同门关系，那就更合情理了。因此，地祭司所说蛟幽仍存于世上，这是一件很有可能的事情。

虎叶竟是他的生父，这让轩辕有些难以接受，或许是与自己想象中生父的形象差距太大，这才使轩辕感到有些难以接受，但他可以向有侨族人证实是否属实。

当轩辕得知自己与虎叶的关系时，不禁对被擒的虎叶多了几分关心，毕竟血浓于水。当然，此刻一切都得从长计议。

龙歌果真早已回到了熊城，那是在轩辕回到范林十日之后所得的消息。当然，自熊城将消息传到范林本需数日时间，因此可知龙歌在熊城公开露面是在轩辕离开陶唐氏六七天之后。

所有守候在有熊十大联城之外的人都守候落空，气得各方高手与有熊族大战了几场，因各方高手云集，有熊族连连战败，损失了近千战士，吓得有熊族人紧守城门，不与鬼方、东夷高手应战。

护送龙歌回熊城的三路人马除少典神农那一路似乎突然失踪了一般，其他的两路人马几乎全军覆灭，各自只剩下十余伤疲不堪之人被接入十大联城，实力大弱，这对龙歌的打击的确不小。

鬼方和东夷两部高手在十大联城之外聚集了数千战士，一些分散在路途的高手也陆续会聚而至，更难得的是鬼方和东夷竟联合相互呼应，这使熊城处于了威胁之中。不过，由于十大联城依凭天险，易守难攻，鬼方和东夷两部的高手也难奈其何。

只要十大联城坚守不失，真正能够起到作用的，或许只有鬼方和东夷的少数高手而已，因为绝大部分的战士根本就不可能进得了十大联城，即使能自十大联城之间的间隙地域赶到熊城之下，也将遭到两头夹击的后果，这将是谁也不想见到的，也没有人能料到会出现什么样的结果。是以，一切的力量都是聚中在十大联城之外。

也因龙歌出现在熊城之中，护送龙歌回熊城的几路人马成了鬼方和东夷泄愤的对象，因此，他们的死伤便不可避免地加重。

轩辕安排好了龙族战士的整体格局，提出了整个发展的规划。他要龙族战士在稳定保持实力的基础上，分头发展实力，但一切都以隐忍为主，尽量避免太露风头，正所谓戒急用忍。

同时轩辕又告诫众头领，在这纷乱四起的情况下，多施柔怀手段，以威德服人，采取与各大小部落联盟或吞并的方式，才能得到稳步的发展。

贰负的确是个很好的助手，在桃红相助之下，竟将范林打点得有声有色，气象万千。又挑选出各依附部落中的人才，集体出谋划策，其成就的确是不同凡响。

来到范林，轩辕才真的完全放下了一颗心，贰负已将一切都打理得井井有条，再加上从各部落依附的玄计、苦心、灭灵这三个智囊相助，几乎可以使范林稳如泰山。

当然，范林中的好手还得防备渠瘦高手和花蟆凶人的侵袭，这些人在沼泽中比任何强族都更具威胁。

轩辕更调派数人去青丘国，欲与丘犍联合，只有将沼泽地带中的花蟆人和渠瘦人全部清理掉，才能确保他们在沼泽之中行动的安全。

在范林之中，轩辕只待了一个月的时间，相比外面那纷乱的局势而言，这当然是一个不短的时间。

这一个月之中，轩辕调集了散落各地的部落首领和主要头目，商议了许多大的决策问题，同时也无私地将一些杀伤力强、简单易学的武功授于众龙族战士，他更受猎豹、凡三和花猛几人那密切的配合所影响，创出了几种联手合击之法，这可以使武功高于己方数倍的敌人也占不到半点便宜。当然，在武器方面，自也借用了凡三的飞刀。

凡三自是乐意做师傅去教这群好学的弟子，更是为自己的绝技得意非凡。

事实上，这种合击的方式很有效，便连土计也吃了大亏，应付得手忙脚乱。而且这些龙族战士都练习过神风诀上的绝学，虽只通皮毛，但在行动之利落方面并不输给许多高手。正所谓招无不破，唯快不可破，只要速度跟上来了，威胁性也便会大增，这是绝对不可否认的。

龙族战士有两大优势，一是在水中可谓是所向披靡，二是整体的行动速度快如疾风，所以这群人可成为来去如风的奇兵，在必要的时候给敌人最意外的一击。而且这群人的体力在每天的强化训练之下，都可以达到超一流的水准。无论天晴下雨，都会毫不例外去做抵抗急流的练习，从而使每个人的身体抗冲击力都绝对可算是一流的。

木神是个阵法大家，轩辕在忘忧谷虽只待了一个晚上，但也学到了几个简单的布阵方式。所以，他能够将猎豹诸人所给的启示立刻用到阵法上，而创出众人合击的阵势。

这些阵势可以任意变通组合，可大至百人，小至三四人，这使得龙族战士的整体协调性更紧促，也更灵活。

当然，这些自不是在短短的一个月时间之中便可以完全掌握好的，但这一个月的时间足够让他们掌握窍门，以后有的是时间练习。

而这一个月之间，众多的高手都聚于范林，将自己的武学心得相互交流切磋，使得众人启发不断，更将自己的弱点进行改良，甚至合创出一些新的武功，可谓是花样层出。

事实上，人类的进步便是以这种相互交流、相互改进和一种开拓创新的精神为主体的，特别是数十上百的武学高手聚在一起，各抒己见，若能聚合其中几个人的优点也能够开创出一派惊人的武学。因此，这一个月的时间，对于龙族的每一个人而言，是一个精彩的转折点，更是一段不能抹去的深刻记忆。

当轩辕再次回到常山君子国之时，已是离开癸城两月之后。

此次回君子国，轩辕带了六十余名高手，包括柳庄这二十名优秀的一流剑手，猎豹、花猛、叶七等七人，另外还有剑奴、桃红、陶莹及几位陶唐氏的高手，再则就是龙族的近三十名好手。

跂燕因舍不得跂蚂和众族人，是以决定留在范林等候轩辕。

轩辕身边的这六十余名高手的实力足以让鬼方和东夷重视，众战士无一不是以一敌百的精锐好手。

君子国此刻是一派欣欣向荣之状，经过近两个月的修建，已经初具规模，而陶唐氏的工匠们更是建出了一些美轮美奂的行宫，大寨虽无原来的东口山气势雄伟，但也是十分不俗。

在常山，木石不缺，人力也不少，依山而建，实不是一件什么难事，而且每位君子国子民都充满着斗志，能得陶唐氏之助，又因轩辕的改革，使得每个人颓意尽去，更有许多曾走散的君子国子民重返族中，还有附近的一些猎户和小氏族依附，其规模和人员也增了不少。

依轩辕所嘱，那群来助雅倩的东夷高手个个尽被诛杀。那群人到死也没有想到，雅倩竟掉转枪头来对付他们。因此，对付那群人根本就未曾费什么力气。

桃红和雅倩本为同门，谁也没想到竟都因为轩辕而背叛了狐姬，她们再次相见确实是极为欢喜，相互之间也更为坦诚。不过，她们心中很清楚，狐姬绝不肯轻易放过她们，当然，她们并不害怕。

君子国中的高手极多，是以，这段日子虽然熊城之外高手云集，却没有多少人愿意前来招惹君子国，那并不是害怕君子国，而是因为不愿作无谓的冲突，而给有熊族或对手捡了便宜，且陶唐氏摆明支持君子国，就算有人愿得罪君子国，也不敢得罪陶唐氏那数千精兵。是以，这段日子来君子国倒未曾受到外在的影响。

不过，君子国对有熊族十大联城之外的消息却得知了不少，这里到十大联城只有两天路程，是以获得消息并不难。

轩辕此次带来的好手中有来自韩雁和始鸠两部之人。

韩雁和始鸠两部之人极擅养鸟，更擅养传信之鸟。韩雁部的那名战士身边便带了几只训练有素的鸿雁，紧急之时可以鸿雁传书告急。始鸠部的战士也具有同样的能耐，更是刺探情报的高手。只是因为这两部的实力单薄，受尽了东夷的欺压，更被东夷收为鸟奴，后龙族战士大破禺夷部，于是也就使韩雁和始鸠两部解放出来，而这两部也立刻依附了龙族，此刻刚好为轩辕出力。

与此同时，轩辕已让郎大派人自盖山氏送几匹战马来，同时也准备让君子国派两百名好手去将新近由盖山氏捕获的百余匹野马运到常山，皆因盖山氏的力量实在太过薄弱，若是有敌人去抢马，他们实没有能力保护好这么多的马匹。不过，此刻那群龙族战士一个个都能熟练地掌握控马之术，他们更像是一群来去如风的野马，甚至连盖山氏的老巢也不回，只是在野外扎营，逐着野马群而栖。

乘着战马捕野马的速度显然快多了，他们的马群迅速扩大，而如何训练这些野马适应战争也并不是一件难事。

轩辕到常山君子国的第五天之时，盖石便送来了三十多匹膘健的战马，这让君子国的子民大开眼界。不过，此时的三十多匹战马都配有精制的马鞍，轩辕的那匹青骝马也不例外，声势极为不同。

盖石解释这便是训练后的战马，遇乱也不会惊嘶。

此刻，盖危在百名龙族战士的帮助下，已经猎捕了两百多匹野马，现在正为如何处理这群野马而烦恼，有的决定将多余的战马送去范林，也有的说找个水草丰茂的山谷放养。既然轩辕让他们将多余的战马送到常山来，自是再好不过。

轩辕也知道这件事情事关重大，如果东夷和鬼方知道他有这样一群坐骑，一定会派人来抢。因此，他必须将这批战马秘密安排在某处最为保险的地方驯养，以便必要时使用，而且更需要随时都能够轻松调配，也就是说，不能离常山太远，同时也要让范林的龙族战士也备一批随时能调派的战马。

当晚，轩辕与自盖山氏赶来的郎大和君子国的几位重要人物商量了许久，且综合这两个月来君子国子民四处探查的地形结果，终于决定在距君子国新据地向陶唐氏去的五十里处那个秘谷中建立一个养马基地。同时，轩辕更自各处专门抽调五百精锐战士作为基地的防守。当然，这些必须在暗中进行。

而最先所要做的事情便是收服秘谷附近的所有猎户和几个小的氏族部

落，根据那秘谷的地形，在方圆二十里之中建立起一个大的哨网，及布设一些隐蔽措施，然后再从地蝎族、玉蛇族及虎头族等部落和范林之中调来五百战士和一两百养马的劳动力，当然包括一些妇女。

盖石一听说要建立这样一个驯养战马的秘密基地，禁不住大为兴奋，看轩辕那重视之状，实是对他盖山氏最大的奖励。

而此时歧富传来消息，说木神已经代轩辕向陶基提亲，陶基爽快答应了，让轩辕和陶莹择日返回陶唐氏完婚，这使得陶莹喜上眉梢。

轩辕更是心情大快，要是得到陶唐氏支持自己兴建这样一个秘密养马基地，岂不是更为安全？不过，他知道这个想法虽然诱人，但陶唐氏并不一定没有野心，若事到临头，以其强势喧宾夺主，那便有些不妙了。至少，在目前轩辕还不能完全控制局面时不能将一切都对陶唐氏全盘托出，可以让他们知道一些，但重要的仍要隐瞒。

轩辕在君子国做的另外一件事情便是将柳洪借故调到范林去，这个人到最后说不定会因不服气而影响大局，毕竟他是君子国的王子，也很得君子国子民的支持。因此，将之调至范林训练战士会更可靠一些。

柳洪自是千不肯万不肯，但他又怎能拗过轩辕的决定？轩辕在君子国的威望已经远远超过了他，同时他更明白轩辕调开他的原因，也就只好忍气吞声。

轩辕又岂会不明白柳洪的为人和心性？在这近两个月他不在常山的时间中，柳洪无时无刻不想重掌君子国大权，但几位长老和护法都成了轩辕的心腹，连尤扬也不愿助他。而这一切轩辕一回到常山，百合和丁香及雅倩、莫雷诸人就向他反映了，而君子国的十大队长和副队长对轩辕更是心悦诚服，柳洪根本翻不起大浪。

柳洪在柳庄和郎大调来二十多名高手的陪同下无奈地去了范林，不过，轩辕让柳洪去范林也给了他一个很高的虚衔，只是没有什么实权，即使是有那么一点实权也翻不起大浪。当然，柳洪在范林一定会受到礼遇。

轩辕知道，有些事情是不能有半点心软，虽然他让柳洪去受礼遇，但如果柳洪心存不轨，他也会暗地里让贰负除掉这个人，因为柳洪知道了太多君子国的秘密，他的命运是注定会这样的，谁也无法改变。若他能安分守己，当然能好好地活着，否则如死在范林，君子国子民恐怕没有人会知道。

安排好了一切，轩辕带着连盖石诸人一起的五十多名高手去了陶唐氏，这次所有人都是骑马而行，而与轩辕一起自范林同来的一些高手则留在了常山，只带了叶七、猎豹、燕绝、花猛、剑奴及十名龙族高手、十名君子国高手，加上陶莹和几名陶唐高手及二十多名送马来君子国的盖山氏兄弟，一共组成了五十多骑。

众人一路上一边熟悉马性，一边练习骑术和在马上格杀，而在马上格杀以陶莹的长枪和轩辕的大刀最为便利和凶猛。因此，轩辕决定让所有马上的骑士在练习其他兵刃的同时，主攻长枪和砍刀及一些长而重的兵刃，而剑在马背上反而受了些约束。

桃红、花战、燕五和凡三则留在君子国中教众君子国战士合击之术，使众战士的作战能力大大加强，并将轩辕所创之阵法细心指点众人，以使他日能派上用场，这是轩辕的计划。

洪荒之中欲求生存求发展，就必须先强大自身，然后才有能力征服别人。轩辕对自己的将来更具信心，比以往任何一刻更明白自己该如何去做，该如何做好这一切。同时，他也知道未来形势的艰险，若想不被一切困难所阻挠，就必须让自己不断强大，这是毫无规则的洪荒之中必须信奉的真理，因为这本是一个弱肉强食、强存弱亡的世界！

轩辕的婚事其实很简单，或许是因为有熊正闹得不可开交，而陶莹又是太昊所相中的儿媳，若是婚事弄得太大，那对太昊的面子打击可能就比较大了。

而木神也按轩辕所陈述的问题，劝陶基不必将婚事弄得太大。

陶基和唐宽都是极为聪明之人，他们之所以选中轩辕，是想轩辕能创出一番大事业，他们当然想到了若是将婚事办得太过热闹，对轩辕往后的发展大为不利，也会将形势弄得太过复杂。因此，他们接受了木神的意见，只是将陶唐氏的族人、盖山氏的一群龙族战士及君子国一些送礼之人和陶唐氏盟族的主要人物请来，由木神和陶基主婚。

虽然这次婚礼并未对外宣称，但也是热闹非凡，皆因单凭陶唐氏战士就有数千人，再加上老少几达万余众，这群实力的确能够把气氛推上巅峰。而龙族战士和君子国战士加起来也有百余人，其他盟族祝贺者亦有百余人，这比之陶唐氏的人数来说根本算不了什么，但是这些人全都占了主席，因此宴会的席间气氛也极为热烈。

轩辕下的聘礼也不少，竟抽出二十匹战马、百张虎皮，美玉黄金近车，人参灵芝也达十数斤……这些当然不用轩辕亲自动手，他的部下拥有如此多的好手，若想猎取百张虎皮那是轻而易举的事，宝石、美玉、黄金君子国有的是，人参、灵芝也都是族人所采，一切根本就不用他费半点心思。

君子国和龙族战士的主要核心人物又岂会不知此次婚姻的意义重大？就算轩辕不说，他们也知道该如何去做，只是那二十匹战马是顺手之作，但却最受陶唐氏喜爱。

轩辕的这些重礼也向陶唐氏充分显示了自己的实力之雄厚，其架势绝不会输给任何人。事实上，轩辕此刻的实力足以称雄一方，但他的目的并非只想称雄一方。

有侨族的几名兄弟也从黄叶族赶来陶唐祝贺，这让轩辕更是欢喜。

轩辕在这次婚礼上不仅仅展示了他的资本，也让陶唐氏清楚地看到了他能够名声鹊起的实力，身为数千龙族战士的首领，而龙族更是几大部落的主体，也可以说轩辕已是数大部落的总首领，且又是君子国的圣王。凭他的实力，已经绝不逊于陶唐氏的数百年基业，而轩辕却只是用了一年的时间便如此迅速地崛起，这不能不算是一个奇迹，同时这更是轩辕的神奇所在。

陶唐氏得轩辕重礼，又得轩辕如此乘龙快婿，实是人人欢庆，陶基更是老怀大慰，人人无不对轩辕另眼相看。何况，轩辕竟能够请动木神出忘忧谷主婚，这本就是轩辕应感骄傲之处，要知道木神数十年不出忘忧谷半步，而为轩辕两出忘忧谷，这不能不让陶唐人对轩辕另眼相看。

虎头族、赤龙族、地蝎族、玉蛇族、黄叶族及一些依附于龙族的小族也都纷纷派人前来向轩辕表示祝贺，这更让陶唐氏感到轩辕的实力有些高深莫测，弄不清轩辕究竟有多少实力。

婚宴摆了三天，到第五天才将那种气氛稍压下来，轩辕这几天虽在喜庆中度过，但却并没有闲着，而是与陶基和唐宽商量屯马谷之事。轩辕也知道陶基和唐宽绝不是甘于沉寂一辈子的人，于是他也将自己欲去有熊之事与两人简略地说了一些。当然，他只是说自己与圣女凤妮有约，必须前往相助凤妮，且将有侨与有熊的关系讲了出来，他当然不会傻得告诉陶基他去有熊乃是欲借有熊之势力夺得天下。

虽然陶基是轩辕的岳丈，但在有些大事之上，说不定陶基会放下私人感情也说不定，因此，轩辕只能半真半假地对陶基如此说，以博得陶唐氏之助。当然，若到了一定的时候，他也会对陶基和盘托出，但绝非现在。一直以来，轩辕都不会做一个冲动的人，每做一件事情，每一个问题，他都会深思熟虑，这也是他为什么能够迅速将势力扩大的主要原因之一。

尽管轩辕年轻，但说到手段，他绝对不会害怕任何人。

陶基和唐宽对轩辕前来请示他们，以及与他们商讨之举感到非常欣慰，对这个知情识趣的佳婿更是喜爱，哪里还会反对？更答应全力相助，甚至可调出八百名陶唐精锐战士任轩辕驱遣。

轩辕自是万分高兴，但这次他入熊城却并不想带太多的人马，更不想引起太多人的注意。不过，却让陶唐氏相护盖山氏和在这一带的龙族战士离开。

取得了陶基的支持，轩辕才打算起身前往熊城，想来圣女凤妮也已盼望很久了。经过两个多月的时间，熊城内部究竟发生了什么事呢？谁也不知道，这是君子国探子所无法得知的。事实上，只怕连熊城中的百姓对这些事情也不太了解，因为这只是有熊内部几个高层次人物之间的争斗。

陶基本欲留轩辕在陶唐氏多住几日，但轩辕执意要去，也不好相阻，他自知男儿应以大事为重，于是亲自调了二十名一流高手由轩辕指挥，以便应急之用。

轩辕本欲推托，但陶基盛情难却，也便只好收下这二十名陶唐氏的一流高手，而轩辕身边本就有三十名高手，还有君子国的那些人还没算进去。因此，此时轩辕至少可以随意调动百余名高手，这对他来说确实是一件好事。不过，他并不想将这些人全部带到熊城去，但他却会让这群人能够拥有最快的应援速度和最强的攻击力，若有这百余名高手相助，便是曲妙、鬼三、土计联手而来，也保证可让他们有来无回，即使是刑天亲临，又有何惧？

轩辕首先是让身边的这包括陶唐氏众人在内的五十名高手熟悉骑射之术，也只有以战马的极速才能使这群人拥有让人无法想象的应变速度，才能做到来去如风，纵横无敌。当然，这只是指在平原旷野中，若是要攻十大联城这类坚城却是战马也无用武之地。

轩辕确是要好好地感激盖危，若不是盖危，他哪能拥有这样一队神出鬼没可长途奔袭的超级战士？若是到时候将所有龙族战士都装备起来，那便可如洪水一般淹没大江南北，纵横天下了，什么东夷，什么鬼方，又有何惧？

正当轩辕想得入神之时，有人来报，说木神在忘忧谷等他，嘱他去一趟忘忧谷。

轩辕也正想见见这位老前辈，能得陶唐氏的支持与木神实是有着分不开的关系，而且，他也猜到了木神找他的原因。

忘忧谷依然是万花竞相斗艳，万花大阵已不能阻止轩辕的脚步。

木神也并没有想阻轩辕之意，因此，轩辕是少数知道万花大阵走法的几个人之一。

忘忧谷外仍有陶唐战士相护，不过，这些战士对轩辕却是尊敬至极，谁还会不知道轩辕是木神看好的人，更是陶唐氏的娇客，每个人见到轩辕都恭敬地行礼。事实上，只凭轩辕与陶宗一战，已足以让这群陶唐战士敬服了。

事实果如轩辕所料，歧富已来到了忘忧谷，当然，若是歧富欲入忘忧谷，守在谷外的那群陶唐战士根本就不可能发现得了。

第九十三章　洪荒散仙

木神见轩辕来了，便与歧富放下手中对奕之子，歧富招了招手，道：“坐！”

那小童极为乖巧地为轩辕泡上了一杯香茶，这些茶叶乃是木神亲手培植出来的，味道可谓是极品。不过，轩辕可就分不出极品和非极品有何不同，反正就是香，微苦而已。

“轩辕此来有向木神告辞之意，不知木神和歧伯还有何吩咐？”轩辕移了移茶杯，淡淡地道。

“我知道，你意欲亲去有熊，是吗？”木神悠然笑问道，同时挥手让那小童将亭桌上的棋子全都装在以藤编起的瓮中。

小童装好黑白子，便又端出一些鲜果来，可谓是招待极为周到。

轩辕点了点头，并没有否认。

“此行极为凶险，你必须早作心理准备。”歧富叮嘱道。

“我早就已经准备好了，该面对的事情终究会面对，熊城已是势在必行。”轩辕充满信心地道。

“我为你准备了三十多名高手，我想，他们定可助你一臂之力。”歧富喝了口香茗，淡淡地道。

“哦，那可真是太好了，如此一来，我便拥有足够的力量去做任何事情了。”轩辕一听大喜道。

“你不要太过大意，据我所知，创世这老小子亲手训练出来的死士无一不是高手，这便是少昊也不敢正面与有熊为敌的原因。而且，那群死士毫不畏死，若入熊城，这个人你必须小心！”歧富叮嘱道。

“这个我明白，据我所知，眼下熊城内部形势复杂，只怕创世大祭司也有他头大的事情，而我这次入熊城，并不想带太多的高手入城，当真正需要用得着他们之时，才会召他们入城！”轩辕吸了口气，神情肃穆地道。

“这三十八名高手中，也有十人曾是与猎豹一起的九黎杀手，但此刻他们愿意助你，另外二十八人则是我这一个月中所联系上的高手，忠心方面绝不会有问题。”歧富拍了拍手道。

掌声响起之时，一阵轻风过处，一队衣袍宽松、装束古怪的汉子行了过来。这群人有老有少，不过年龄最小也有二十五六，年龄最大者却有六旬左右。众人步履轻盈而快捷，若踏风而来，竟没有脚步之声传出。

“属下兰成见过轩辕公子！”那名年龄最长的老者对轩辕恭敬地道。

“属下铁易、铁风见过轩辕公子。”两个相貌极为神似的中年汉子同声道。

“属下已记不起自己的名字，公子便叫我无名好了。”一名老者沙哑着嗓音道。

“……”

这群人皆一一报出了自己的姓名，其中有几个年长的竟都忘了自己的名字，于是轩辕只好以无名一，无名二和无名三、无名四来称呼这四个忘了自己名字的人。这二十八人不用说都是广成仙派分散于各地的高手，以轩辕的眼力，自然可知这群人的武功绝对都可以称得上是一流的，应该都不会比帝恨逊色，有几人比剑奴大概也不会相差多少。当然，这之中并没有如鬼三和曲妙这类的绝世高手，但轩辕已心满意足了，一下子获得二十八位这样的高手相助，怎叫他心中不喜？

“有众位相助，何事能不成？”轩辕欢快地立身而起道。

“今次，我以茶相敬，感激诸位对轩辕的信赖，也希望往后大家能同心协力，澄清天下，共创和平！”轩辕倒满一杯茶，轻喝一口，然后递给铁风，铁风也轻吮一口，便再递给铁易，于是一杯茶二十八人每人吮一小口，最后仍剩一小半杯又传到轩辕的手中。

轩辕心下激动，豪情万丈地双手举杯向天，高声道：“我向苍天保证，我轩辕绝不会有负众望，终有一天，天下会一片清和！”说完竟将杯中的香茶轻洒于地面之上。

众人禁不住一阵欢悦，都鼓起掌来，歧富和木神对轩辕这种以茶相敬的方式倒感到大为讶异，不仅新鲜，而且更具意义，也即代表着愿与众人共同分享一切。如此一来，这群人哪还会不对轩辕死心塌地？

歧富暗赞，忖道：“自己果然未曾挑错人。”

木神也心怀大慰，他心中只是想着天下的和平，而不会计较其他，以他悲天悯人的情怀，轩辕的出现正合了他的心意，这也是他不选择龙歌而选轩辕的原因。与天下太平相比，他与龙歌那舅甥之情又算得了什么？是以轩辕有如此豪情，他自是高兴。

“另外十人在谷外，你入熊城可有什么计划？”歧富又道。

“我想，若入熊城，不宜先暴露身份，当找到圣女凤妮之后再说，也说不定会在熊城之中大闹一场，实是因为熊城许多事情我都不太清楚，只能够随机应变了。不过，我想若众位能以各种身份打入蒙络和创世大祭司的实力中，可能会更妙一些。”轩辕想了想道。

“这个容易，创世曾让人来请属下去做他的客卿，若是公子要我去的话，创世定不会怀疑有他。”兰成淡淡地道。

“我们这群人与各个部落都不沾边，可谓是闲云野鹤，谁也不会怀疑我们的身份，因为他们知道我们平时绝不会依附任何势力，熊城之中也有不少人知道我们的存在，很多人都曾想招揽我们，只是被我们拒绝了而已。因此，如果公子让我们成为蒙络或创世属下的人，确非难事。”无名一自豪地道。

轩辕大喜道：“如果是这样那便太好了，但你们也不必全都打入蒙络和创世的实力之中，如果有人能打入东夷或是鬼方的实力之中也是非常妙的一件事，那对我们将来的行事更加方便多了。”

“好，这个便让我安排吧。”兰成毛遂自荐。

“那就有劳兰前辈了。”轩辕此时心中是充满了无穷的斗志，拉住兰成的手，欢喜地道。

“公子何出此言，兰成甘愿为公子效力，往后公子便直呼兰成好了。”兰成对轩辕的客气有些不适应。

“这件事由兰成去安排再好不过了。”歧富也欢笑道。

“哈哈哈，老夫落后了，歧富你能作出如此努力，而老夫却只知享受安逸，惭愧啊！轩辕，老夫无以为赠，便将我毕生所学交给你，你去为老夫找一个好的传人吧！”木神笑了笑，自怀中掏出一卷羊皮递给轩辕，悠然道。

轩辕一怔。

“还不快谢过木神！”歧富忙喝道。

轩辕大喜，双手接过羊皮卷，道：“谢谢木神，晚辈定不负所托，将木神的武学发扬光大！”

木神哈哈一笑，道：“你可以任意挑选传人，但此人必须心术正派，非奸邪小人之辈，知否？”

“晚辈明白！”轩辕忙道。

“好吧，现在你们可以起程了。”歧富出言催道。

轩辕并不想让太多的人知道兰成诸人的存在，那样对他们便会多一分危险。因此，他让兰成自己安排，避免与守在谷外的众人相会，而他只是与兰成诸人商量了联络的方式及某些必要的细节而已。

兰成也是极为聪明的人，在轩辕的眼里，兰成便像是谋士，分析某些问题和提出的某些建议都极为精到，这让轩辕更是欢喜，拥有这样一个智者相助，确是一件值得高兴和庆幸的事。

轩辕出得忘忧谷，在歧富的指引之下，接收了那十名九黎杀手，然后便领着守在谷外的五十余名高手及陶莹赶去盖山氏，因为他们所备的战马在盖山氏，所以他决定到达盖山氏后乘战马奔往君子国，然后再去熊城。至于屯马谷之事，郎大已回范林，自会有贰负他们去办。何况此际范林中人才济济，龙族战士也是人才济济，这点小事应不会难办，再加之有君子国和陶唐氏相助，何事不能达成？

轩辕经由盖山氏而过，对盖山氏的战士和龙族战士大加褒奖，送了一些美酒之物，然后领着多余的近百匹战马直奔君子国。单凭这些战马，轩辕便可组织成一队百余人的精骑，作战威力惊人至极。

当轩辕领人赶到常山时，已是他离开癸城近三个月之时，此刻接近冬初，轩辕命人在这些战马的侧边安置了一个放置长枪的套子。而每个人身上背着大弓劲箭，除自己本身所用的兵刃外，更有擅于劈砍的利刃，及长距离攻击的重兵刃，这最先所装备的百骑战士，人人都是以一当十的高手，而这群人正是轩辕在有熊族行动的本钱。

陶莹被留守于君子国，轩辕所带的只有三十余名高手前往熊城，另外有数十名高手改扮成各种身份混入熊城，并不与轩辕一道，而这百名精锐骑手有七十余人全部留守君子国，听候调令，准备随时增援。

轩辕领着剑奴、叶七等高手共三十骑前往黄叶族与少典神农会合。他必须先去见这个亲哥哥，而且还得向木青问清楚与虎叶是否真是父子关系，再与这群人同时进入熊城。

黄叶族的猛禽是个极有头脑的人物，近年来，自他回黄叶族后，便迅速让黄叶族壮大起来，继而东征西战，连连克敌，其实力确是不小。

猛禽得知轩辕亲来，竟率全族人相迎十里，黄叶族人更是对轩辕这个大首领热情至极，无论男女老少，都意欲一睹轩辕风采，倒使得轩辕有些不好意思起来。虽然他知道这群人已全都是他的子民，可是这份热情实在太过激烈。

少典神农诸人并非被安排于黄叶族内，而是在距黄叶族五里外的一个山谷中，在那里组建了一个临时大营，百余名有侨族和少典族的战士都驻于谷中，平时出去狩猎，另外自黄叶族那里获取粮食以维持生计，等待轩辕的到来。

此刻轩辕亲来，立刻使得在这里憋了近两个月的有侨和少典儿郎们哄然而起。

轩辕的分析一点也没有错，龙歌早就回到了熊城，三路护送龙歌回熊城的人马也都成了鬼方和东夷的发泄对象，看着其他两路人马的悲惨结局，少典神农和蛟龙诸人暗暗庆幸听信了轩辕的话，没有贸然进入熊城。否则，只怕他们也不会有几人能活着入城。

当然，挂在众人心头的却是蛟梦和虎叶的下落，蛟龙事实上早就等不住了，但是他根本就不知道父亲蛟梦究竟落在谁的手中，是以他一直都不敢轻举妄动。事实上，就算他知道父亲在谁的手中又能如何？经历过这么多事情之后，他才发现自己的武功实在是与真正的高手相差太远，即使是少典神农的武功也不比他逊色，而轩辕的武功更不用说，这使他有些泄气，本来存在的锐气在这段时间中磨消了许多。

少典神农却是极为冷静，冷静得让人有些吃惊，那群少典战士都感到有些意外。不过，他们都明白，少典神农确实长大了，在对待许多问题上不会再有任何冲动，包括父亲虎叶被鬼方所擒。

猛禽陪伴着轩辕及剑奴等十一人前来，立刻被有侨战士围了起来，轩辕只带了十名高手前来，其余二十人都在黄叶族休息。

最先迎上来的当然是白夜、竹山和木青等人，少典神农也来了，郎二和郎三亦欢喜而至。

轩辕一路上向众兄弟点头相应，很快便被木青等人拥入帐中，轩辕所带的十名高手除剑奴外，全都守在帐外，而帐中也只有少典神农、木青、蛟龙、白夜、竹山、姬成等十人，少典族连神农在内一共只有三个重要人物参加帐中集会。

“轩辕，你为何要让木青杀天祭司？”蛟龙首先气鼓鼓地发问道。

“杀了吗？”轩辕漫不经心地反问道。

蛟龙大恼，轩辕竟如此漫不经心地对待他的质问。

“没有，我只是先将他囚禁了起来，等你来处理！”木青斜瞟了蛟龙一眼，淡淡地道。

轩辕哪里还会不明白是因为蛟龙的阻挠，木青不好下手，只好留着等他来处理了。毕竟天祭司在有侨族中的地位已根深蒂固，便是木青也不敢犯众怒击杀这个堂堂的大祭司，虽有白夜、竹山和姬成等兄弟支持，可蛟龙的阻力却绝不小，因为木青也不能出其详细的证明，只是按照轩辕的推断去办事而已。

少典神农并无意见，这是有侨族的内部事情，而天祭司也确有可疑行为，他当然绝不会轻易放过。因此，他支持木青，所以天祭司才会被关押起来，否则只怕蛟龙早就将之放了。

轩辕点点头，淡淡地道："木大哥请告诉我究竟是怎么回事。"

"我当日奉你之命后就对天祭司极为小心地观察，他的一举一动我都了若指掌，但一路上却无丝毫越轨行为，这也使我心中更加不安，毕竟我是他从泏曲人手中救出的。直至我们来到了黄叶族后，我便发现天祭司偷偷地潜出营地，在不远处的一棵树干上留下了一种特别的标记。再后来，天祭司每天都去那里看一次，第三天之时，便有人潜入黄叶族，而且在旁边的一棵树上留下了与天祭司一样的标记，当晚天祭司潜到那里，便以怪声唤出了那神秘人，两人低语了些什么我没有听到，但两人鬼祟的交谈已证明天祭司一直都与某一些神秘人保持联系。于是在他们分开之后，我便逮住了那人，那人功夫也极为了得，更狠的却是只字不透，最后竟咬毒自杀，直至此刻，我才知他为何在途中无异举的原因，因为他要在我们到达目的地时才好实行他的阴谋。因此，我按照你的意思擒住了他！"说到这里，木青的目光斜瞟向蛟龙。

"那究竟是怎样一种标记？"轩辕眼睛一亮，问道。

"那是一个鸟形标记。"木青不解地回答道。

竹山和白夜也同时一震，似乎突然间想到了什么，忙问道："那人的尸体呢？"

"腐烂成一摊水，我从未见过如此可怕的毒物。"木青抽了口冷气道。

"那么，这人的尸体上可有什么异样的标记？"轩辕淡然问道。

"好像有一个鸟形刺青图案，其他的便没有了。"木青想了想道。

"是的，一定是！"竹山和白夜同时低呼道，只让蛟龙和少典族三人莫名其妙。

轩辕长长地吸了口气，叹道：“天网恢恢，疏而不漏，木大哥做得很好，我们现在便去见见我们的大祭司吧！”

蛟龙感到自己在轩辕面前实在是无法占到半点先机，似乎不得不跟着轩辕的思路走，皆因为所有的人都听轩辕的话。

“好哇，现在你翅膀硬了，就要来报复我了，我有侨族出了你这样一个人物，居然连我们这帮老骨头都容不下，老夫还真是傻得可怜，冒死救出木青这以怨报德的畜生！”天祭司见木青、轩辕和蛟龙一齐出现，不由得冷冷地讥讽道。

“祭司……”蛟龙也有些愤愤不平，欲开口却被轩辕一手挡住了。

“木青，还不为祭司松绑，谢救命之恩？”轩辕出人意料地道。

所有人都有些愕然，白夜和竹山欲言又止，却不明白轩辕葫芦里卖的是什么药。

天祭司也有些意外，狠狠地瞪了为他松绑的木青一眼，正欲说话，轩辕却又抢先道：“这实在是一场误会，轩辕正是自熊城而来，早先刚与创世大祭司分别，是以自此刻起我们之间的误会不存在了。”

所有人再愕，天祭司疑惑地望了轩辕一眼，有些难以置信。

轩辕遂侃侃而谈了一些有关创世大祭司的事情和他身边的人，只一会儿天祭司便已深信不疑，因为轩辕所说的每一点都毫无破绽，特别是创世大祭司身边某些重要人物的特点，轩辕如数家珍一般，天祭司自是不知道这些资料都是轩辕自圣女凤妮和歧富两人的口中所知，事实上轩辕根本就不曾见过什么劳什子创世大祭司。

蛟龙也听得目瞪口呆，刚才轩辕还赞木青做得好，可此刻却如此跟天祭司说，岂不是睁眼说瞎话？不过他并不敢太过违拗轩辕的意思，他也越来越觉得轩辕身上那种王者的霸气更加明显，自有一种让人无法抗拒的威仪。是以，他只好在一旁不出声。

“那你为何又要离开熊城呢？”天祭司显然已经相信了轩辕的话。

“去摆酒宴！”轩辕向一旁的猛禽吩咐道，然后才向天祭司道，“只因我有一件心事未了，因此想先回姬水一趟，待办好了这件事之后，便会再来见创世大祭司，事实上，创世大祭司对我还有授技之恩呢，否则轩辕的武功如何能够进步这么快？”

“原来如此。”天祭司恍然，便连蛟龙诸人也都恍然，谁不知道创世大祭司乃是有熊族除上代太阳之外的第二高手，其武功甚至比蒙络也要高上一筹，足可与刑天相抗衡，如果轩辕是得他指点，那武功进境如此神速也就并不值得惊讶了。

“轩辕此次回去可是为了雁菲菲和儿子？”天祭司问道。

轩辕与天祭司并肩外行，淡然笑道：“那只是一个原因，更重要的原因却是我的身世，到目前为止，我仍不知道自己的父亲是谁，娘亲死得早，也没有告诉我这些，所以我这次回去主要是想问清楚我的身世，我相信哑叔定会知道。”

“哦，那个问题我也可以解决，现在既然少典和有侨两族都和好了，我也不必再担心告诉你。据我所知，你娘姬梦自少典回来之时便已身怀六甲，而这个孩子生下来便是你，至于你父亲是谁，只要去少典族查探一下应该便会有结果……”

“你说什么？”少典神农蓦地脸色苍白，打断天祭司的话道。

众人不由得大愕，少典神农的表现似乎有点近乎神经质，竟如此大声插话。

轩辕心中涌出一股激流，但他却抑制住了自己的情绪，与天祭司同时扭头望了少典神农一眼。

“你刚才说什么？”少典神农脸色骇人地望着天祭司质问道。

天祭司也被少典神农的气势所逼，一时竟未答上来。

轩辕插口平静地道：“他刚才告诉我，我娘姬梦自少典氏回来之后便已怀了我，难道神农兄知道我父亲是谁？”

“是的，你娘回到有侨之前在少典住了三年之久，少典氏年长一些的人应该都知道有关你娘的事。”天祭司补充道。

少典神农却如同被雷击了一般，呆呆地望着轩辕，只让所有人都看傻了，神农身旁的两位少典氏高手也全都呆呆地望着轩辕。

“你……你……你竟是二王子?”突然有一人结结巴巴地道。

虎叶的四大神将之一少典奇蓦地扑通一声跪倒在地，激动地道：“少典奇见过二王子!”

在场除轩辕和剑奴之外，所有人都大惊，少典神农却依然显得有些呆痴，低低地念道：“你……你竟是我弟弟?”半晌过后，在众人惊愕之中两颗泪水自神农眼角滑落，上前一把抱住轩辕的双肩，沉声道：“姬梦正是我的娘亲!”

轩辕再也无法控制自己的情绪，激动得热泪盈眶，与少典神农紧紧地相拥，大呼一声：“大哥!”

少典神农与轩辕竟是亲兄弟，这的确出乎许多人的意料之外，但这绝对是一件喜事，兄弟相认的场面实是极为感人，从不轻易流泪的轩辕竟流泪了。

无论是少典战士还是有侨战士，及黄叶族战士，都为轩辕感到高兴。

少典战士高兴的是轩辕竟是他们的二王子，这样一个英雄了得的人物成为他们的二王子实是他们的骄傲。

有侨族和黄叶族的战士之所以高兴，是因为轩辕终于可以认祖归宗了，而场中最不是滋味的人却是蛟龙，他也不知道为什么心中会这般不是滋味，或许是因为轩辕一直是他的对头吧。

猛禽早已备好了宴席，准备让所有的族人都乐上一次，因此他选择的场地为大寨中心。

但宴会刚开始时，轩辕便向剑奴打了个眼色。

剑奴立刻心领神会，倏然出手，在天祭司尚未弄清是怎么回事的时候便已经被制住了。

“你要干什么?”天祭司被突如其来的变故给惊住了气急败坏地吼道。

篝火已经点燃，虽然此刻仍是下午，但为了将几头刚宰的野猪和山羊等猎物烤熟，也便点起了几大堆篝火，架着大锅和几根大杈，以便将数百斤重的大野猪放在粗杠上烧熟。场面以五堆篝火为中心，近千人呈绽开的花瓣形围坐着，而所有人又以轩辕这一组为中心，每一组与另一组相交会之处都留下一个通道口，整个宽阔的广场上可谓热闹非凡，气势磅礴，那种气氛之热烈实是让人毕生难忘，比之君子国那日宣布轩辕为圣王时的场面更为壮观。不过，所有人都被天祭司这声惊怒的大喝给镇住了。

剑奴一阵哈哈大笑，提起天祭司如抓小鸡一般，更重重地将之抛到众人围坐的大火圈中心的空地上，冷冷地道："难道干什么你还不知道吗？"

有侨族战士神色皆变，有人勃然而起，似乎是有些恼怒剑奴如此做，但他们旋又想到剑奴乃是轩辕的忠仆，又不敢乱动。

轩辕伸手向有侨族的战士虚按了一下，那群战士只得又坐了下去。

"轩辕，你这是什么意思？"天祭司怒问道。

少典神农和蛟龙诸人没想到轩辕这么快便跟天祭司翻脸，实在是让人很难捉摸轩辕心中究竟有什么想法，少典神农越来越觉得这个弟弟有些高深莫测。不过，他庆幸轩辕是他的弟弟。

蛟龙本想质问，但见所有的人都保持沉默，竟不敢开口，似乎他一开口，很可能会引来所有人的攻击一般。他越来越感到轩辕很可怕，真有些天威难测之感，想到刚才与天祭司还有说有笑，但说翻脸便立刻动手对付，他确实被轩辕的"喜怒无常"震住了。

"其实意思很简单，只要你交出蛟梦族长，我便可以让你安然离开，再不计较你过去犯下的错误；如果你执迷不悟，我便只好以你的血祭奠死去兄弟的在天之灵！"轩辕淡然一笑，冷漠地道。

"我不明白你在说什么，如果你要杀我，何不痛痛快快地给我一刀？又为何要找这么多借口？"天祭司神色阴冷，他在一年多前绝没想到会有今日的场面，往日总是他掌握着别人的生杀大权，在有侨族中更是神圣不可侵犯，但是眼下在轩辕的面前，竟然反了过来，他感到轩辕要杀他犹如踩死一只蚂蚁那么简单，同时也立时明白轩辕刚才的那些话都是在骗他，而骗他的目的只是想让他证明其生身之父是谁。他自然不知道地祭司曾跟轩辕说过，这才使轩辕欲求证其结果。

"哼，创世大祭司的那群死士我都可以让他说出真相，你又凭什么顽固？”轩辕望着天祭司不屑地道。

“不可能，他们……”天祭司说到这里突然意识到了什么，蓦地抬头道，“轩辕，要杀便杀，少啰唆，我是不会上当的。”

“哈哈哈……”轩辕一阵得意的大笑，半晌才喝道：“他们果然是创世大祭司派来的死士，不知你的牙间是不是也含有一个毒囊呢？你自己咬吧，我倒想看你化成一摊脓水的样子。”说到后来，轩辕的语气变得无比冷厉。

天祭司忍不住打了个寒战，显然他知道轩辕所说不假，想到化成一滩脓水的死法，实是让人心头发毛，但他仍硬着头皮道：“别以为你可以吓唬得了我！”

有侨族的儿郎们怎会不明白轩辕如此做的目的？自天祭司刚才的话意中，几已承认了自己与那群死士的关系，而白夜和竹山将假蛟梦的审问结果早已向神农和蛟龙讲了，这群有侨战士自也知道，此刻已可推断出那假蛟梦与天祭司之间定有某种关系。

“我何须吓唬你？生命是可贵的，如果你不自珍自爱的话，只是你自己在吓唬自己，自己在摧残自己，与我何干？”轩辕冷漠地道。

天祭司一阵沉默，轩辕的话正中他的心思，而他也明白自己太小看轩辕的手段和智慧了，只是一年未见，轩辕便已变得可怕至斯。事实上，轩辕在姬水河畔之时就已是一个让人高深莫测的人，族中几乎没有人能够看透他。而此刻轩辕的锋芒毕露，是因为他已用不着再去掩饰什么。

“你是不是已经将族长送去熊城了？”轩辕冷声质问道。

“废话，我为什么要这样做？”天祭司仍不想承认。

“哼，因为你只是创世的走狗，创世却不希望龙歌有任何外援。因此，你便想方设法阻止我们去熊城，甚至不惜将我们全部诛杀，而这一路上我们之所以处处受到追杀，是因为你故意引鬼方和东夷的敌人来攻，以消耗龙歌的外援力量。所以，你有一万个理由要对付族长，如果你以为我会不知道创世的狼子野心，那你便大错特错了！”轩辕不屑地道。

众人不由得呆住了，便是天祭司也呆了呆，因为轩辕的话实在是已经够明确了，也是事实，所以他无法否认。

“天祭司，想不到你竟是这种人！快交出我爹来!”蛟龙此刻才明白轩辕为何要如此对待天祭司了，此刻他对轩辕的恨意一扫而空，取而代之的是对天祭司的怒!

“轩辕，这种败类，杀了他，为死去的兄弟们报仇!”一时间，群情激愤，有侨族的战士和少典战士都嚷了起来。

天祭司的脸色变得更为难看了，脸上更闪出从未有过的惊惧之色。

轩辕却伸手制止了众人的呼叫，对着天祭司冷声道：“如果你想活着离开这里的话，最好别冥顽不化!”

“如果我告诉你蛟梦的下落，你能不能保证让我安全离开此地?”天祭司咬咬牙沉声问道。

“如果你的话属实，我并不想为难你!”轩辕嘘了口气，淡然道。

“好，我可以告诉你，如今蛟梦已在熊城，而且在创世大祭司的手中。至于路途中的一切，我只是依照创世大祭司的吩咐办事。”天祭司吸了口气道。

“你们对族长的阴谋由来已久，我还想知道，在我们的族中还有哪些奸细?”轩辕又问道。

“没有，我的行动只是由外人来联络，而假蛟梦只是我的随身护卫，他在神山中也居住了二十年，只是你们并不知道而已。”天祭司的话让众人恍然。

也难怪那假蛟梦竟能将蛟梦的举止和声音模仿得毫无分别，这是因为他对蛟梦的观察由来已久。

“该说的我都已说了。”天祭司道。

众人哪还不知天祭司话中的意思便是想立刻走人，不由得皆神色愤然，但却得听轩辕的意思。

“那蛟梦族长究竟被创世大祭司关在了哪里?”轩辕又问道。

“我并不清楚熊城之中发生的事，平时只是按命令办事而已。”天祭司道。

“好，你已经说完了，不过还得委屈你在这里待上一些日子，因为我根本不知道你说的话是真是假，还有族长此刻是否安全。因此，当我证实了一切之后，自会放你。”轩辕悠然道。

“轩辕，你不守信用!”天祭司脸色大变，急怒攻心地吼道。

轩辕脸色一沉，冷冷地问道：“你如果能立刻向我证明刚才所说的一切不是谎言，且族长的安全得到了保障，我立刻可以放你走!”

“这，这……”天祭司一时哑口无言，他如何能够证明？因为就算他说得再真，轩辕都会加以否认，说也是白说。想到这里，他不由得恼羞成怒，向轩辕直扑而去，并吼道：“我跟你拼了!”

轩辕苦笑着摇摇头，但却端坐如磐石，似乎根本就没有将天祭司这来势汹汹的一击放在心上，便连剑奴也不屑出手，猛禽亦袖手旁观。

少典神农和蛟龙意欲出手，但两道身影已抢在他们的前面击出，速度快如奔雷。

砰……砰……两声闷响，天祭司蹬蹬蹬连退五步方立稳身子，而阻在他身前的两名龙族战士只是微微退了一小步。

蛟龙和少典神农心下骇然，他们自是知道天祭司的武功不会比蛟梦和虎叶逊色多少，在有侨族中也可算是第一流的高手，若是换了他们同时出手也不可能将天祭司一举震退五步，而这两名龙族战士一副若无其事之状，可见其功力之高实不会比天祭司相差多少，甚至足以单独抗衡天祭司，这怎不让蛟龙和少典神农心惊？

天祭司脸色一阵青一阵白，他竟连轩辕的身前都靠近不了，何谈与之拼命？这简直是一个笑话，一个闹剧。

轩辕的左边是剑奴，右边是少典神农，剑奴的左边依次是猛禽、叶七等龙族战士，少典神农的右边是蛟龙、木青，再过去依次是黄叶、有侨、少典三部的重要人物，这些人无一不是好手，而阻击天祭司的两名龙族战士却是自燕绝的下手蹿出来的，这群人似乎都有默契。

众人此刻也明白了轩辕摇头苦笑的原因，因为天祭司之举实是太自不量力了，随轩辕而来的三十名精锐战士，无一不是高手，这群人中随便挑一个出来都可抗衡天祭司，而天祭司依然懵然不觉，实为可悲。

那两名龙族战士缓步向天祭司逼去，他们对这曾不可一世的大祭司毫不放在心上。

天祭司如受伤的野兽一般，目光之中竟闪过一阵血红的光彩，那龇牙之状让人想到啃骨头的狼。

那两名龙族战士一呆，天祭司再次飞扑而上。

“巫法！”木青低呼，他倏然想起这群祭司们都具有巫法，若是在平时，更要小心天祭司身上的毒药，因为祭司之所以地位尊崇，不仅仅是因为他们武功好，更因为他们练有让人心寒的巫术和使毒之法。不过，上次木青突然制住天祭司之时，已搜出了他所有可用的毒药，但却忽略了天祭司那可怕的巫术。

两名龙族战士似乎忘了还手，如同木头一般愣立不动。

“旁门歪道，也敢逞能！”一声轻喝响起，花猛那漫天的腿影已经封锁了天祭司所有进攻的空间。

篝火似被狂风搅动，竟爆出一串火花，火苗更直冲起两丈多高，蔚为奇观。

砰砰砰……一连串疾如风雷的爆响之后，天祭司闷哼着暴退。

漫天腿影消散，花猛在虚空中倒翻两个筋斗，飘然落地，空中更有两片碎布如花蝶般翩然而落。

“好快的腿法！”蛟龙和少典神农不由得倒抽了一口凉气。

天祭司竟然输了一招，虽然他撕下了花猛两片衣角，但却中了花猛一腿，实因花猛的腿法太快，快得连天祭司有些应接不暇，如果他有兵刃在手或许会好一些，但此刻却是赤手对空拳，只能硬拼。

那两名龙族战士蓦地机灵灵一下清醒过来，哪还不明白是怎么回事？不由勃然大怒，正欲冲上去将天祭司撕成碎片，却被花猛挥退，他们只好双双退下。

“你小心了！”花猛露出残忍的一笑，他知道就算杀死天祭司，也没人说什么，因为这个人本就不能让其活着。否则，他们去熊城便可能有难了，这也是轩辕为何定要囚禁天祭司的原因。

天祭司虽然腹部中了一腿，但犹要作困兽之斗，大吼一声，掌指化成千万道虚影向花猛袭来。

此刻的花猛已今非昔比，无论是在功力上，还是在武技上都有着不可同日而语的突破，而在范林的一个月中，几乎让他再造了一次，无论是身心还是对武学的认识都有了一个新的起点。

黄叶族的男女老少们也都围了过来，他们也是想看看这热闹的场面，毕竟看热闹是每个人都乐意的。

花猛冷哼一声，身子一缩，如一团肉球般向天祭司脚下滚去。

天祭司指影向下罩落之时，花猛的身子猛地撑直，以单掌着地，双腿擎天而击，如同一面巨大的腿盾，完全封住了天祭司的攻势。对于近身搏击，花猛和猎豹可谓是有着让人心寒的实力，而赤手攻击对天祭司来说，却非其所长，哪里见过花猛如此古怪的腿法？

“翻云腿！”花猛一声低喝，双掌在地上一拍，整个身子竟打横疾旋而起，如同一团强劲的旋风直破入天祭司的攻势中。

天祭司大骇，花猛的腿势如破山之锥般挤开了他的防守直逼前胸，他不得不退，也不敢不退。

天祭司疾退，花猛却一步不让地紧逼，而且腿势越踢越快，几乎是一片迷雾，让人不知道哪是花猛的腿，哪是天祭司的手，更没有人知道花猛踢出了多少脚。

“呀……”天祭司一声惊呼，竟倒踏入火堆中，在他一惊之时，花猛的脚不偏不倚地重击在他的胸口，于是那颀长的身体无法自控地飞坠入篝火中，更在虚空中狂喷出一大口鲜血。

“啊……啊……”天祭司狂呼着带着满身的火焰自火堆中疾窜而出，绝望的呼号只让所有人都毛骨悚然。

嘶……一道灰影自君子国的一名剑手中射出，剑啸之时，一道白光已破入火光中，直钉入天祭司的心脏。

第九十四章　龙驹歼敌

天祭司号叫一声，仰天倒下，身上着的火竟被压灭，一名剑手轻轻拭去剑身上的血迹，然后将带血的帛片抛入篝火中。

围观的大部分人都陷入了一种极大的震惊之中，为这群动若脱兔的高手而震惊，也为天祭司的死而震惊，事实让，每个人心头都涌上了一种极不舒服的感觉。

黄叶族的战士突地鼓起掌来，这群久经沙场的战士与围观的妇孺们的感觉完全不同，对他们而言，战场上的生与死已经看得太淡了，血腥或许只是一种刺激。不过，在他们内心深处，还是希望天祭司是这种死法，那名剑手让天祭司痛快地死去，应该算是一种仁慈的做法。是以，他们为剑手鼓掌，更有两名黄叶族的战士走上来拖走了天祭司的尸体。

蛟龙和少典神农及有侨、少典两部的战士都为之抽了一口凉气，只眼下这四个对天祭司出过手的人，无一不是百里挑一的高手，而且轩辕的身边仍有那么一大群人端坐不动，仿若未见到所发生之事一般，这群人也都是不可否认的高手，以轩辕如此实力，实让两部人震惊。

如果有侨族或是少典族任何一方拥有这么多高手，都足以称雄一方，而轩辕身边所拥有的高手还不仅于此，可想而知此刻轩辕的实力已深不可测，这还不包括轩辕自身的武功。

蛟龙心中再无嫉妒，唯有震撼，为轩辕的威势所震撼，虽然轩辕未动一根指头，但给他的震撼是无可比拟的，这让他知道任何与轩辕作对的人，都只可能如天祭司一样的下场，再没有第二种结果。而他蛟龙比之天祭司，还要差一个档次，若是还要与轩辕相斗，根本就是自不量力，但他只怕永远都无法明白轩辕为何能够在如此短的时间内成长起来，这绝对是一个奇迹，一个让人心惊的奇迹。相较起来，蛟龙感到有些自惭形秽，他凭什么跟轩辕相比？他有的只是一种盲目的自大和无知，有的只是一种狭隘的心胸，甚至连思想也狭隘得可怜。

木青也感到大为惊讶，不明白轩辕自哪里找来如此多的高手相助，且每个人都称得上是一流好手，而且黄叶族对轩辕也是如此敬服，实让他有些无法释怀。

“诸位身手果然超凡脱俗，我代表龙族战士的一员，也代表黄叶族上下敬几位一杯！”猛禽哈哈大笑着站起身来，举碗便向花猛和那两名出手的龙族战士及君子国剑手道。

花猛也忙举碗相迎，场中众人亦全都端碗相迎。

猛禽在龙族战士之中的身份也极高，乃是龙族战士的十多名重要元老之一，更是轩辕和贰负座下的十五大头领之一，与郎氏三兄弟平起平坐，甚至比郎氏三兄弟掌握了更多的实权，那便是整个黄叶族。

轩辕淡淡地笑了笑，待众人放下碗后向众人道：“各位继续喝自己的酒，怎么开心怎么逗乐！”

黄叶族的子民全都哄然应诺，更有几个小孩子不知从哪里采来了许多鲜花，奔过来送给轩辕，害得轩辕都快被鲜花埋住了，逗得诸人大笑不止。

篝火中的野兽也烧得香气四溢，专门有几位兄弟在满头大汗地翻动被烧的野味，以免被烧焦了，然后皆以银刀切成大块大块分送到轩辕诸人的面前。

当宴会举行得正酣之时，天空中蓦地飞过一支响箭，直奔轩辕而来。

兴高采烈的众人没有来得及反应，剑奴已纵身而起。

叮……那支响箭竟被剑奴的剑封住，并伸手接过了箭矢。

猛禽大惊，木青和叶七诸人也大惊而起，并立刻有二十余名高手向响箭飞来之处狂扑而去。

响箭之上竟有一片帛书。

剑奴看了一眼递给轩辕，轩辕看后脸色微沉，低喝道："不必去追了！"

那二十余名高手刚掠出十数丈又不得不停下身形，愕然地望了轩辕一眼。

"是自己人！"轩辕淡淡地道。

"是自己人？"少典神农和蛟龙及猛禽都为之错愕，是自己人为什么要用这种危险的方式对待轩辕？若响箭所射的对象不是轩辕和剑奴，只怕有人会被暗箭给射伤在地。

"首领，究竟发生了什么事？"郎二惊疑不定地问道。

"有大批敌人向这里潜来，我们准备去痛痛快快地杀他一场吧！"轩辕立身而起，冷酷地道。

"约有三百东夷战士以快鹿掩杀而至！"猛禽乍看帛书倒吓了一跳。

"是东夷的快鹿营，该怎么办？"黄叶族的长老黄沁忧心忡忡地问道。

要知道快鹿骑乃是东夷的精锐战旅，以速度快捷著称，来如电去如风，实行偷袭更有神鬼莫测之机。这快鹿骑由帝家兄弟所训练，攻击力之强实让附近各族心寒，往往是在对手还没弄清敌人自哪里来之时，整个部落便已经在快鹿骑的冲击下崩溃。

猛禽没想到东夷对他们竟如此重视，居然派出快鹿骑来对付自己的黄叶族，显然东夷人已有耳闻黄叶族与龙族之间的关系，否则的话也便不会调来近三百快鹿骑了。

"我要让他们来得去不得！"猛禽一声低喝，数百黄叶族的战士立刻进入了备战状态，有侨战士和少典战士也加入了备战的行列。

"请首领指示我们该如何做？"猛禽向轩辕询问道。

轩辕淡淡一笑道："就让他们有来无回吧，我要让东夷人看看，他们的快鹿骑实不堪一击！"

众龙族战士和随轩辕自君子国来的高手顿时明白了轩辕的意思，人人都摩拳擦掌，因为他们也想知道究竟是他们的战马营厉害还是对方的快鹿骑厉害。

猛禽也充满了信心，快鹿骑的可怕是在于它们神出鬼没，突然而至，现在既已先得知快鹿来袭，也便可以将对方杀个措手不及。不过，他知道快鹿骑的速度快，若想仔细布置肯定是不行。因此，弃繁用简，在各道路口以绳藤相绊，设下一个个暗障，若是快鹿骑在浑然不知的情况下定会吃亏。

另外在寨门之内，以粗木巨石相搭，以便在退入寨中之后阻止战鹿的强烈冲击。

事实上，这种寨墙并不能阻止快鹿骑的入袭，只有另外设伏才行，不过，此刻有轩辕相助，人人斗志高昂，只怕快鹿骑不来。

快鹿骑的确会挑时间，在黄昏之时进袭，这个时候正是人们疲惫了一天，欲回族中休息之时，整个人都是在最为放松的时刻，如果在这个时候偷袭，确实能够杀得对手措手不及。

当然，如果是在正常情况下，黄叶族人这次只怕是难逃噩运了，就算是他们比快鹿骑多十倍的人力，在这平原之上交战，而变故又是如此突然，也会被杀得毫无还手之力。何况黄叶族并没有十倍于快鹿骑的兵力，如果把附近依附的小部落的人力会合起来，倒有六七百可战之士，但此刻根本就没有时间去召集。不过，今日快鹿骑注定要一败涂地。

嗒嗒……首先一队百余人的战鹿骑迅速掩来，如潮水般向黄叶寨扑到，他们要以迅雷不及掩耳之势跃过寨墙的防线，进入寨中烧杀。这次，他们来的目的就是要将黄叶族这个眼中钉拔掉，因为猛禽所领的黄叶族已经威胁到了东夷向西北方向的发展，而且又处处与东夷作对，且势力不断膨胀，这才让东夷要下狠心清理掉这颗毒瘤。

噗……噗……冲到最前面的战鹿突然全都跌倒，鹿背上的骑士尽数被抛了下来。

那本来悄无声息的骑士们皆发出惊呼，正当他们感到不妙之时，箭雨纷飞而至，百余骑快鹿未战先损失了一半，更有数十名骑士中箭而亡。

“杀!”快鹿骑之上的一人挥刀低喝，很快冲破绊索的防线，直向寨下伏击的战士掩杀而至，但他的身后已只剩五十多头战鹿了。

嗖嗖……草林之间、树梢之上的箭势更为密集，那群战鹿的速度虽快，但也是一头接着一头地倒下，待冲到寨门口十余丈时，仅剩十多骑，而这十多骑皆因骑士本身的武功十分高绝，左拨又挡，竟将乱箭挑开，方得以幸存。但此刻双方相距才十多丈，人虽可挡箭，而战鹿却躲不过箭雨的袭击。

“杀……杀……”自两侧再次冲出两队百余骑的战鹿，敌人的快鹿骑竟是分三路杀至。

“杀呀……”林间寨前一片混乱，那两百多骑快鹿骑士悍不畏死地迅速冲杀而至。

乱箭的杀伤力的确不小，但快鹿骑的速度也实在太快，一排排冲来的战鹿倒下之后，后面的快鹿骑便已冲上前近十丈，这使得黄叶族的战士根本就来不及上箭。

这山野之中仅有少数山地，余者皆为坡地，因此，每个方位都是可能攻击的目标，而对方有第一队战骑失利的经验，这群人知道先挥刀斩断绊路的藤索，也便使得快鹿骑能畅通无阻。

这群东夷的快鹿骑显然是没有估计到黄叶族的人竟先有准备，不过他们也明白黄叶族的战士准备并不充分，否则拦路的便不只是藤索了，更有陷阱之类的。

此刻这群人并不打算撤退，在他们的眼里，便是死伤一些人，哪怕只剩下百骑，以极速冲杀也可将黄叶族赶尽杀绝，何况他们已经损失不小，绝不肯就此而去，那将会成为天下人的笑柄。

黄叶族人何尝不知，如果让对方剩余的百余快鹿骑冲入他们的阵形之中，那样便会形成另一次逆转性的屠杀，这是骑兵与步兵的分别，或许可以是两败俱伤，但那绝不值。

“撤!”猛禽低喝一声，他知道必须以最快的速度返回寨中，仅凭所设的路障绝难抗阻这群快鹿骑的冲击。

而猛禽也早已安排好了退路，是以众人很快丝毫不乱地退入寨中。

在寨门关上的一刹那，百余骑战鹿已经冲到了寨墙之下。

哗……轰……寨头之上一阵乱石狂飞而下，使得那百余骑的冲势被阻竭，以至于无法来得及冲击寨门，便被黄叶族的战士以巨石粗木顶住了厚实的寨门。

这群快鹿骑也是劲箭连发，但很快便发现寨墙上的人全都撤走。

快鹿骑上的东夷战士人人勇武至极，且行动极为迅速，很快便自一角拐入寨中。他们绝不会放弃这次攻敌的计划！

更有数十名身手极好，但是战鹿被射死的东夷战士也自寨墙上攻入了寨中，只是他们入寨之后却愣住了。

猛禽仰天一阵长笑，在他的周围是一堆堆石木垒起的路障，战鹿根本就无法横冲直撞，这路障之中甚至有整棵连枝带叶被砍倒的树，地上更摆满了大小不一的大石块，大到数百斤、千余斤，小到数十斤，都是一些极不规则的石头。

整个场地全是这种迹象，而猛禽和族人便是在这片地域之中执箭而立。

在这种场地之中，战鹿根本起不了任何作用，若是让战鹿驰入这片地域，不折断足才怪。

“帝五，今日你的死期到了，我要你知道有来无回的滋味！”猛禽大喝一声，显然他认出了对方的为首之人帝五。

“帝五必死，帝五必死……”黄叶族的妇孺皆躲于石后避箭高呼，声震四野。

“给我射！”猛禽一挥手，乱石堆中箭雨狂洒而出。

鹿背之上的东夷战士暗叫不好，但此刻唯有硬着头皮策鹿在乱石堆周围绕着射击。

“杀！”一声若惊雷般的暴喝自寨内的两个暗角响起。

希聿聿……数十匹战马一声长嘶，如疾风般杀出，而且直冲向快鹿骑。

帝五大惊之中，还没有弄清楚这群突然冲来的怪物是什么东西，数十骑已经如旋风般卷入了他们快鹿骑中。

战马横冲直撞，与那些单薄的战鹿相比，那些战鹿根本就经不起铁蹄一踏，而马背之上的精锐龙族战士与君子国的高手刀枪并用，遇人就杀，相较之下，那群战鹿竟不堪一击，快鹿骑一冲就乱，鹿马相遇，有些被掀翻，有些被战马踢死。

这群马背之上的人个个都是高手，又是人马齐战，怎会不大显神威？

帝五几乎心胆俱寒，却不明白怎会突然杀出这样一拨人马来，只看对方的坐骑，健硕高大，神威逼人，与他们所乘之所谓的肥鹿相比，几乎是不可同日而语。

“轩辕在此，东夷小贼拿命来！”轩辕的青骝马快若疾电，一冲便到了尽头，然后带缰再次杀回，根本就无人可挡。

“杀呀……”黄叶族的战士顿时战意高昂至极，也自乱石阵中对阵形已乱的快鹿骑毫不留情地冲杀。

剑奴诸人却自相反的方向冲杀而出，几乎将快鹿骑切成了几个部分，而且每个部分首尾不能兼顾，加上乱石堆中的乱箭，这场仗即使不打也知道是什么结果了。

帝五立刻意识到最后的结局已经不是他所能够控制的，此刻快鹿骑的颓势已是不可逆转，而轩辕的出现更使他心神大乱，让他更不解的却是为何他们如此快捷秘密的行动，而黄叶族却似乎事先有所准备呢？难道对方拥有未卜先知之能？

剩下的三四十骑快鹿战士已经不用任何人吩咐全都仓皇自入寨路口疾逃，任何无谓的牺牲都是无益的，生命的可贵每个人都知道。明知不可为而为之，岂非是疯傻之辈所做之事？

帝五也无法可想，亦跟着向寨外撤离，在他的身后只有那么七八骑，余者能跑已经先跑了，没有坐骑者自寨墙向外翻出，但真正能够逃出寨外的只有二十多骑和十余名身手极好却没有坐骑的人，若非这群人见机得早，只怕也唯有全都葬身城中了。黄叶族战士的攻击力实在是太猛了，而且此刻人力多于快鹿骑十数倍，他们即使身手再好也是无济于事，何况轩辕的出现使他们连一丁点儿获胜的希望都没有了。

猛禽诸人迅速打开寨门，由寨口追出，轩辕的快骑随之向快鹿骑狂追，战马的速度绝对不比战鹿慢，在短距离之中，鹿马的速度可能会不相上下，但若距离一长，或是在长时间的奔驰之下，两者的差距就很明显了。因为野马本身比野鹿的负重量要强，同样载着人，野鹿便会比野马易疲劳得多，这是不可否认的。而此刻，东夷的快鹿骑是经过长途奔袭之后的疲兵，而轩辕的战马则是经过修整后的新锐之骑，其优劣立判。

强弓劲弩在这种追袭战中起到的作用便极大了。

帝五冲出寨子，才领着众骑奔走数百步，便听到一声断喝。

“贼子们，今天是你们的末日！给我杀！”

少典神农和蛟龙等近百有侨、少典两部的战士早伏在帝五诸人的归路之上，似乎事先已料到帝五会自这个方向逃走。

百余支怒箭一齐迸发，几乎让帝五心胆俱寒，还没来得及作出任何反应，他们身下的战鹿已经一一中箭而倒。但帝五诸人终究是高手，迅速翻身落地，只是被跌得七荤八素，却知道此刻逃命要紧，可是当他们前后一望时，才绝望地发现自己已经无路可逃了。

前有少典神农、木青诸人所领的百余名有侨、少典两部的战士，人人杀气腾腾，强弩硬箭更是让人心寒，况且这群人中也不乏高手。后方却是轩辕高踞马上，数十骑战马在寨边伺机而动，每位骑士皆是一等的好手，相较之下，帝五这边仅剩的二三十人根本就没有任何还手的机会。

“降者不杀！”轩辕在马背上将大刀一挥，威风不可一世地高声喝道。

帝五身边的众东夷好手皆面面相觑，谁会不知道若再战的话，唯有死路一条？轩辕的武功他们早有耳闻，便连九黎王风绝都被其重创，试问他们之中谁能与之匹敌呢？何况轩辕身边尚有这么多的高手，此刻只要轩辕一声吩咐，他们恐怕连半点戏都没得唱就会死于乱箭之下。

不远处，黄叶族的战士将受伤而翻墙逃亡的东夷战士及没受伤者全给擒住了，还有几头受到惊吓没有主人的战鹿也给一并逮住了，数百之众正浩浩荡荡、杀气腾腾地朝这边赶来。

帝五知道己方大势已去，不由一声长叹，竟率先抛下武器，那二十多名东夷战士也都跟着相继抛去兵刃，不再作过多无益的挣扎。

众有侨和少典战士及众黄叶族战士禁不住欢呼起来，这是有史以来黄叶族获得最大的一次胜利，竟让东夷三百快鹿骑全军覆灭，这是多么惊人的战绩啊。要知道，东夷的快鹿骑从来都是充当无敌的角色，根本没有遇过什么挫折，便是有熊族的战士也不敢轻迎其锋，若非有熊族有十大联城这般的坚城硬垒，恐怕早已被东夷的快鹿骑杀得一塌糊涂了。在平原上作战，连鬼方都害怕东夷，就是因为东夷拥有数千快鹿骑，这群来去如风的大军，往往会如一柄利剑般一下子刺入对手的心脏，但今日却败得如此之惨，这对于黄叶族来说，确实是傲人的战绩。

黄叶族大胜，俘获包括帝五在内有四十余人，包括伤者，另外还有十余头战鹿。而黄叶族牺牲了三名战士，有二十余人受了箭伤，这几乎是个奇迹，即使对死者的悲痛也无法掩饰胜利的喜悦。

在这个时代，死亡已经让人们有些麻木了，那像是一个过程，并没有太大的悲哀，为部落的利益战死，这是无上光荣的事情。是以这三名死者以族中最崇高的礼节下葬，其家人将由整个部落供养。事实上，这个时代本就是过着集体的生活，不分彼此。

而这群俘虏将会向东夷族交换回一笔丰富的财物，仅帝五一人便可让黄叶族张开大口与东夷人谈条件，放肆地索要货物。在这个年代，被俘的战利品包括人在内，可当作货物与其所在部落实行人货交换，便是如东夷和鬼方这种大部落也得接受这个不成文的游戏规则。除非交易双方有一方不接受或不愿意交换时，那样可对战俘任意处置，抑或有一方根本无力交换也一样。这时，战俘便会沦为奴隶，用劳动为胜者创造财富。

当然，没有人可以否认轩辕的骑兵之神威，那数十匹战马在拼杀之时蹄嘴并用的样子只让每一个东夷俘虏仍心有余悸，那群战鹿在它们的铁蹄下犹如草扎，一踏一咬便使那些战鹿东倒西歪，而马背之上骑士的表现也异常精彩。不过，可以看出这些人与马的配合仍有些不能完全协调，除十余人有一段骑马的经验之外，其他人仍无法在马背上放开手脚，否则绝不可能让帝五有机会逃出黄叶寨，只是轩辕对此并不担心，因为他们有的是时间去与马协调。战马毕竟是新兴的坐骑，总有一个适应过程。但今日他却知道，战马绝对比战鹿优胜，这是毋庸置疑的。

轩辕并不想在黄叶族太多耽搁，他必须快些赶去熊城。于是，他对黄叶族作了一些安排，以便随时听候调令，并让其与君子国相联络，甚至迁合，然后他才领着带来的高手们及有侨、少典的战士奔赴熊城。

熊城之外，鬼方和东夷两部大军的封锁已少了很多，想来双方经过两个多月的僵持，结果却不得不撤离。

事实上，鬼方和东夷终究是劳师远征之旅，而有熊族却可固守坚城，养精蓄锐，后援和补给充足，若双方长期相持下去，吃亏的定是鬼方和东夷。因此，鬼方和东夷不得不撤师而去。

轩辕却知道，鬼方和东夷绝不肯善罢甘休，抑或早已派高手潜入了熊城或是十大联城，面对这样的坚城，若想从外部瓦解，那实是不可能，唯一的办法就是让其自内部崩溃。更何况，鬼方和东夷绝不能坐视河图洛书合璧，那时神门一旦开启，其后果究竟会怎样，没有人可以预料到。因此，所有斗争可能会由明转暗。

此际熊城之中的形势之恶劣确是从未有过的，内忧外患，乱成一团，表面上的平静无法掩饰其内在的风起云涌。一个不好，熊城真的会自内部崩溃。

轩辕知道此行极为凶险，目前最要紧的便是将自己身边的实力壮大起来，这就可使他应付困难时容易一些。

对于此行，其实他早已让人密报于熊城中的圣女凤妮，是以当他再入癸城之时，竟受到热烈的欢迎。

伯夷父、蒙赤武诸人亲自出城相迎，龙歌竟也派来了亲信秃奎和云英加入欢迎的队伍之中，以显示他对有侨和少典两部战士的欢迎，亦为了表示对轩辕的尊敬。

若是在往日，蛟龙和神农或许会感动，但是此刻他们对龙歌已心淡了，这个自私的人实让他们无法苟同，何况此刻已有了轩辕这个大靠山。其实在这群人之中，轩辕已成了不可替代的首领，无论是有侨战士还是少典战士，他们都为轩辕的武功和无私所折服，包括蛟龙在内。

蛟龙对轩辕确是再无怨言，因为轩辕并没有因为神农是其亲兄长而特殊对待，而是将木神的绝世武学同时交给他和少典神农练习，如此世人梦寐以求的绝世武学，轩辕竟然毫不藏私地传授给他们，可想而知这是对他们多大的信任。而轩辕更找了蛟龙长谈了一夜，使得蛟龙又是惭愧又是汗颜，对轩辕几乎已是死心塌地地尊敬。

轩辕对有侨和少典两部的每一位战士都一视同仁，皆认真指点其武功，更对白夜、竹山等精英授之自己最拿手的武技，让其与花猛、猎豹住在一起，由这几人去强化训练白夜、竹山诸人，包括神风诀及青云的剑法甚至还有木神的武功。事实上，轩辕确是想造就出一批精锐高手，到时候便是真个要面对魔帝蚩尤，也不怕人单势孤。当然，他并不相信魔帝蚩尤能抗拒百名高手的联手攻击，而对付这种人，人海战术是极为有效的。面对真正的强敌，轩辕根本不在乎以什么方式取胜。

对于身边的重要人物，轩辕将青云所创的绝世剑法中的山裂相授，若遇强敌，这一招也足以保命，即使是土计对此招也是无可抗拒地选择逃走。而这之中学全了此招的除轩辕外唯有木青，因为这是青云的愿望，希望木青能够继承他的武学，以此减轻他对剑神的歉疚。

木青本就是剑神的嫡传一脉，只是一直都无法突破神山鬼剑的死结，因此剑道难至大成之境，但其武功根底却是深厚至极，并非蛟龙和神农所能比拟的，是以在死结一破之后，竟能力擒天祭司，实非幸致。因此，他在得青云的武学之后，真是一日千里，武功进境极为神速，虽不能与剑奴那深厚的功力相比，但其剑法也相去不远。当然，因为剑奴这段日子以来也在不断地接受新武学，亦修习过青云的剑术，其武功也有大的进步。

剑奴本是一个专志于武道之人，是以能很快掌握剑道精髓，使本身的武功一再提高，而且轩辕给他的启示极大，使之对武学感悟颇多。

轩辕这次所领的一百名战士，人人精神状态都似达到了巅峰，斗志高昂，每个人都似自骨子里透出焕然一新的气势，便连伯夷父这类见惯了场面的人也禁不住对这队人马另眼相看。

事实上，是轩辕为这队人马注入了新的活力，让这群人拥有了自信，对未来更充满了憧憬。

轩辕与伯夷父客气了一番，两人这才并肩步入癸城，轩辕所乘的青骝马被一名龙族战士牵着。这次唯有五匹战马入城，余者尽留在黄叶族，因为轩辕不想让太多的人知道自己拥有这些秘密武器，自黄叶族到熊城，若乘马则仅需半日之行程，快得让人咋舌。

这些战马倒真像是可日行千里，一个时辰便可奔跑近两百里路，而黄叶族至癸城只有两百余里，急速奔跑，一个多时辰便可赶到。因此，黄叶族中的骑兵可算是一招奇兵，在必要之时会以最快的速度出现。

君子国中更有七八十骑，也同样可在两个多时辰中赶到癸城。因此，只要以飞鸟传书，半日之内，就可召集到百余骑高手前来相助，这种速度实会出乎所有敌人的意料之外。因此，轩辕的这些安排可谓是上上之策。不过没到必要之时，他不会真正动用自己的实力。

此刻有熊族正处于动荡不安之时，如果轩辕将自己的人力全部投入其中的话，很可能会牵连得全军覆灭，这种傻事，他可不愿意做，除非熊城的界线已经划清，能够分得清谁敌谁友，他才会全力对付某一些人。否则，以轩辕现在的实力，仍不足以对付有熊族，因为有熊族的实力一点都不会比鬼方或东夷任何一部逊色。

伯夷父特地为轩辕等人安排了一片房舍，并将轩辕和众有侨、少典两部的战士安排在一起，众人受到了贵宾的礼遇。

不过癸城中有许多人都觉得有些奇怪，因为上次盛传轩辕与圣女凤妮之间闹了极大的矛盾，但这次为何轩辕会再来癸城呢？而且这次前来的人数竟达一百余众。当然，有人猜测这是为龙歌而来的，只是龙歌此刻身在熊城而不得脱身，未能亲来癸城相迎罢了，因此轩辕诸人也便只能在熊城方能够与龙歌相见。

伯夷父当然已自圣女的吩咐中看出事情定非那么简单，不过他自然知道什么事情该问，什么事情不该问，以他的阅历，岂会不明白此刻有熊族内的一些情况？而且他的身份、地位极高，受人重视那是难免。

翌日天未亮，便有人传达圣女凤妮到了癸城，但这次传讯之人却是伯夷父的亲信伯雄。

轩辕被圣女凤妮密召至那日与圣女相别的密室之中。

轩辕叮嘱了剑奴一声，也便跟随伯雄之后而去，他对圣女如此早早地驾临癸城并不奇怪，或者可以说在他的意料之中。

秘院之中的守卫森严，但都是圣女凤妮身边的太阳战士中的金穗剑士，可见圣女此次前来定是带了大量的高手，事实上有上次的教训之后，圣女凤妮实小心多了。

金穗剑士显然因轩辕与圣女凤妮的关系密切，对轩辕也极为客气，见面行礼，伯雄到院子门口便知趣地退了开去，他知道这里已经没有他的事了，他也不敢与太阳战士争利。

轩辕再次踏入院子之中，便禁不住涌起一种亲切而又陌生的感觉，院子之中繁花依旧，绿荫葱葱，那红瓦青砖的房子依然有着一种无法抹杀的清雅，他禁不住快步踏入客厅。

厅中只有圣女一人端坐在当日所坐的大椅上，不过她又穿起了轩辕在有邑族初见之时的衣衫，一身水绿的紧身衣勾勒出无限娇美的胴体，然紧裹于一袭黑披风之下，头带嵌珠，高冠相束，足蹬鹿皮短靴，只是此刻的凤妮显得有些憔悴。

凤妮乍见轩辕步入客厅，眸子中闪出一丝惊喜之色，忙起身相迎。

轩辕心中也有种说不出的感觉，昔日在有邑族乍见圣女凤妮如此装束，那惊为天人的感觉似仍在脑海中萦绕不去，一切便仿若发生在昨天，但是今日相见变化却是如此之大，单看凤妮的憔悴便让他心中酸疼。

“这段日子你受苦了！”轩辕的双手毫不避嫌地紧搭住凤妮的双肩，怜惜地道。

凤妮似乎也是感触颇多，双手轻搭在轩辕的双肘上，仔细地将轩辕打量了一番，久久不知道该说什么。

轩辕用力地将凤妮拉入怀中，心内似激起了滔天巨浪，尽是对这美女的歉意和怜爱。不可否认，他喜欢凤妮，这段日子以来，他从没有一刻忘记过怀中的美女，对凤妮，他更有一种深深的责任感，仿佛自己呵护她乃是天经地义之事。

“从今天开始，你不再只是一人作战！”轩辕深深地吸了口气道。

圣女凤妮也紧拥着轩辕的躯体，像是害怕在突然之间轩辕会自她眼皮底下消失一般，口中低低地泣语道：“如果你再不来的话，凤妮只怕会崩溃，这种日子我实在是受不了。”

轩辕轻轻地抚摸着凤妮那散下的几缕香发，但他却不知道该怎么安慰。

凤妮突地自轩辕怀中抬起头来望着他，半晌才舒了一口闷气，露出了久违的笑容，娇憨地道：“我以为你再也不理凤妮了，可你终于还是来了。”

“傻凤妮，我怎会不理你呢？只是一些事情没有处理好，贸然来助你，心中会无法安稳踏实，所以才拖到今日，否则我早就赶来了。想到抱着凤妮的感觉是如此的舒服，我便禁不住恨未生双翅……”

凤妮大窘，俏脸唰地红了，微挣了一下，却无法挣脱轩辕的怀抱，不由得白了轩辕一眼，无奈地道：“人家都急死了，你还有心情开玩笑。”

“急有用吗？兵来将挡，水来土掩，只要我们仍活着，就没有什么可以难倒我们的！”轩辕自信地道。

“你真好，知道你来了，我的心也似安稳了不少，现在我什么也不怕，就算大哥执意要去依附皇叔，我也不会人单势孤，至少还有你是真心助我的。”凤妮媚了轩辕一眼，嘘了口气道。

轩辕不由得看呆了，凤妮从不会以媚眼相对，今日突地抛了个媚眼，实让他心中涟漪顿起。

“你发什么呆？”凤妮惊讶地问道。

“好凤妮，再给我来一个媚眼，我喜欢看。”轩辕一回过神来，禁不住笑道。

凤妮大羞，一下子竟挣开了轩辕的怀抱，微嗔道：“人家想将近来所发生的一些大事跟你商量，你却尽使坏，占人家便宜，凤妮可要生气了。”

轩辕神情一肃，忙道：“是轩辕不对，凤妮快跟我说一说，究竟发生了什么大事？”

凤妮目光向窗外望了望，似乎是在整理自己的思绪，半晌才悠然地坐回自己的大椅之上，与她一席之隔也并放着一张铺有巨大虎皮的大椅。

轩辕便丝毫不客气地坐上相邻的大椅。

“你走之后，我依你所嘱守于凤宫之中，开始他们确是没来打扰我，但我哥归期越近，创世大祭司和皇叔便频频来探。其实，我知道他们是想知道洛书的下落，而且我还知道他们已在我凤宫之中收买了一些奸细。因此，即使在凤宫，亦非安全之所在，那些奸细也会千方百计地查探洛书的下落，而伏朗更是劝我将洛书交给他保管。哼，真是笑话，我岂会不明白他父子两人的阴谋，因此故意制造出让我形单势孤的局面？而我回到凤宫之后再也不出半步，他们也便阵脚大乱，不过他们还没有想到是你定下的妙计。”凤妮说到这里不由得轻笑着向轩辕抛了一个让人神魂颠倒的媚眼。

轩辕心中一热，但却故作若无其事，道：“这段日子是不是闷得特慌，尽练抛媚眼的功夫？我都快要被你媚得魂不守舍了。”

凤妮不由得笑了起来，笑骂道：“你这人啊，近来是不是太乱来，往日的自制力跑到哪里去了？”

轩辕不以为然，倒觉得跟这美人打情骂俏实也是一种享受，若对外人说凤妮也会有打情骂俏、媚眼横飞的时候，大概打死伯夷父之辈也不相信，便是轩辕，若非亲身体验，哪会相信平时冷若冰霜、沉稳端庄若月里嫦娥般的凤妮会有今日？

“若不是我知道你定会来助，只怕我真的在迫于无奈之下会接受他们父子两人的条件了。因为我怀疑父王是被创世大祭司给害死的，只要能将这奸贼除掉，我宁可让太昊父子占去便宜……”

“什么？太阳是被创世大祭司给害死的？”轩辕大惊，问道。

“据我多方面的调查，这个可能不是不存在，而且有百分之七十可以肯定。”凤妮眸中闪过一丝杀机。

轩辕怔了怔，淡淡地道：“如果真是如此，我定会为凤妮讨个公道。”

“我就知道没有看错人!”

轩辕不由得好笑道：“你别拿这帽子扣在我的头上，若不是我们第一次相见时你便在勾引我，我哪会中计来帮你?”

凤妮一愕，随即道：“我可没有。”

“还说没有，谁叫那时的你美成那样，只让我看了一眼，魂也飞了，魄也散了，于是也只好死心塌地地爱上了你，现在想不帮你也不行了。”轩辕一脸无辜的样子道。

凤妮扑哧一声笑了出来，以怪怪的眼神盯着轩辕，半晌才淡笑道：“原来你也只是看中我的美色才来助我，如果有个比我更美的女子来求你对付我，那你是否也同意呢?”

轩辕神色一肃，起身来到凤妮的身前，单膝而跪，牵起凤妮的玉手道：“轩辕对凤妮是出自真心的，或许这个世上真有比凤妮更美的女子，但凤妮绝对是我心中最好的一个！或许轩辕是多情，但凤妮应该相信轩辕行事有自己的原则，不可能会伤害你的。如果凤妮不相信，轩辕指天为誓，黄天在上……嗯……”

凤妮竟伸手捂住了轩辕的嘴，幽然道：“我相信。”

轩辕心中大是感动，知道这美人此刻已经全身心地寄望于他了。

“我知道你是个伟丈夫，或许你对有熊族也同样有野心，但我明白，你与其他人不同，你的一切绝不只是为了一己的私欲，更不会去伤害无辜的百姓，就算你有野心，你也会是为了天下的和平……”

“凤妮!”轩辕激动得失声低呼，禁不住将凤妮的双手抓得更紧，他也没想到凤妮竟是如此相信他，竟对他如此理解，实是让他无言以对。

第九十五章　天赐圣物

凤妮似有些伤感，笑了笑道："你什么也不用说，我全都明白。"

此刻轩辕只觉得即使凤妮要他肝脑涂地，他也绝不会皱眉半下，这叫士为知己者死。而凤妮的聪慧竟达如斯之境。

"轩辕因凤妮而汗颜，得此知己此生足矣！"轩辕毫不掩饰，真诚地道。

凤妮优雅地笑了笑，抽回被握的玉手，立身而起，在轩辕的注视下，缓步踱至窗前，修长的身躯在透窗而入的骄阳照耀下被拉得很长。

立于窗边，凤妮深深地吸了口凉爽的空气，才负手背对着轩辕道："我大哥要依附王叔蒙络，但我却知道王叔是个难成大事之人，在族中骄奢无度，贪于酒色，可偏偏又野心勃勃，骄蛮自大，确实可笑。若是让他得到了有熊族，想来族人也将难逃悲惨的命运。或许创世大祭司确是个了不起的人物，只是此人太过阴险毒辣残忍，只自他所训练出来的那群死士便知其人心性如何，我真为大哥担心。"

轩辕悄然行至凤妮的身边，与其并肩而立，淡然道："龙歌只是想借你王叔之力对付创世大祭司，如果此刻没有这样的依靠，想来你们的处境便危险了，你是个极为聪明的人，知道如何造势，使两方达到一种平衡。"

"我当然知道，但问题是王叔也绝对不是个傻子，他虽然骄奢无度，但却是个工于心计之人，他岂会不知道大哥的意图？因此，他让我们将河图洛书交给他作为条件，如果我们将河图洛书交给了他，便等于把有熊族塞到了他的手中，这如何能行？而大哥却来向我要洛书，唉，我真不知道该怎么办才好。"凤妮叹了口气道。

轩辕也怔了怔，半晌才道："这或许是龙歌的失策之处，也可能是龙歌的精明之处。"

"此话怎讲?"凤妮有些不解，问道。

"这便要看你王叔精明到什么程度了，因为龙歌这样做，创世大祭司岂会不知道?如果龙歌如此热衷地将河图洛书交给你王叔的话，只能够催他尽快下手来对付你王叔。可想而知，河图洛书如此关系重大之物，创世大祭司绝不会允许被你王叔得去，在你们都倾向于蒙络之时，他只好不择手段以得其物了。"轩辕分析道。

圣女凤妮怔了怔，脸色微微有些难看，盯着轩辕反问道："那怎会说是大哥的高明之处呢?"她心中明白轩辕所说的话不无道理，在熊城之中无处不是创世大祭司的耳目，甚至在蒙络身边也可能存在奸细。因此，龙歌的这番作为对于创世大祭司来说，几乎没有任何秘密可言。

"所以，龙歌是福是祸就要看你王叔蒙络了。如果创世大祭司为此而对龙歌施以毒手的话，就等于向蒙络宣战，这样就使得你王叔和创世大祭司两人的关系公开决裂，进而互相争斗，蒙络岂会看着龙歌被杀而不管?岂会看着快要到手的河图洛书被人夺走?因此可以说龙歌如此做法是间接地挑起这两大势力潜伏的斗争。当然，如果龙歌能以最快的速度将河图洛书交给蒙络，这可能就会让他成为牺牲品，若龙歌不这样表态，蒙络也不会助他，但龙歌明知不可能将河图洛书很快交给蒙络，所以他才会这般表态。他很清楚你不可能会把洛书交给他而后送给蒙络，因此将蒙络的目标转移到你的身上，而你也便成了熊城之中最容易受攻击的人。"

"就算如此，我也不可能会将洛书交给王叔，我宁可毁掉它，让世人永远都找不到神门的所在!"凤妮断然道。

"我知道凤妮会这么做，不过，龙歌可能低估了蒙络，蒙络甚至可以借创世大祭司的攻击来向龙歌施压，而非是主动与创世大祭司对立，到龙歌走投无路时，便不得不拿出他的河图以求苟安，而那时他的价值很可能就已到了尽头，若蒙络也是个心狠手辣之人，他甚至不会让世上存在着另一个知道河图秘密的人。抑或你们一开始便看错了蒙络和创世大祭司之间的关系，他们之间相互勾结也不是没有可能。仔细想想，以蒙络这个王叔的身份，他大可名正言顺地站出来支持你们，然后将你们操控于股掌间，但他没有这样做。而在熊城的局势之上也有很多可疑之处，既然你王叔是个聪明人，怎会做出如此不明事理之事？唯一的解释，就是他或许有把柄落在创世大祭司的手中，或是已与创世大祭司连成一气。”轩辕心情沉重地分析道。

圣女凤妮倒抽了一口凉气，细想熊城之中所发生的一切，自金穗剑士前往伏羲氏接自己回来，到眼下熊城之中的情况，蒙络与创世大祭司之间的关系极可能与轩辕所说的相合，只是轩辕这个旁观者比她这当局者更清楚而已。

“当然，这只是一个猜测，事实或许没有我猜测的这么严重，不过龙歌此招也有失策之处，因为他可能忽视了东夷和鬼方潜伏在熊城之中的高手，还有太昊座下的高手，如果龙歌要作出这种决定，那很可能便会逼得这群人不择手段以对，到时就很可能会弄巧成拙。”轩辕吸了口气道。

顿了一顿，轩辕又接着道：“不过，眼下熊城早已是风云集会，一切该来的迟早会来，谁也无法避免。”

“可是我们又该如何去面对呢？神门终究要打开，可是我们连河图洛书合一的机会都没有。”凤妮叹了口气道。

“不是没有机会，而是你对龙歌都有些不放心了。”轩辕微微一笑道。

凤妮也禁不住哑然失笑，轩辕正道中了她的心思，佯怒道：“你是否故意在离间我们兄妹间的感情？”

轩辕潇洒地耸了耸肩，将凤妮向怀中一揽，反问道：“如果真是在离间，凤妮将怎样看我？”

凤妮斜眼望了轩辕一眼，淡淡地道：“如果轩辕是这种人，只怪凤妮看走了眼，从此以后再也不理你。”

“凤妮舍得吗？”轩辕又笑道。

凤妮摇了摇头，苦笑道：“我不知道！现在还没想过，也不敢想，但我知道你不会是这种人！”

轩辕无限怜惜地将凤妮拥紧了一些，认真而深沉地道：“有凤妮今日一席话，即使轩辕为你战死，也绝不会皱半下眉头！”

“不，我不要你提‘死’一字，我要你活着，我们都好好地活着，在没有看到天下太平之前，死，只会怀着无限的遗憾。你明白我的心思吗？”凤妮认真地道。

轩辕沉重地点了点头，在今日之前，他也没有想到凤妮竟有如此伟大的情操，区区一介弱女子，竟也有如此博大的胸怀，为天下万民着想，实让须眉者汗颜，更难得的却是她竟能大义灭亲，明辨是非，不为亲情而改变自己的观点，甚至不去为龙歌而来倾向轩辕，这不能不说凤妮是一个聪慧明理至极的奇女子。至少，她能够客观地看清事实背后的真伪和大义，拥有一双让人难以想象的慧眼，就连轩辕也不能不为其深深地折服。

“我最向往的人是女娲祖师，以一妇人之力而建不世功绩，为天下万民倾其一生，这是何等悲天悯人的情怀？这是何等的博大胸襟？虽然我无祖师之能，但我却非不分是非轻重之人，如今天下战乱纷起，人人钩心斗角，我岂能独善其身？虽是区区弱女子，却希望能为天下安宁尽一点绵薄之力，也不负父王赐我洛书了。凤妮虽然年轻，但自问看人不差，纵观众生，唯轩辕能让凤妮信赖，所以凤妮不会介意轩辕野心的存在，也希望轩辕能不负凤妮所望，平定所有战乱，恢复昔日神族之繁貌，也不枉凤妮一番苦心了。”凤妮幽幽地叹了口气，悠然道。

轩辕心神大震，松手顶礼竟向凤妮拜了下去。

“使不得！”凤妮忙还礼拜下，轩辕也慌了，只好双双携手而起，诚惶诚恐地道：“蒙凤妮如此看得起轩辕，轩辕便是肝脑涂地也要为天下万民做出一番事业来！”

“我相信轩辕定可做到！”凤妮那充满智慧的眸子里闪过一丝亮光，肯定地道。

轩辕摇头苦涩地道：“轩辕真不知该如何感激凤妮的知遇之恩。”

“那便以行动来证明一切吧，凤妮不用轩辕感激，就当是为万民请命。而从此凤妮便是轩辕最好的知己，更是轩辕座前的一个小卒！”凤妮娇声道。

轩辕禁不住将凤妮紧紧拥入怀中，心情激动得久久无法平复。

凤妮也拥紧轩辕，两颗年轻的心便这般紧紧相贴，但却绝没有半丝情欲的成分，有的只是相知相惜最为诚挚的感情，一种远远超脱情欲的高尚纯洁的境界。

两人不语，久久相拥。

“这次凤妮来此，龙歌和伏朗可知道？”轩辕突然轻声问道。

凤妮立刻又回到现实之中，淡淡地道：“此刻想来他们定已知道了，但我可以肯定离开熊城时就是连创世大祭司和蒙络也不知道，因为他们皆以为我和你关系极僵，我想他们做梦也不会想到我来见你。”

“凤妮不用担心，就算他们全知道了又能怎样？此次入熊城之后，我便会公开支持你。若是不行，我们大可离开有熊族去开创自己的天地，照样可以改变天下的命运。”轩辕自信地道。

“哦，轩辕何以会如此自信？”凤妮也微讶，反问道。

轩辕一笑道：“轩辕此刻再非昔日孤家寡人，便是东夷倾力来战，我也有一拼之力，是以轩辕才会有如此一说。在两日前，我便已让东夷三百快鹿骑全军覆灭，让他们尝到了第一个苦果！”

凤妮大惊，她怎会不知东夷族快鹿骑的厉害，有熊战士便在快鹿骑的冲击之下打了几个败仗，虽然有熊族也有鹿骑营，但与训练有素的东夷快鹿骑相比仍然欠缺很多，所以当轩辕说出这个消息时，她便不得不惊讶了。

“这次你带了多少人前来癸城？”凤妮禁不住问道。

轩辕不由得淡淡一笑，道：“仅一百二十多名好手，凭这些实力自然不足以让快鹿骑全军覆灭，不过，自保应该没问题，这次猎豹和花猛他们也都来了。”

“他们也来了？”圣女凤妮微微有些不自然，但却似是很欣喜。

“凤妮不必介怀，事情既然已经过去，便不必再想太多，何况当初并非凤妮之错。”轩辕似乎明白凤妮心中所想。

凤妮稍稍释怀，嘘了口气道：“我定要向他们亲自道歉赔礼，事情终是由我而起，却让他们受了如此多的苦。”说话间凤妮自袍袖间掏出一物，又道，“这就是人人欲得之的洛书，现在就请轩辕代凤妮保管好了。”

轩辕大惊，望了油布包一眼，骇然道：“这怎么使得？”

“为何使不得？天赐圣物，有德者得之，当日神赐伏羲祖师神物，便是要让伏羲祖师为天下万民建立不世伟业，后伏羲祖师果然未负所托，击败魔帝蚩尤，使天下得以宁和。你要知道，得此圣物者不是幸运，而是责任。虽然洛书轻轻，但它的本质却重若泰山，我已被其压得喘不过气来，今日交给你只是想你能为我分担此等重责。或许，这是一件祸事也非幸事。”凤妮语重心长地道。

轩辕想了想，心头一阵惭愧，他曾想拿河图洛书去交换蛟幽和虎叶，还在思量如何得到这河图洛书，可是此刻听了凤妮这番话之后，他实在感到汗颜，禁不住郑重其事地伸出双手去接。

凤妮也露出了一丝微笑，似乎是一种解脱，也像是心头终于落下了一块石头。

轰……碎石断砖狂飞，如雨点般向轩辕和凤妮罩来，整个窗子在突然之间炸裂四溅。

轩辕和凤妮大惊。

啸！两柄弯刀幻成两道亮丽的弧迹直切向凤妮。

凤妮惊呼飞退，但一切都太过突然，便是轩辕也估不到这突然而来的攻击竟是如此凶猛，如此狂烈。

巨大的冲力使得凤妮手中的洛书包裹弹射而飞，轩辕在心神一震之际，竟未能及时接过洛书，但他却迎来了狂野的攻击。

整个厅堂都在颤抖，轩辕心中却是怒不可遏，他居然没有觉察出异象，原来在这窗外的地面之下竟伏有人。

轩辕没有时间去想这群人究竟是来自哪里，究竟是些什么人。在他的面前，一双拳头无休止地扩大，像是很快便会充斥所有的空间。

拳头当然不会无休止地扩大，扩大的只是那霸烈而狂猛的气势，也就是说，这一拳已不只是一拳，而是一个精神体，夺人心魄的精神体。

“独龙拳!”轩辕低低地惊呼，他终于记起了这一拳与当初刑月的拳法一样，只是此刻拳手的功力比之当初刑月至少要高出两筹。

轩辕只觉得体内有一股洪流奔涌而出，在那自千万毛孔侵袭入体的拳劲相逼之下，竟然欲破体而出，于是轩辕想也不想，挥拳击出。

轰……两股强大无匹的气劲绞在一起，犹如龙卷风一般冲天而起，大厅的屋顶竟被冲开一个巨大的天窗。

阳光洒下之际，轩辕的身子飞射而出，刀破长空直袭那扑向洛书的两名汉子。

尘土、碎瓦、断砖、泥土、败木……弥漫了整个空间，凤妮悠然出剑。

凤妮的剑如同疾电般绕出，闪过一缕绚丽有若朝霞的亮彩，破入那弯刀的虚影中。

与轩辕交手的是一个白须老者，但却被轩辕震得倒退四步，他几乎不敢相信这是事实。但他在身子一顿之时，又义无反顾地向轩辕扑到。洛书，是他的最终目的！

轩辕的速度好快，但他的刀更快，似乎完全不受空间的限制，一出刀便已斩入了那两名抢夺洛书大汉的中间。

“去死吧！”轩辕低吼道，他实已动了杀机。

叮叮……匆忙间，那两名汉子竟能回刀而出，居然挡住了轩辕这要命的一击，只是轩辕的力道太过霸烈，他们不由自主地被震退三步。

轩辕欲伸手抓向洛书之时，那老者的独龙拳再次攻到，这次似乎是已经豁尽了全力，欲与轩辕拼死一搏。

轩辕大怒，面对这疯狂的一击，他实无法抽身去夺洛书。暴怒之中，大吼一声，身子如陀螺般飞旋而起，竟在厅中带起一股旋动的气流，四周飞散的碎物全以轩辕为中心凝集起来。

“地陷——”

刀未出，屋子的顶部竟全被一股强大的气流扯得爆裂变形，瓦面似乎全都挤向一块，因此有起有伏。

没有人会想到这一刀竟会拥有如此霸烈的气势，也可见轩辕对这老者已经真的动了杀机，也表示轩辕急了。

天地俱暗，朝阳无色，整个厅堂陷入了一种寂灭般的寂静中，似乎所有的声音都被这一刀所生出的气势给吸敛，便如同虚空中倏然多了一个黑洞，一切的物质都被其分解，皆向黑洞中流失、陷落。

轰……轰……两声巨响，几声凄长的惨号声中，地面上所铺的大青石如被烈性炸药炸开了一般，一连串地一直炸出厅内。

大厅摧枯拉朽般轰然倒塌。

凤妮大惊之时，陡听轩辕怒吼道："土计，你休走！"

凤妮冲破屋顶，轩辕已如一颗流星般向院外划去，而那与轩辕交手的老者一臂被齐肩斩落，此刻正被两名金穗剑士截杀，另外几名重伤的刺客一出倒塌的大厅便被赶来的金穗剑士截杀或擒住。

"圣女，没事吧？"一名金穗剑士忙赶到凤妮身边。

凤妮看也没看他一眼，高喝道："轩辕……"说着便向院外追去。

轰……凤妮才到院外，便听一声疾弦响过，然后地面竟爆裂开来，一道人影自地面之下疾掠而起，在人影之后，竟有一道乌影蹿出直逼土计。

轩辕大笑着旋刀而出，喝道："土计，今日是你的末日！"

自地下蹿出来的身影显然便是那精擅遁地之术的土计，凤妮这才看清追在土计身后的竟是一支箭，一支将土计自地下逼出来更追着他不放的箭。

凤妮禁不住心中大惊，她身边的金穗剑士也看得目瞪口呆，世上竟会有如此神奇的箭，如此力道，如此霸烈，如此灵动，犹如具有生命和灵性的活物。

土计大骇地在虚空中连连变换了十八个方位，但仍没有躲过那一箭之威。不过，箭只是在土计的腰际擦破一块皮肉而已，若非土计的身材太过矮小，那一箭定会深没其体内。

土计虽然未被劲箭重创，但却无法再躲轩辕这要命的一刀，因为他在空中连连变换方位，几已耗完这一口真气，而轩辕却没给他任何换气的机会。

虚空中蓦地又多了一道梦幻般的白色虚影，没有人看清这道虚影来自何处，但却清楚地看到了这道白色虚影是抓向逼射土计的那支劲箭，想来这人便是劲箭的主人，但这等身法却让所有人都惊骇莫名。

土计诸人能够神不知鬼不觉地潜入院中，那是情有可原，谁能够阻止这人在地底下行走呢？但这神秘的白衣人又是如何潜入的呢？

凤妮猜想刚才那一批人定是自地下而至，否则，以这些金穗剑士的武功，怎会没有觉察到一丝异象？但此刻，她却心急洛书，那绝不可以被鬼方得去。

土计一声低吼，手中竟将一物向远处掷射而去，同时身子迎向轩辕。

“洛书！”凤妮一惊，她看出了土计抛出的正是被夺的洛书，不由得向远射的洛书疾扑而去。

那仍在虚空中的白影也是一声轻啸，在毫无可能的情况下折身转向洛书飞投而去，速度之快，是圣女凤妮所不能比拟的。

轩辕怒极反笑，刀势竟化出一道烈火般的色彩，如一轮升起的旭日，耀得天地变色。

土计本就非轩辕的对手，此刻更是一口真气无法逆转，竟被轩辕一刀劈得旋飞五丈，落地之时猛吐出一口鲜血，但轩辕已如影随形般再次攻来，但却是漫天的脚影，如密织的罗网，不给土计半丝喘息的机会。

土计一声狂喝，欲拼力相抗，但在负伤之下，如何能抗轩辕这惊世骇俗的一击？在连续挡开轩辕第一百零七脚之时，再也无法控制地倒跌而出，又喷出一口鲜血，待要立起，轩辕的刀已横在他的脖子上。

几名金穗剑士忙赶上来，土计无可奈何地束手就擒。

轩辕扭头再向洛书方向望去，却发现有三道身影交错而过。

三道身影，轩辕心头一惊，但见圣女凤妮和那白影迅速飞跌而退，洛书已落在另一道不知自哪里蹿出的人影手中。

那人也不恋战，一声长啸，如鬼魅般消失在几间瓦房的拐角处，于是一阵惨号不间断地传来。

“凤妮！”轩辕提刀迅速追上，但那神秘的夺取洛书之人已杳无踪影，只有遥远的地方传来惊呼和惨叫声。

凤妮脸色有些火红，手中尚拿着包裹洛书的油布，但洛书已经不在。

那白影也坠落于地，显然也是受了些伤。

轩辕一把扶住凤妮，这才扭头向白影望去，低唤了一声：“满苍夷！”

那白衣人的确是满苍夷，一头长发，脸色微显苍白，但颇为清秀姣好，那些可怕的伤痕已经消失了。

满苍夷捂住自己的左肩，苦涩地笑了笑道：“我无法阻拦他，他是刑天!”

“什么?”轩辕和凤妮同时失声惊呼。

金穗剑士此刻也赶来将满苍夷围住。

“退下，她是自己人!”轩辕喝道，此刻他虽惊骇，但也大为恼火。

满苍夷扫了那群金穗剑士一眼，抖了一下手中的一块皮帛，道：“刑天虽然抢去洛书，但并不完整，至少我们手中仍有这么一块!”

轩辕和凤妮大喜，忙接过那半块皮帛，哪还不知刚才满苍夷便是为了抢夺这半块皮帛而受伤的，但从速度上，刑天显然也难奈满苍夷何，而让她夺到了洛书的一角。

凤妮拿到洛书的一角，不由得脸色大变。

满苍夷和轩辕微愕，顿感一股不祥的预感升起，不由惊问道：“发生了什么事?”

“真洛书被人调包了，这是假的!”凤妮失声道。

轩辕和满苍夷不由得都傻愣住了，陡然间想起一件事，忙喝道：“土计!”

“我想土计还没有这么快的手脚!”满苍夷吸了口气道。

“走，我们去看看!”凤妮急了，说完又扭头对金穗剑士道，“你们立刻封锁方圆百丈现场，除城主和总管，谁也不能随便出入，同时监听地下!”

金穗剑士忙点头应诺，也知道事情的严重性，于是分头而出。

癸城战士也围聚过来，皆因这里巨爆的声音太响，几乎惊动了全城所有的人。

蒙赤武也气急败坏地赶来，但见圣女凤妮只是受了些小伤，才安下一颗心，但看到那被毁得一塌糊涂的院子，又禁不住惊呆了。

厅房完全毁坏，自塌陷的废墟之中延伸出一道宽阔深达两尺的沟槽，如被巨犁犁出的一般，这正是轩辕的刀痕所致。而这沟槽却是自一面破裂成两半的墙间冲出，显而易见，这堵墙欲裂成两半也与这沟槽有关。蒙赤武也是高手，自然明白这是被无伦的气劲所劈而成的。

伯夷父迟了几步才赶来，他赶来之时还有些气喘。

轩辕乍见伯夷父，问道：“刚才城主可是与刑天交过手？”

“公子怎知？”伯夷父讶然问道，却也证明轩辕的猜测没有错。

“能够让城主迟来的人大概也只有刚才抢走洛书的刑天了。”轩辕无奈地吸了口气道。

“刑天抢走了洛书？”伯夷父再次大惊。

“是的！他刚才便是自这里离开的。”凤妮补充道。

“都是属下不好，竟让这魔头给潜了进来！”伯夷父慌忙请罪道。

“刚才属下是怕圣女有失，才匆忙赶来，若早知如此，属下便是拼死也要将他截住，但毕竟有失，望圣女降罪！”伯夷父跪倒在地道。

“不关城主的事，试问谁能够阻止这魔头的行动呢？根本就没有人是他的对手，而且此次还不止他一人潜来，还有地神土计和另外六名鬼方高手！”轩辕无可奈何地道。

凤妮扶起伯夷父，亲切地道：“既然事已至此，自责也没有用处，幸好轩辕将土计擒了下来，另外还生擒了两名鬼方高手，城主为我找个安全之所，我要亲自审问他们。”

伯夷父被圣女如此安慰，心中大为感动，但听轩辕竟擒下土计，也惊讶不已，对轩辕的武功也禁不住得重新估计了。不过，既然圣女不追究他，也便忙谢恩而退，这次他可不敢再有任何闪失，否则真是无法交差了。

审问土计，却毫无结果，土计竟似乎也不知道洛书真假一事，倒是让轩辕诸人知道了土计如何会出现在这里的来龙去脉。

事实上，土计诸人一直跟随在圣女凤妮之后入城，而那群杀手尽是鬼方部的高手，皆擅地行之术，他们比轩辕都先一步进入那个院子，也便是在伯雄去叫轩辕之时潜在几扇窗子旁的地下，由于室内的地面上铺有厚厚的青石，只有土计能深入室中地底。等到轩辕来了之后，这群人便极为小心，他们也知道轩辕的灵觉超绝，避过圣女凤妮和那群金穗剑士的耳目还可以，但想避过轩辕的灵觉却有些难了。但当圣女凤妮拿出洛书的时候，他们便再也不必潜伏，欲夺之就走，但却没想到轩辕实在太厉害，不过在室中地下潜伏的土计终还是找到了机会，那便是在轩辕以刀使出地陷此招之后，有一点空隙，而土计便顺手夺书而走，只是他根本没有料到，半途又杀出了一个满苍夷。

满苍夷的出现，唯轩辕不感意外，其他的人都感到无比的震惊，震惊满苍夷那惊世骇俗的速度，还有那惊天地、泣鬼神的箭势。轩辕自然知道这是极乐神弓和极乐神箭的功劳，但不可否认与满苍夷的功力有关。

此刻满苍夷的功力比之在君子国时似乎已是两个档次，若非她硬接刑天一拳，凤妮只怕不会只受一点轻伤了，而满苍夷明知对方是刑天，却仍敢上前夺下假洛书一角，虽不免受伤，但其勇气和武功却绝不能否认。

至于刑天，他本身就在癸城潜伏，并负责接应土计。但后来刑天显然是遇到满苍夷这般绝世好手，又有轩辕这个后起之秀，竟不敢上前救土计，他自己也没有丝毫把握，况且若是伯夷父这等高手赶来，几大高手联手，只怕他自己也会成为网底游鱼。既得洛书，他也不敢再耽误，否则，以轩辕和满苍夷的速度完全可以缠着他，那可够他头大的，再说这里毕竟是他的对头伯夷父的地盘。

“如果土计所说的是谎话，那他只可能将洛书藏于自犀中到院外的那段地下，只要找人来将地面翻动一遍，便可知其真伪！”轩辕淡淡地道。

“我估计，土计不可能有时间在这段时间里调包，第一，他并不知道圣女会在此地将洛书交给公子，对于他来说只想听到关于洛书的秘密，而洛书乍现应是个意外，他不可能事先准备了这么一个包裹。

“其二，他并不知道我会出现，若是没有我这个意外，我相信他有能力逃过公子的追踪，只要他在地下借房舍作掩护，公子便无法发现其行踪。因此，他没有必要把洛书调包。

“第三，以公子自院中追出的速度，或以土计在地下穿行的速度来计算，他根本就没有任何在中途停歇的可能。

“因此，问题可能还是出在圣女来此之前。”满苍夷仔细地分析道，目光质疑地望着圣女凤妮。

轩辕知道，满苍夷是怀疑圣女凤妮在耍手段。满苍夷可不像他那般信任凤妮，事实上，满苍夷一开始便对凤妮没多好的印象，因为凤妮曾经出卖过轩辕，是以满苍夷的怀疑也不是没有道理，既有第一次，难道便不会有第二次吗？

对于满苍夷来说，她只是忠于轩辕，对于其他人，都会以平常眼光来看，绝不会如轩辕看凤妮一般含杂着私情，话语也显得更客观公正。要知道，如果轩辕得了这部假洛书而懵然不觉，对他来说打击会有多大？首先，轩辕便不能不怀疑是凤妮在设计陷害他，那时精神上的打击可能会比物质上的打击更为可怕。

凤妮哑然呆愣，她是个聪明人，怎会听不出满苍夷话中有话？可是她能怎样辩解呢？事实上满苍夷的分析是极有道理和根据的，她无法反驳。

“我知道，我们都被人耍了，不关凤妮的事。此刻，凤妮应仔细想想还有哪几个人可能会知道洛书的存放之地？有哪几个你身边最亲近的人常问及洛书的事？我相信定是凤宫中出了奸细，而这奸细还是凤妮身边最为亲近的人！”轩辕拥过凤妮，柔声安慰道。

凤妮涩然道：“我真的不知道事情会发展成这个样子，让我好好想想。”

轩辕立刻出去传来蒙赤武，让他带领五十名城中子民，将土计所行之处翻挖一遍，而且要让伯夷父和蒙赤武亲自监督，不能有失。毕竟洛书之事关系重大，便是蒙赤武也不敢有丝毫的怠慢。

剑奴诸人也听到了这边的声响，也与叶七及十名君子国的高手结伴而至，但见轩辕无事，也便守在轩辕所在的院外。

伯夷父和蒙赤武自然知道剑奴也绝不是等闲之辈，就凭其独战伏羲神庙的四名高手，就足以证明他的实力。以伯夷父的眼力，当知剑奴身边的十余人个个都是高手，也就放心地让其守在屋外。

满苍夷并不习惯与太多人共处，皆因其平时独来独往惯了，而她独来独往也有其好处，那便是可充当一名奇兵，给敌人一个绝对的意外。那次黄叶族之战，若非满苍夷以其比战鹿更快的身法告急，又怎么可能让东夷的三百快鹿骑全军覆灭呢？说不定反会被帝五诸人杀个措手不及。因此，满苍夷独来独往确是极为有利。试问天下间又有几人能够在速度上与满苍夷一较长短呢？所以，有人若要对付满苍夷，那简直比对付千军万马还难，若是满苍夷一逃了之，谁也奈她不何，包括刑天在内，这一点轩辕深有感触。不过，轩辕深感庆幸的却是，满苍夷成了他的朋友，若拥有这样一个敌人，实够头痛的。以前那段不堪回首的日子，轩辕和叶皇差点没被逼死。

轩辕走进屋中，凤妮仍在沉思，眉头紧锁，不由得心中大感怜惜，过去揽住她的肩头，安慰道："如果一时想不起来，慢慢再想，如果这人能够在你身边神不知鬼不觉地换走洛书，也便证明此人心计十分深沉，留下把柄的可能性不大，或者这人一切都做得极为隐秘，岂是你随便一想便能想到的?"

凤妮感到一阵从未有过的疲惫，轻轻地靠入轩辕的怀中，幽幽叹了口气，道："凤妮好累，真想好好休息一阵子，奈何脑子之中总有许多无法排解的思绪。"

"如果凤妮真的感到很累，那便好好地休息一下，我已经想到了一个方式可以试探出谁的嫌疑最大，待凤妮养足了精神再告诉你。"轩辕轻声安慰道。

凤妮精神一振，忙道："我要你现在就告诉我，否则凤妮如何能够真个休息好呢?"

轩辕道："我就知道你会如此，不过，你暂时可以放心，就算那人偷走了洛书，但没有河图也是枉然，龙歌的河图岂能易得?因此，此人偷走洛书也无什作为，你大可先放心地休息。"

"不，我要你现在便告诉我如何去找到这个人。"凤妮似有些软弱，双手抱住轩辕的粗腰，仰头认真地审视着轩辕的眸子道。

满苍夷知趣地退了出去，此种场面只会勾起她的伤心事，不看也罢。

轩辕在凤妮的额头轻吻了一下，淡淡地道："刚才我已嘱咐了那四名知道洛书有假的金穗剑士，不得将洛书被调包之事传给任何人听，而要一口咬定刑天抢去的便是洛书。想想，如果那将洛书调包者得知假洛书被刑天抢去，而我们根本就不知道被抢之洛书真假时，他会有什么表现?"

凤妮眼睛一亮，欣喜地道："还是你脑子灵光，凤妮都快急昏头了。"说完主动吻了轩辕一下，只让轩辕魂为之销。

“要是每天都能被凤妮吻一下该有多好。”轩辕又故态萌发。

凤妮不由得好笑地望了轩辕一眼，笑骂道：“你有时候冷静精明得让人害怕，有时候却是个十足的痞子浑蛋，得寸还想进尺。”

“这叫人心不足蛇吞象，人啊，也不知道是否能有个满足的时候，若是每天能得凤妮一个吻，或许我又会想每天能多要几个……嘿嘿……”说到这里轩辕自己也笑了起来。

凤妮也笑了笑，旋又神情一肃，问道：“如果凤妮满足了你的愿望，那轩辕会不会有其他更无礼的要求，或是另觅新欢呢?”

轩辕心神一震，忙正颜望着凤妮，吸了口气认真地道：“如凤妮肯垂青轩辕，轩辕必诚心以待，愿以我的一生给凤妮一生之幸福，哪怕是赴汤蹈火也在所不辞!”旋又叹了口气，接着道，“但轩辕却无法保证不为形势所迫在往后未知的岁月中做出一些与情理相违的事情，因为对于自身无法操控之事，轩辕也不敢妄下断言。”

凤妮对视了轩辕半晌，才嘘了口气道：“我知道你此话的意思，你不妄下断言也可见你并非是个口是心非的伪君子，凤妮明白。好了，不谈这些了，我们今日起程回熊城，也好让你看看城中的局势。”

轩辕心中似有些失落，涩然一笑道：“我想请凤妮将土计交给我处理，因为我要拿他去与鬼方交换一个人。”

“谁?”凤妮微讶，问道。

“少典王虎叶!”

第九十六章　威扬熊城

癸城迅速传开洛书为刑天所夺，那一场大比拼更是被描绘得有声有色，什么轩辕三招擒土计，大战魔王刑天之类的那可是越描越神，仿佛人人亲见一般。

轩辕和凤妮自不在意这些消息的传扬，也可以说这是他们故意让消息传出，以让那真正得益者听到这个消息。

伯夷父和蒙赤武也无法阻止这些消息的传播，他们总不能堵住所有人的口呀，当然，只要轩辕和凤妮没怪罪，他们便没有必要太过追究责任，让消息继续传下去，而凤妮没找他们责任已算是万幸了。

洛书在癸城被刑天抢去，这是何等人事，对于伯夷父和蒙赤武而言可算是丢足了脸面，但他们又能说什么？因为事实确是如此。

凤妮和轩辕吃过早餐便领着两百多人前往熊城。

凤妮身边当然没有这么多人马，除了轩辕一百多人之外，还有癸城相派的护送高手，加上凤妮的太阳战士，一起浩浩荡荡几近三百人，倒真不怕遭到敌人的袭击，即使是刑天也没有胆量拦截。这近三百人之中有一半是高手，余者皆是以一敌十的精锐战士，即使是东夷和鬼方的伏兵，也无所畏惧。鬼方和东夷总不可能派出大部队潜过十大联城，而让人无法觉察吧？

一路上众人的前进都极为小心，皆有人在前方开路，这任务当然是癸城的高手，圣女凤妮在癸城已经出过了一些事，如果再在路途遇袭的话，只怕伯夷父再也无脸当癸城之主了，也没办法在有熊族混下去了。

事实上，伯夷父作为伯夷族之人，却坐上癸城城主之位也是个异数，若非上代太阳唯才是用，只怕伯夷父永远都不可能当上城主。太阳一死，蒙络和创世大祭司便对癸城这个外人当家做主的地方有些看不顺眼，甚至想找人代替，只不过一直都没有借口，而且伯夷父也确不是个好惹的角色，无论是武功还是才智，都是极为了得之人，是以这才能够得到太阳的信任。

十大联城之主的地位，仅在太阳和创世大祭司及蒙络之下，与有熊族中的六大长老平起平坐，但却比长老们拥有更多的实权，也能参加族中的一些重大决议。此刻太阳英年早逝，族中便是创世大祭司和蒙络地位最高，族中的大小事务两人分管，几成两派，而各有私心，若是癸城有缺，谁都会提自己的心腹为接任人选，正因为两人明白谁也不想相让，这便使得伯夷父仍能稳坐癸城之主，关于这点伯夷父也明白。

凤妮自然也知道这一点，所以她对伯夷父极为关照。她明白，若能够将这位城主拉拢来，她的实力便会增加不少，因为伯夷父只忠于太阳。当然，凤妮不能对此人推心置腹，因为有些事情很难说，在某些情况下，人也会改变，除非局势已经非常明朗。伯夷父虽然忠于太阳，但却不能不为其千余名族人着想，若一旦有什么棘手的事情，他怎肯用千余名族人之命来为凤妮卖命呢？这也是凤妮苦恼的原因，她根本就没有足够的力量造出一种声威，赢得别人的看好，虽然有许多人忠于太阳，但对创世大祭司和蒙络也是敢怒不敢言，没有人会不爱惜自己的生命，还有家人的生命。

有轩辕相助，凤妮便打算孤注一掷，至少，此刻的轩辕已非昔日人单势孤的轩辕，其后有君子国的千名精锐战士。要知道，君子国人人尚武，皆是用剑的好手，其国人强悍是出了名的，更是高手众多。因此，便是东夷也不敢轻易去招惹他们。是以，他们能够稳守东山口数百年而不衰，这绝非偶然。不过，君子国在柳摇红死了之后，也慢慢衰落，不再声威如昔，当年便是神族八圣也不敢去君子国张狂，皆因其国内高手太多，而女王柳摇红更是剑宗的大师姐，武功比剑宗宗主更可怕。若是柳摇红仍在世，鬼三诸人也不敢轻上东山口。不过，君子国虽一再没落，但其根基仍不会差，也远胜于其他部落，皆因其无论是妇孺还是老头，皆是用剑的好手，而自君子国中走出的每一个人都绝不能小视。

凤妮也惊讶于轩辕的变化，这不能不算是个奇迹，轩辕自身的武功可怕至如斯之境，那惊天动地的一刀确让她震惊了许久，对付土计竟如此利落，与昔日之轩辕相比实有天壤之别。而轩辕身边的高手也使凤妮心惊，单只满苍夷一人便足可称得上绝世高手，那惊天地、泣鬼神的身法令凤妮无法想象，竟与刑天硬拼数招而无惧意，相信比之伯夷父也不会丝毫逊色。而剑奴、木青、叶七无一不是高手，当然，她也看出了此刻的叶七与昔日的叶七有着根本上的变化，那便是从气势上，叶七已经具备了一派高手的风范，而猎豹、花猛诸人无不是如此，还有那些来自君子国的剑手，而轩辕的真正实力龙族战士对外人来说却像是个谜。

凤妮也不知道轩辕究竟有多强大的实力，不过，她绝想不到她所猜的实力远远没有轩辕的真实实力强大。

轩辕自不会向凤妮解释，这件事情越隐秘越好，只有这样，在关键对敌时才能真正起到以奇制胜的效果，让所有人都轻忽他绝对是一件好事，这样才更方便、更有利他今后的发展。

距熊城尚有五十里左右时，前方有快骑来报，是伏朗亲自来接圣女。

轩辕和凤妮听了微微皱起了眉头，不过却并没有太感意外。

“他对你缠得可够紧的，看来他已经知道你去癸城是为了见我。”轩辕笑道。

“如果他还不知道，定是个傻子。”凤妮也笑了笑。

“我看他可能是急了，这也都怪我，出尔反尔，如果他知道我们上次只是演戏给他看，不知道他会有什么反应。”轩辕每想到这个问题，便充满了一种报复的快意，对伏朗这种人，他确实是没有什么好感，同时更恨若非伏朗出卖他，便不会牺牲几位好兄弟了。

“当然要再跟你打一场。”凤妮也笑了。

轩辕不由得耸耸肩笑了笑，一带马缰，道：“我们上前迎接吧。”

剑奴和木青也策马相随，而凤妮却乘鹿而行，身边相护着金穗剑士，两人鹿马相映成趣，倒也气派不凡。

少典神农与蛟龙也双双乘马，这五匹战马便是这么分的，至于龙族战士和君子国战士，却是走路，叶七与猎豹诸人及有侨族和少典族的几个重要人物乘战鹿，余者皆步行。

伏朗身后也随着近二十名好手，上次那几名伏羲神庙的高手也在，其中，轩辕竟意外地发现了几个人，那便是颛臾大主祭身边四大护法之二风际和风游，还有一人轩辕事前怎么也没有料到，这人竟是当初神堡之中管理奴隶的总管伍老大。

伍老大竟是伏朗的人，这确实太出乎轩辕的意料之外了，同时他也明白伍老大之所以出卖了他们，害得帝十三能准确截住他们，使之两百多奴隶兄弟死伤大半，只是受了伏朗的指使，这也是伏朗安下的毒计，其目的当然是为了消除圣女凤妮的外援。想到这里，轩辕对伏朗的恨意不由得陡地加深了许多。

“咱们又见面了，伏朗兄!”轩辕故意不瞧伍老大，装作一副极为客气的样子拱手道。

伏朗竟然还能够勉强笑出来还了一礼，风际和风游却同时拱手行礼道：“真是有缘，何处不相逢，陶唐氏一别，我们竟再会熊城外，真是幸会呀!”

“轩辕也有同感，两位护法未随大主祭南返神庙吗?”轩辕淡然反问道。

“哈，因我们尚有事待办，故未回神庙，否则如何能得再见公子呢?”风际打了个哈哈道。

“听说公子已成了陶唐氏的乘龙快婿，还未能讨杯喜酒喝，公子可一定要补上哦。”风游故意望了凤妮一眼，不怀好意地道。

轩辕心中暗怒，风游此语正是在离间他和凤妮，故意挑起凤妮的醋意，他禁不住扭头望了凤妮一眼，但见凤妮若无其事地保持着淡笑，却没看他，心中不由得微微松了口气，道：“是护法走得太过匆忙，补顿喜酒简单，不过护法可得补礼哦，俗话说天下无白吃之宴席。”

众人一愣，不由得大笑，风游也被轩辕的直接逗笑了，大声道：“应该，应该。”

“凤妮是否也准备送这份礼呢?”伏朗故意道。

凤妮淡然自若地笑了笑：“事实上我早就已经准备好了彩礼，只是一直没有机会送出去而已，待回到熊城，立刻便自凤宫中搬出来献上。”

“哦。”伏朗脸色一变，讶然问道：“难道凤妮早已知道了这事?”

“当然，事实上这个世间我不知道的事情并不多。”凤妮傲然道，同时扭头向轩辕露齿一笑。

轩辕顿时心胸开阔，一身轻松，但伏朗却妒火狂炽，一张脸几乎涨得通红。他哪曾料到凤妮竟会如此回答，而她对轩辕的表情更是让伏朗无法压抑心头的怒火。

风际忙打个哈哈，插口道：“如此说来，轩辕公子到了熊城可得再大摆宴席了。”

风际的话使得场中气氛稍稍缓和了一些，轩辕这才扭头向伍老大望去，悠然道：“伍老大近来可惬意?”

伍老大也干笑一声道：“托公子的福，伍某近来还不算坏。”

轩辕冷哼一声，他对这个卑鄙的小人已经动了杀机。仔细一想，当初自己之所以可以入神堡成为奴隶，然后借擒风扬出神堡并统领奴隶兄弟，很可能都是这个卑鄙小人一手所安排的。换而言之，那一切也都在伏朗的计算之中。

抑或打一开始，伏朗便处处算计着轩辕，故意以轩辕的行动去完全吸引九黎族的注意力，而他好在暗中行动。自始至终轩辕都成了他的一颗棋子，只不过，伏朗却没有估计到阴错阳差地造就了龙族这股潜藏着的强大势力。

轩辕也不能不对伏朗的头脑重新估计，这人实在很不简单。不过，看来洛书并不像是他所得，否则他也不会如此着紧凤妮。当然，伏朗也没有这个机会，因为凤妮对他始终存在着极大的戒心，自然不会让伏朗有任何机会。太昊唯一的失误，大概便是不该派来伏朗，因为伏朗真的爱上了凤妮，因此在某些事情上仍有些感情用事，就免不了露出许多马脚。更在某些决策上带着些许情绪化，自然难以成事。若换了不是伏朗深爱凤妮，以伏朗的才智，只怕早就已经得逞了。另外便是凤妮太了解伏朗了，因此，伏朗的心思又如何能瞒得了聪慧的凤妮？所以太昊的这个安排可以算是失误，或许是他们小看了凤妮。

伏朗和众人都听出了轩辕对伍老大的语气不善，剑奴诸人也仔细打量了此人几眼。这段日子来，剑奴已渐渐明白轩辕的心态，也知道伍老大是轩辕所要杀的人。

“伍先生与轩辕可是旧识吗?”凤妮微讶，问道。

轩辕笑了笑，道：“何止旧识。”

“轩辕兄到了癸城，怎么不派人通知我一声，也好让我亲自来迎接呀。”伏朗忙转过话道。

“哦，伏朗兄的好意我心领了，此刻你远迎五十里，此等盛情已让轩辕感激不尽了。”轩辕淡然道。

“传闻凤妮与轩辕兄之间存在着少许误会，我便知这是讹传。”伏朗又道。

“伏朗兄看事可真是透彻，我与凤妮之间又怎会存在误会呢？即使有误会，也已在上次解开了，此次轩辕前来便是要归顺凤妮的。此来之人皆是有熊族的后裔，可谓是认祖归宗来了。”轩辕不想再跟伏朗作任何虚伪的应酬，他自然明白，这次他来熊城，与伏朗之间总会见个真章，与其笑着玩阴招，倒不如光明正大地摊牌。此刻便是伏朗欲与他作对，轩辕也不会害怕。因为伏羲氏总部设在黄河以南，与熊城相隔了千余里，不可能调集大量人手前来熊城对付他，但他却可以随时召来大批好手，甚至是几旅劲骑。因此，与伏朗相拼，轩辕绝对占着优势。不过，轩辕自不会傻得与伏朗交手，那样的话，只会让蒙络或创世大祭司得利。

“路上不宜谈话，我看还是先回到城中再说吧。”凤妮打断两人的话道。

轩辕轻轻一笑，策马与凤妮并行，似乎根本就不去注意伏朗那嫉妒得快要发狂的目光，众有侨战士与少典战士一声欢呼，紧随轩辕和凤妮之后，甚至差点将伏朗挤到一边凉快去了。伏羲氏的高手人人色变，伏朗甚至预感到自己的危机已经逼近了，而这种危机则来自于轩辕。

是的，凤妮对轩辕的态度似乎极为亲密，竟与轩辕并肩而驰也毫不为意，而这可是伏朗昔日所享受的待遇，却横里杀出一个轩辕来。当日他对轩辕所产生的感觉并没有错，轩辕确确实实是他的劲敌，只是在九黎没有杀轩辕这确实是失策，而他也失去了击杀轩辕的最好时机。

任何人欲对付此刻的轩辕，都必须付出惨重的代价，这是绝对不用置疑的。但伏朗绝不会甘心，这点轩辕自也是心知肚明。

得知轩辕与有侨战士及少典战士的到来，龙歌和六大长老也齐齐迎出城外。

在熊城之中，六大长老仍是代表着太阳的支持者，虽然长老中也有人倾向蒙络和创世大祭司，但却不会公开表示。在平时的许多事情上，他们仍会摆出一种超然的姿态。

有侨族和少典族乃是有熊两个失散外迁的支系，今日重返熊城，可谓是认祖归宗。虽然其实力并不强大，但其意义却是不可小看。何况少典氏的人丁也极旺，有千余众。当然，此次回归熊城的只是精锐的少数人。同时，这群人也算是护送龙歌返回熊城的功臣，受到热烈欢迎自是难免。不过，蒙络与创世大祭司似乎并没有对他们怎么在意，更不会亲自来迎接。

事实上，以蒙络和创世大祭司的身份，怎会亲迎这些后生小辈？何况蒙络本就是一个极为傲慢之人。

熊城确是一座极为雄伟的大城，依山而建，但却几乎将整座山都包括在其中。并利用天然成形的岩壁为墙，峡谷为开阔的城门。另有几面加以人工修砌而成的高墙坚壁，比之癸城至少要大三四倍。

熊城之外是一片沃野，分布着大大小小的村落，还有几条河流，河水的源头似是在熊城之内。

熊城其实更像是一座圣山，成为方圆数百里沃野平原上的权力中心，有种高高在上的皇权象征。

居住于熊城之人皆为有熊贵族及战士，也有居于熊城的百姓，但并不是很多。熊城虽大，但居所并不是很多，主要的战士都集中在熊城周围十数里的八大寨口之中，也算是熊城的对外防线了。

当然，若有人想进攻熊城，绝对不是一件容易的事，首先便得经过十大联城的防线，然后必须破八寨，这才能够正面与熊城大战。但以这种强大的坚城，只要城中粮草储备充足的话，自外向内攻确是难比登天。而若欲断熊城之中的水源，也是妄想，因为这几条河流的源头便在熊城内的熊山上，自是不可能自外断其水源。

熊城之中的粮食却必须自外运进城中，那便是来自城外的一片沃土，还有在有熊族周围相依附的小部落。至于十大联城，则皆为自给自足，他们拥有自己的领土，拥有自己的管辖权，但在重要的时候却必须听从熊城的吩咐安排。

以有熊族的实力本可以向南或向东北方向扩充自己的势力，但是偏偏遇上两大宿敌——鬼方与东夷，熊城夹在两大势力之间以至于无法发展。

鬼方联盟了北方诸族，东夷联盟了东南诸族，而后以海为边向北部扩展，这样便等于将有熊东、南、北三面给封死了。有熊族能够突破的只有西面，但西面过去，又有太行山脉相阻，这大概也是有熊族的痛苦。

由于地势所限，加之鬼方和东夷皆对有熊这块沃土虎视眈眈，使得有熊族终年陷入一种战争的状态。是以，人丁绝难兴旺，孤儿寡妇也极多，也便再无力西进。何况西面的陶唐氏也极为强大，能够与陶唐氏修好已算是有熊之幸了。不过，有熊本部仍有数万子民，可战之兵也在万余众，其强大是不可否认的。若非东夷和鬼方都组成了强大的联盟，即使强若九黎族、荤育部也不能独抗有熊之实力，但鬼方十部联盟，再征服了一干寄于北方的小部落后，其战士也是以万相计，足以与有熊相抗衡，何况有熊族兵员之中有三分之一是女子。

东夷的地源最广，几可与南方的三苗相比，其地也多为沃土。是以，东夷的强大绝不逊于鬼方和有熊，其实，在三股强大的势力中，数有熊的力量单薄一些，但有熊族却有坚城相守，便是鬼方和东夷联手，也不能占到多大的便宜。否则的话，有熊族只怕早就被鬼方和东夷给吞并瓜分了。

然而，有熊却是祸不单行，族王太阳暴死，族中内部不和，局面未稳，出现了从未有过的危机。只是熊城之中的兵众似乎全然没有看到这个危机，创世大祭司与六大长老又迟迟不肯推举出新的太阳，便连合法的继承人凤妮和龙歌也遭到排挤和否定。

龙歌和凤妮自是无可奈何，熊城之中虽有人支持他们，但却又怎拗得过蒙络与创世大祭司的权势？有些人也是敢怒不敢言。当然，站在创世大祭司一边的人更多，一旦否决起来，立刻有大半人响应创世大祭司的话。于是，龙歌和凤妮也只能有气无处出。蒙络虽身为他们的王叔，却亦不出面发言，只是在暗中拉拢人手为己用，使得龙歌与凤妮孤掌难鸣。

或许，当初太阳送龙歌与凤妮远离熊城去三苗学艺便是一个错误的安排，当然，这是一个无法追究责任的问题。

熊城之中驻扎着近千余名战士，另外便是蒙络的亲卫有百余人，创世大祭司所训的死士营有两百余人，六大长老所掌管的宗庙有两百多名战士，再加上三百多名太阳战士，熊城之中共有两千精锐的战士，但其居民却达到四千余众。因此，在整个熊城之中有六千余人。

拥有六千余人的大城在当时来说确应算是超级大城了，但熊城之中仅居有熊族六分之一的实力，余者皆在十大联城和八大寨口之中。另外，原野上分布的一些村落中居住了有熊族四分之一的子民，这也是有熊族的主要劳动力，这些人不仅仅种植五谷，同时也以狩猎为生。

事实上，蒙络在熊城之外尚建有自己的别城。当然，那座城池的规模和气势与十大联城没法比，那是在山谷中建造的行馆，也算是一处别居。太阳在位之时，蒙络便住在行馆中，并不经常去熊城。因为太阳看不惯蒙络那种架势，而蒙络也不想常看太阳的脸色，所以他便搬出熊城另建行馆。但太阳一死，他又立刻回到熊城的王府之中，他绝对不会让熊城的局面由别人掌管。

龙歌一步入熊城之中，便有人疾步前来快报。

“不好了，王子!”那人冲开围观的民众，慌张地奔至龙歌的座前道。

龙歌和凤妮脸色微变，六大长老的神色也不好看。

“究竟发生了什么事?”六大长老中的元贞急忙问道。

“卧龙宫起火!”那汉子急促地喘息道。

“什么?”龙歌脸色大变，卧龙宫正是他的居所，与凤妮的凤宫同为熊城的重地，此刻竟突然起火，怎叫他不惊？而他刚才出来之时还是好好的……

轩辕与凤妮禁不住相视望了一眼，都看出了彼此心中的震骇，这一切的确是太巧合了，是以，他们隐隐感到一丝不安。或者可以说他们已不约而同地想到了一件事，那便是河图!

龙歌除了将河图放在卧龙宫外，似乎并没有其他地方好放，当然，龙歌绝不会将河图放在一个显眼的地方。因此，凶手也并不一定能寻到河图，但事无绝对，万一……

轩辕诸人便交由凤妮与无咎长老接待，龙歌和另五位长老全都急速赶去卧龙宫。既然卧龙宫发生了如此大事，龙歌自然不能再陪轩辕，而轩辕这等外人当然也不能随龙歌去卧龙宫一看究竟。

凤妮虽急，但事已至此，她也不欲去看，因为既然事情已经发生，她即使赶过去也是没有丝毫的用处。

熊城的子民倒是极为热烈地欢迎这群返回祖族认祖归宗的人，在大道的两边夹道欢迎，使得有熊和少典的战士人人精神振奋，大感风光无限。

凤妮也禁不住心中甚喜，想想另两批自东夷、鬼方阵线中来到熊城的战士，一个个都显得极为狼狈，哪有轩辕此次前来这般气宇轩昂？而这一切也正显示出了轩辕的与众不同之处。

事实上，凤妮早就为轩辕准备好了住处，那便是距凤宫只有三百余步的几间大院落。这也是她刻意安排的，因此径直将轩辕诸人带向凤宫的方向。

“圣女，大祭司已经为轩辕公子安排好了南侧的斗霞居，我们这就将公子和诸兄弟领去……”

“不劳大祭司操心，我已为轩辕公子准备好了落星阁，他和他的兄弟便住在那里好了。”凤妮冷冷地打断无咎长老的话道。

“落星阁是靠近凤宫的重地，怎么能随便让外人住呢?”伏朗一听，立刻明白凤妮的意图，不由妒火狂燃，愤然道。

无咎长老一听，脸色微变，也附和道：“是啊，落星阁乃是有熊族的重地，怎能让外人居住呢?”

“长老此言差矣，轩辕和他的兄弟们体内所流的乃是有熊族的热血，虽曾是远离故土的游子，但事实上却是有熊族的后代，血浓于水，怎能说他们是外人呢?”凤妮冷冷一笑，淡然反驳道。

无咎长老一愕之际，轩辕抢着发出一阵爽朗的豪笑：“如果长老对我们的身份有所怀疑，那我们可以立刻打马出城，返回姬水河畔，永远成为一个独立的群体!”

无咎心中暗怒，但他怎敢反驳?因为许多曾迁居远处的有熊族后裔就是等着这句话，那样他们便可以再也不用听祖族的号令，驱走族中的祭司，完完全全成为独立的群体，如此也便等于断了有熊强大的外援。即使是创世大祭司也不敢不承认有侨族和少典族在有熊的合法地位，否则，他也不会派三位祭司去有侨族了，由此可见创世大祭司对有侨族的重视。

凤妮忙打圆场给无咎一个下台的机会，道：“轩辕别误会，长老绝不是这个意思。”

无咎心中大恨，但他却绝不能否认。凤妮此话虽是为他找了个台阶下，可也使他再不能提出任何反对意见了。事实上，凤妮和轩辕一唱一和，便是要把他拖入一个死局之中。

伏朗心中虽妒，却也无可奈何，算起来，他还是一个外人，如果无咎不说话，那他更无说话的权利。

“可是，可是……”无咎欲言又止地说了两个“可是”。

“可是什么?”凤妮斜眼望了无咎一眼，又道，“难道长老还有什么意见吗?”

无咎突然发现凤妮的语气竟比往日强硬锋利多了，让人有些难以招架。伏朗其实也有同感，平时一向低调的凤妮在突然之间似乎变了一个人。他当然知道，这可能与轩辕有关，但究竟发生了什么事却不是他所能知道的。

“落星阁已经有人住了。”无咎终于说了出来。

凤妮娇躯一震，脸色一沉，凤眸之中泛出一缕冷厉至极的寒芒，沉声问道：“谁?”

“是齐护法和杜护法。”无咎小心翼翼地道，目光却偷偷地观察凤妮的反应。他已经感到凤妮动了怒，不过想到齐威和杜圣乃是创世大祭司身边的四大护法之二，其身份地位也极高，想来凤妮也不敢拿他们怎样。

“他们什么时候住进去的？我怎会不知道?”凤妮口气似乎缓和了一些，问道。

“圣女昨日离城之时，他们才搬进去，是以还没有来得及通知圣女，所以……”

“是谁让他们搬进去的?”凤妮大为气恼，质问道。

“是大祭司的安排，他让齐威和杜圣两位护法自斗霞居搬出来便是为了给轩辕公子安排住处。”无咎似乎感觉到凤妮有些脆弱，自然不会忘了继续搬出创世大祭司这顶帽子。

凤妮果然有些势弱，因为齐威和杜圣乃创世大祭司身边两位极红的大护法，其身份地位极高，她怎能将两人逼走？但又很明白，这是创世大祭司所安排的诡计。打一开始，创世大祭司便已看清了她的意图，这才会棋高一着，事先安排两个心腹住到凤宫附近，以便更好地监视凤宫的动静。

凤妮扭头向轩辕望了一眼，两大护法的身份使她拿不定主意了，而这时轩辕正向她打了个眼色，示意她不要退缩。

伏朗此刻不仅不为凤妮担心，反有一种幸灾乐祸之感，他倒要看看轩辕能耍出什么花招。他对熊城局势的了解自然比轩辕多得多，当然明白杜圣和齐威两人绝对不是好惹的角色，他不信轩辕能对这两人怎么样。

凤妮见轩辕神情坚决，心中稍定，毅然道：“长老先去落星阁通知两位护法，让他们立刻给我搬回斗霞居。没有我的命令，私自迁入落星阁已违我有熊族规，若不想受族法处置，便快些让出!”

无咎一惊，也有些惊讶地望了轩辕一眼，他自然明白此刻凤妮之所以突然变得强硬，就是因为轩辕的存在，只自刚才轩辕和凤妮交换眼神的神态任谁都可以看出。此刻他知道再没什么好说的，忙驱鹿向落星阁驰去。

轩辕一行人声势浩荡地行近落星阁，落星阁前已经站满了人，为首者正是无咎长老和齐威、杜圣两位护法。三人大步向圣女迎来，余者皆肃立落星阁前，看那架势大有大干一场的气势。

“齐威住进落星阁，未来得及禀明圣女，还请圣女鉴谅。”齐威年约四旬，面如重枣，高大魁梧，行如虎进，极有气势。

“杜圣也特向圣女请罪!”杜圣脸色则显得有些苍白，身如竹竿，走路飘摇不定，像是欲被风吹走，声音尖细，极为刺耳。

轩辕却不敢轻视杜圣，虽然此人走路飘摇，但其步履之间似含某种玄机，并不是因身子瘦虚所致，应是修习了某种异功奇学才有此种表现。轩辕可以肯定，杜圣的身法绝对极为可怕，至于功力，齐威和杜圣都显得有些深不可测。

“既知罪，何不立刻给我搬出落星阁？我可以不治你们之罪。”凤妮冷冷地质问道。

“圣女有所不知……”

“我不知什么？难道不知有熊历法？不知族规？若还有些什么不知的，你倒给我说说!”凤妮大发雌威，打断齐威的话，质问道。

齐威和杜圣相视望了一眼，若是说到有熊族规，他们确是有些理亏，这西宫本属于凤妮所辖范围，那西宫之中的住宅当然全由凤宫之主凤妮安排，尤其她更将凤宫列为禁地。他人若是想住进西宫，便得要凤妮首肯，即使是创世大祭司也不能全权决定。在凤妮回到熊城之后，原本一些住在西宫的人基本上已搬出，当然，创世大祭司仍以某些借口让一部分人住在西宫之中，但却都不是靠近凤宫之地。而落星阁和伏朗所居的摘星殿乃是凤宫边的重地，凤妮自不允许外人居住，便是创世大祭司也不能强住于此。因此齐威和杜圣的说法有些理亏。

“是这样的，大祭司是担心圣女的安全，而轩辕公子等人刚自姬水东来，尚不熟悉熊城的规矩，以防某些事情上冲撞了圣女，这才会将他们安排到斗霞居，由大祭司亲自教他们有熊历法和族规。等他们熟知了这些，圣女要安排他们住到哪里便由圣女安排好了。”杜圣尖声尖气地解释道。

齐威和无咎禁不住都向杜圣投以赞许的目光，杜圣确是有些机智，而且此番话也说得合情合理。

凤妮一阵淡然冷笑，道：“大祭司日理万机，实不敢有劳他老人家费心费力，凤妮有能力安排好这一切。至于有熊历法和族规便由凤妮亲自教给他们好了，反正我有的是时间。烦请你们将我这番话告诉大祭司，而你们也立刻给我搬离西宫！”

“凤妮，男女有别，你怎能亲自教他们呢？我看还是让大祭司选人教吧。”伏朗突然出言道。

杜圣和齐威大惊，他们似乎没有想到这个伏朗此刻竟会倒戈于圣女，但旋即明白这是伏朗在争风吃醋。但不管怎样，伏朗此话确实是帮了他们不小的忙，不由忙附和道：“是啊，伏朗公子说得对，我看圣女还是专心练功，其余的事情还是由大祭司安排好了。”

“师兄和两位护法此言差矣，师兄好像忘了自己也是个男的，当初有熊历法不也是我教的吗？师兄说此话岂不奇怪？是的，我得专心练功，但劳逸结合方为上佳之练功法，这似乎与教人历法并不矛盾。何况，太阳战士中，知历法者不少，当有人可做轩辕之师。因此，两位护法闲话休说，立刻给我搬出西宫，否则休怪我无情！”凤妮冷冷地望了伏朗一眼，心中更多了几分鄙夷，不屑地道。

杜圣和齐威相视望了一眼，似乎没有想到凤妮如此强硬，词锋如此之利，使他们毫无反驳之机，甚至不给他们时间考虑。

“圣女息怒，大祭司在我们搬入之时便下了命令，说没他的命令，我们不能再随便搬迁。如果圣女实在要属下搬走，不如等大祭司自卧龙宫回来再作决定如何?”齐威见各种理由都无效，只好又搬出创世大祭司来。

轩辕此刻才真正知道创世大祭司在有熊族的威望，不过，他并不担心今日之事，既然他来到了熊城，总得做点事情。因此，他不怕闹事。

圣女凤妮怒极反笑道：“这是我的西宫，何时轮到别人作出决定?我是西宫之主，我说的话便是命令！谁敢不服就是有违族规历法，当处重罚！我再说一遍，你们立刻给我撤出西宫，否则休怪我无情!”

无咎、杜圣、齐威三人脸色同时大变，他们知道圣女凤妮动了真怒，但是他们却不相信凤妮能将他们怎么样。

众金穗剑士见杜圣和齐威仍无动于衷，都锵的一声拔剑出鞘，显然只要凤妮一声令下，他们就会毫不犹豫地飞扑而上，将两人加以正法。

金穗剑士只是一群绝对忠于王族正统的剑手，乃是太阳亲手训练出来的战士，便连创世大祭司和蒙络都无权指挥。

杜圣和齐威脸色再变，此刻在西宫若是与凤妮闹起来，他们确是理亏。对于太阳战士他们倒也不惧，因为此次他们是有备而来，似乎早就预料到可能会发生冲突。因此，身边也带了许多高手。

“还望圣女三思!”无咎见如此剑拔弩张的气势，不由得也有些微急，提醒道。

“长老也觉得是本圣女错了吗?”凤妮凤目泛出两缕阴冷的光彩，柳眉倒竖，冷问道。

“不敢，圣女自是没错，但场中都是自家人，何必如此呢?我看还是请大祭司来对两位护法作一下安排好了，也用不了……”

“长老的意思仍是圣女不能在西宫做主吗?如果连西宫圣女都无法做主，圣女之威信何在?颜面何在?你身为长老当知依历法所定，谁对则拥护谁，这点难道长老也做不到吗?既然如长老所言，都是自家人，为何长老不劝劝两位只听祭司之话而不守族规的护法呢?”轩辕打断无咎的话，冷声质问道。

无咎一时哑口无言，虽然他对轩辕怀恨在心，但却也不敢出言顶撞，他知道凤妮对轩辕极为倚重，他可不敢真个公开得罪圣女凤妮。

“你又是什么人？这里哪轮到你说话的份儿！”齐威见轩辕此语，不由得暗怒，不屑地道。

剑奴一听齐威此话，不由愤然锵的一声也将利剑拔出了半尺许，但却被轩辕作势阻住了。

轩辕淡漠地一笑，也轻蔑地望了齐威一眼，冷冷地道：“我是什么人并不重要，重要的是谁若以下犯上对圣女不恭都将成为我的敌人。如果你们识趣的话，立刻依照圣女的吩咐撤离西宫，否则休怪我不客气！”

“小子，好大的口气，我倒要看看你有什么能耐！”齐威似乎找到了一个出气的对象。这群人之中，只有圣女是他不敢冒犯的，其他人哪还放在眼中？而且，他又有创世大祭司撑腰，便是圣女凤妮也不能拿他怎样。因此，以他不可一世的傲气，怎能容忍被轩辕这般讥嘲一番所受的窝囊气？是以，他竟然目空一切地欲向轩辕出手。

“大胆！”圣女一声怒喝，正欲阻挡，轩辕身边一缕亮光闪过，剑奴已化为一道亮虹带着奔涌的剑气直扑齐威。

无咎和齐威都吃了一惊，杜圣也吃了一惊，皆因剑奴这一剑之威确是让人心惊不已。

金穗剑士见齐威如此藐视圣女凤妮的存在，也纷纷出剑扑至，他们并不会讲什么规矩，只是要将齐威擒下。

齐威虽是创世大祭司的四大护法之一，地位尊崇，但是却不能与凤妮相比，便是创世大祭司表现上也会尊重圣女凤妮，何况是他们？

杜圣见事情闹到这种地步，他也不得不出手了。若是他不出手，今日齐威是败定了，只凭齐威与剑奴连连硬拼两招便可以看出，单是一个剑奴已让齐威难以消受了，若是再加上这群金穗剑士之威，如何能敌？是以，他必须阻止这群金穗剑士攻击齐威。

无咎却是不知该不该出手，出手便是与凤妮撕破脸皮，表明他已依附创世大祭司，那将在长老会中尊严尽失，而且只看一边好整以暇的轩辕及其身后的那群木无表情的高手，他又不敢出手。何况那剑奴的剑术竟能与齐威拼个不相伯仲，狠厉而奇诡，使齐威有些缚手缚脚，顾此失彼。无咎深知齐威的武功实不比自己逊色，已是熊城之中的有数高手之一，是创世大祭司的手下除死士教头吴回、大护法杜修及二护法齐充外的最厉害的人物，与杜圣可谓是最佳的搭档，但与轩辕身边的这个老头相比，竟占不到丝毫便宜。可见这个轩辕也绝非等闲之辈，而且在圣女的另一边还有个伏朗及伏羲神庙的高手。

落星阁门口所列的一干高手见杜圣和齐威遭人攻击，立刻急奔而至，他们并不会讲究谁的身份高低，只会在意主帅的安危，而数十人皆是高手，纵跃如飞。

嗖……一阵乱箭如雨点般插满一地，箭矢所落之处正是齐威那群属下欲经之地，但却没有伤及任何一个人。

“谁敢越箭而过，立杀无赦!”轩辕杀机无限，沉声道，众有侨战士与少典战士及轩辕身后的诸般高手人人手执利弩，箭矢之精芒闪烁，随时都可以施以乱箭。

那群欲赶前增援的高手竟被轩辕的气势震住了，还真不敢越雷池半步。在这种距离之间，他们的人都挤到了一块儿，欲躲过对方近两百支弩箭的确不是一件容易的事。若是硬闯到他们参战之地，大概已有大半人失去了战斗力，试问他们又怎敢轻迎其锋?

无咎脸色大变，不由望向凤妮，但凤妮连眼角都不瞅他一下，显然已经默认了轩辕此举正合她意。

伏朗心中却极不是滋味，轩辕一来，立刻便先声夺人，大刀阔斧地表现自己，而他却从未想过敢如此做法。相较之下，他知道自己实输了轩辕一大截。在气势上，他更不如轩辕，轩辕的光芒让他黯然失色，是以，他心中极为嫉妒。

杜圣和齐威也没有想到轩辕会来这么一手，事实上，他们压根就没弄明白轩辕是何人，也没将这个轩辕放在眼里，但这一刻他们已经明白谁是轩辕，更知道轩辕是个绝对不能轻视的对手。任何轻视轩辕的人都可能会吃亏上当，此刻杜圣和齐威便上当了。

其实，便是无咎也没有估到，以轩辕这支刚入熊城还不明白城内局势的势力敢有什么动静，是以创世大祭司欲给他们来个下马威，却没有料到轩辕竟如此敢作敢为，在还没有了解城中局势的情况下，竟公然出手对付创世大祭司属下的两个大红人，这确实让人意外。而且轩辕还似乎有恃无恐，似乎不怕创世大祭司的报复，那样子倒让人有些高深莫测之感。

凤妮对轩辕的表现着实打心底感激，与伏朗相比，后者简直像个附庸，只知道孤立自己向自己施压，遇到这类事情却是畏首畏尾。但轩辕一来就立刻占据主动，让她扬眉吐气。若是今日能擒下杜圣和齐威，定可使她声威大震。她以前一直心忧的是，自己身边根本没有像齐威和杜圣这般的高手。此刻轩辕一来，局势顿显不同，只凭轩辕身边的剑奴便可以战平齐威，这使她信心倍增，而轩辕身边的另一群高手尚未出手，使其真正的实力无从估计，她如何会不高兴呢？

轩辕自是不能让熊城之中的人小看了自己，虽然自己初来乍到，但若能借此立威，说不定往后的事情会好办一些。反之，创世大祭司的人将会千般刁难，使他在熊城之中寸步难行，那就不如索性大闹一场，置之死地而后生，反会将局面打开。

第九十七章　护法祭司

轩辕自然知道这般做的利害关系，但好就好在熊城不是创世大祭司一个人当家做主，也不是他一个人说了算。表面上至少还有龙歌和圣女这两人的存在，而具体实力还有一个蒙络可与创世大祭司抗衡。如果轩辕估计不错，蒙络绝不会让创世大祭司为所欲为，若有个人能代他挫挫创世大祭司的风头，他绝对会支持和暗自高兴。只要不让蒙络正面出来与创世大祭司唱对台戏，其他只要能拖住创世大祭司的事，他都会干。因此，轩辕不愁蒙络不出面主持公道。除非他今日被杜圣和齐威打得一败涂地，那时蒙络定会闭口不语，但那种局面是不可能出现的。这是轩辕的自信。

杜圣似乎有些急了，四名金穗剑士让他有些左支右绌，而其属下又不能前来相助，这使他不能不急。一旁还有四名金穗剑士在虎视眈眈，随时准备出手，只要那四人一出手，他根本就不可能抗拒。这群金穗剑士得到了太阳的真传，人人武功了得，可谓是熊城战士之中最为精锐的，也是地位最高的战士，便连创世大祭司都无权指挥他们，只有长老会和王子、圣女才能够调配他们。太阳战士都属于王室亲卫，所以不会负责对外作战，却负责王宫的保卫之责。因此，其武功如何并不为外人所知，或是知之不多。当然，对于有熊族的一些主要人物来说，绝不会不清楚太阳剑士的实力。

“对这两个目无历法之辈，不必太过客气，还是尽快拿下为好。”轩辕向圣女凤妮淡淡一笑道。

圣女凤妮哪还不知轩辕要她借此立威，自然不再客气，淡淡地道：

“将两个狂徒给我拿下!”

那四名待机而动的金穗剑士立刻应命而出，木青也在轩辕的眼色下迅速攻向齐威，与剑奴联手出击。

齐威和杜圣大惊也大怒，但他们连呼喊喝骂的工夫也没有，只几个回合便被双双拿下。

八名金穗剑士的力量之强，使得杜圣根本没有还手之力便被击倒，不过八人并没有伤杜圣。而齐威所面对的对手乃是两个顶尖高手的合击，情况也好不到哪儿去，只抗拒了四招，便失手遭擒，旁边的无咎长老看得暗自出了一身冷汗。

无咎的确出了一身冷汗，木青和剑奴两人的剑术组合所产生的威力让他咋舌，而木青和剑奴各自的剑道修为也让他心惊不已。他也暗自庆幸自己刚才没有出手，否则，此刻他也绝不例外地被擒，而轩辕属下的高手似乎极多。他心中暗忖道：“难怪这年轻人能在如此短的时间内名震天下，实不是侥幸所至，只不知轩辕本身的武功又如何。”

齐威和杜圣属下的那群高手也只能眼睁睁望着两位护法被擒，竟一点忙也帮不上。同时，他们也对剑奴和木青如此轻易擒住齐威大为错愕，一时之间竟真的被轩辕的气势所震，不敢有丝毫的妄动。

凤妮大感扬眉吐气，这在平时不可一世的两大护法此刻竟如此不堪一击，实是让她大感痛快。她望了齐威和杜圣一眼，向那群站在落星阁前的人喝道：“你们立刻迁出落星阁，不得有半点耽误!”说完又向轩辕道，“我们进去。”

那群落星阁前的高手相视望了一眼，只好迅速迁离去向创世大祭司报信。

而有侨战士和少典战士则欢声大呼，人人扬眉吐气，斗志高昂，皆为轩辕这种强硬的举措而欢呼。

无咎心头却是十五只水桶打水，七上八下的，事情闹到这个份上了，他还有何话可说？便是面对创世大祭司也不好交代，而轩辕这个后生小子的大胆作为更是使得他心神大乱。当然，他自是好汉不吃眼前亏，不会与轩辕计较。

有百余名有侨战士与少典战士，欲收拾这里的东西还不是一件轻松之事，何况这里的东西，齐威和杜圣已让人收拾过，因此几乎没作什么修整。

凤妮心中也颇为不安，毕竟杜圣和齐威的身份非同小可，将他两人擒下，等于是打了创世大祭司一个耳光，创世大祭司岂会善罢甘休？如果创世大祭司要对付他们，只需一声令下，她和轩辕的这些人手根本无反抗的实力，虽然轩辕身边的高手极多，但创世大祭司属下的能人异士岂会少？因此，凤妮不能不担心。

轩辕自然知道凤妮的心思，而伏朗更是一个劲地在旁边说这种做法不合适，已让凤妮的心神有些乱了。这当然是因为凤妮一直以来都被创世大祭司的威势所逼，若在突然之间去对付创世大祭司，自然有些心怯。但这是很正常的，这也需要一个适应的过程，若要适应这个过程，就必须具有强大的自信，而凤妮的自信便需要由轩辕来建立。

"我们现在该怎么做？"凤妮忧心地向轩辕询问道，只看得伏朗恨不能将轩辕生吞活剐。

"你让无咎长老立刻去拦住前来的创世大祭司，若我估计没错的话，大祭司定在前来西宫的路上，便让无咎长老告诉他，我们会在你王叔的府中等他，至于杜圣和齐威，自然也会一并带去！"轩辕轻松一笑，他对一切似乎早已胸有成竹。

凤妮一听，茅塞顿开，自是心领神会。在熊城之中，唯有蒙络才能对抗创世大祭司，以蒙络的狂傲，绝不可能让创世大祭司当着他的面大发淫威。这样一来，不仅可以杀杀创世大祭司的锐气，还能够挑起蒙络与创世大祭司之间的摩擦，只要能获得蒙络的支持，便可与创世一斗。这之中妙就妙在杜圣和齐威所冒犯的是王族特权，再怎么说蒙络所代表的仍是王权。

凤妮立刻按轩辕的吩咐让无咎长老前去转告创世大祭司，而她则带着两名金穗剑士和轩辕、剑奴及叶七、猎豹诸人，一行十余人押着齐威和杜圣前往蒙王府。她留下了几十名太阳剑士，以阻止任何人来打扰落星阁之人的休息，除龙歌之外。而落星阁便由木青、神农和蛟龙主持大局，一切安排得极为妥当。

凤妮诸人赶到蒙王府时，立刻有人通知蒙络，由于卧龙宫神秘起火，蒙络也亲临视看。当然，他所重视的是龙歌的河图，而不是什么劳什子卧龙宫，没有利益的事情他是绝对不会干的。

卧龙宫起火确实是一件大事情，要知道卧龙宫中有太阳剑士把守，却莫名其妙地着火了，这当然是一件大事情，连创世大祭司也不能不亲临现场。

如今卧龙宫的火势已经基本稳定，但却有人发现有几名太阳战士被人所杀，一切的迹象表明，有人潜入卧龙宫纵火杀人，这背后的目的几乎每一个人都可以猜到。

果不出人意料，这杀人放火者是为了河图，而且河图也被人所偷。龙歌的密室和箱柜被人翻得满地狼藉，几乎所有的人都傻了。龙歌傻了，蒙络傻了，即使创世大祭司也怔了半天。

这究竟是谁所为？这人怎会对卧龙宫的布置如此清楚？连密室也似乎了若指掌，这个结果实在让人难以接受，龙歌几乎想大哭一场，所有的努力似乎就在此刻泡汤了，他所有的计划也因此全部被打乱，甚至已经失去了争雄的最大本钱。

蒙络气得大发雷霆，将几名守卫密室的太阳战士推出去斩了。他几乎已经丧失了理智，他恨龙歌未早点将河图交给他，而在这时有人气极败坏地来找创世大祭司，告之轩辕和圣女擒住了杜圣和齐威。

创世大祭司本来在极力控制着自己的情绪，此刻也禁不住勃然大怒，这轩辕也实在欺人太甚，竟敢擒他的人。而且也猖狂得可以，才入城未站稳脚就开始向他宣战，怎会叫他不怒？

蒙络此时反而冷静下来，是的，龙歌的河图虽然被偷，但是凤妮的洛书应该还在。他自不知道癸城中发生的事情，而他也根本没有时间细听癸城的汇报，是以才这样认为。

在此同时，蒙络还想到了一个问题，那便是河图究竟是谁偷的？为何行窃者如此了解卧龙宫的环境？他最先想到的可疑之人自然是创世大祭司，因为这是极有可能的事。

蒙络乃是个极为聪明的人，在清醒下来之后，便立刻知道如何去分析所发生的事情。创世大祭司自是对卧龙宫极为熟悉，而且有一百个理由去偷河图。因为龙歌意欲将河图交给他，创世大祭司自是不允，这才会在他之前下手。想到这里，蒙络连创世大祭司也一起恨上了，他恨创世大祭司的手段太过卑鄙。当然，他并不能证实定是创世大祭司所为，但这本就是一个不能以证据解决的问题。

龙歌也说出了自己的怀疑，他怀疑是创世大祭司所为，请蒙络给他做主。

蒙络自不能怪龙歌，但他很心痛。经龙歌的猜测之后，他更肯定了自己的判断。而此时也有人急速来报，说是凤妮和轩辕诸人在蒙王府之中，请求他快回。

蒙络一听这个消息，立刻明白了是怎么回事，哪还会不急忙赶回蒙王府？此次，他对创世大祭司的恨，自然决定要出面处理此事，也暗称凤妮诸人做得很对。

蒙络回到府中，轩辕和凤妮、伏朗已经端坐于客厅中，而两名金穗剑士及轩辕身边的高手与齐威、杜圣也挤在众人之中，不过齐威二人已受到挟制。

蒙络初见轩辕，心中不由暗赞，只看那端坐的气势，轩辕立刻便把伏朗给比下去了，两人所生出的是两种截然不同的气势。轩辕沉稳如山岳，静如巨渊，双眸深邃难测，像是蕴含着无限的玄机。蒙络发现轩辕在见到他时眼睛亮了一下，但旋即又淡了下去。

“凤妮见过王叔。”

“轩辕久闻蒙王大名，今日一见，果然有盖世豪情，真叫轩辕好生敬仰!”轩辕快行几步，抢在伏朗和凤妮之前向走近的蒙络深施一礼，极为诚恳地道。

蒙络心中大感欢悦，从来都没有人这般夸他，轩辕的态度如此诚恳，让人绝不会怀疑他是刻意奉承。蒙络禁不住对轩辕又多了几分好感，但口中却故意谦虚地道：“哪里哪里，长江后浪推前浪，如今乃是你们年轻人的天下了。”同时虎臂轻伸，极为客气地扶起轩辕。

“蒙王爷正值风华正茂之时，何说此话？我辈年轻人虽也想学长江后浪推前浪，但今日一见王爷，往后再不敢作此想了，只望能仰仗王爷多多指点和教导才是!”轩辕像是遇到了老熟人一般，与蒙络毫不见外地相互客气，一改对杜圣和齐威的强硬作风，尽说好听之话。

蒙络更是大喜，轩辕也直接得可以，先褒扬自己，然后再借自己抬高蒙络，而且话意婉转诚恳，不着丝毫拍马屁之痕迹。

世上不喜欢别人拍马屁的人几乎已快绝种，而轩辕拍得正到位，只让蒙络飘飘然，本来满心的不快也顿时化为乌有，更是极为亲切地挽住轩辕的手臂像是遇到了知音一般，连向凤妮和伏朗还礼都忘了。

凤妮不由得大感好笑，但对轩辕的手段也不由佩服得五体投地，说这些话居然连脸都不红一下，只凭这几句话便使蒙络忘乎所以地将其视为知己，大概也只有轩辕能做到。

伏朗也瞪大眼睛看着轩辕演戏，心中又妒又恨，似乎无论到哪里，轩辕都抢尽了风头，他总是处在角落之中。这几乎使他对轩辕恨之入骨，但又能怎样呢？这毕竟不是三苗的地盘，更不是伏羲氏的地盘。

当然，蒙络之所以会为轩辕的话得意，是因为他当轩辕是个人物，自第一眼看到轩辕，便没有轻视之心。而声望如日中天的轩辕说出这番话，自是有些分量，所以他才会高兴。

事实也证明轩辕的确是个人物，一入熊城便敢力拔虎牙，擒住杜圣和齐威这两个在熊城之中举足轻重的人物，足以证明轩辕绝非泛泛之辈，更拥有着惊人的实力。因此，能得轩辕如此称赞蒙络实应高兴。

剑奴对轩辕的表现并不意外，他已经渐渐了解轩辕了。作为一个需要求得发展的人来说，必须拥有应付任何人的能力，只有这样才能够左右逢源，一步步地发展。成大事者需有与众不同的手段，更不能拘于小节，而轩辕便是这种人。

“王叔，今日前来，是想请王叔为凤妮主持公道的。”凤妮提醒道。

立刻有人为蒙络准备了一张大椅，并极为知趣地将轩辕的椅子向蒙络身边移了移。

蒙络和轩辕双双坐定，这才问及原因。凤妮和轩辕于是将所发生的事情复述了一遍，蒙络一边听一边点头，心中更在盘算着如何去对付创世大祭司。而这时有人快传而入道：“大祭司到！”

蒙络眸子里闪过一丝杀机，却没有逃过轩辕的目光，轩辕心中暗喜。虽然他不明白蒙络与创世大祭司之间发生了什么事，但他却明白蒙络绝对不会放过对付创世大祭司的任何机会。

蒙络和轩辕、凤妮皆起身出门相迎，创世大祭司可不是普通人，亲自光临蒙王府，怎么也得客气一番。

创世大祭司其人显得极为高瘦，比轩辕都要高出半个头，整个人看上去如同是由精铁扎起的架子。此刻他的脸色阴沉得骇人，而其身后则跟着杜修和齐充两大护法，外加四名神情冷峻的剑手。

“大祭司，何事如此急促地赶来敝府呢？”蒙络明知故问地笑问道。

创世大祭司心中更怒，他哪还会听不出蒙络那揶揄的口气？却无话可说，只是对轩辕和凤妮恨意更加深重。

“蒙王应该知道我的来意，如还不知，圣女定会告诉你，因为我也是圣女召来的。”创世大祭司淡淡地道。

“轩辕见过大祭司！”轩辕微微施了一礼道。

创世大祭司一看轩辕，心中虽怒，但在蒙络面前不好发作，否则的话，他绝对不会对轩辕客气。可此刻仍忍不住心火直冒，冷哼一声道：“年轻人，你了不起，一入熊城便先给老夫一个下马威，看来真是长江后浪推前浪，我老了！”

“这不关他的事！”圣女凤妮插口道，“如果大祭司要怪便怪凤妮吧。”

“我怎敢怪圣女?”创世大祭司愤然道。

蒙络忙打圆场道：“想来这之间定有误会，大祭司先坐下来再慢慢谈吧。”

创世大祭司自不能再与轩辕纠缠，只得大步跨入客厅中。杜修和齐充两道目光锐如利刀一般投向轩辕，更饱含了强烈的杀机。

轩辕冷冷一笑，丝毫不让地与杜修、齐充对视了一眼，神情泰然自若，在杜修和齐充跟随创世大祭司走入厅中之时，这才与圣女、伏朗返回客厅之中。

创世大祭司一眼便看到了挤在剑奴身边的齐威和杜圣，心中更是怒火狂炽，他怎会不知道是怎么回事?不由怒叱道：“还不放开他们?!”

剑奴和叶七不由得向轩辕和凤妮望了一眼，等待两人的回答。

轩辕和凤妮相视望了一眼，心中微有些怒意，这个创世大祭司也确实太猖狂，竟然不问情由便要他们放人。就是蒙络脸上也有些挂不住，因为他也知道这件事情的前因后果。

轩辕知道此刻尚不能与创世大祭司相对抗，就向剑奴打了个眼色。

剑奴和叶七也便依言解开了齐威和杜圣的穴道，让两人离开。

凤妮知道，戏演到这里，效果已经达到了，她所要的是立威，若说真的要将齐威和杜圣怎么样，她也不能，毕竟齐威和杜圣的身份地位也非泛泛之辈，因此倒不如借机下台。

创世大祭司扭头向轩辕怒视了一眼，毫不掩饰地迸发出了杀机。

凤妮和蒙络大怒，轩辕却丝毫不回避，反而露出了一丝高深莫测的笑容，一副毫不在意的样子只让创世大祭司恨得紧咬牙根。

创世大祭司越气越恨，蒙络便越高兴，他也不得不佩服轩辕的胆量和魄力，也使他对轩辕再多添几分好感，甚至有招揽之意。如此年轻有为之人，若真能收归旗下，定会使他如虎添翼。

齐威和杜圣怨毒的目光也全都射向轩辕，如果眼光能杀人的话，轩辕已不知轮回几次了。但轩辕仍然镇定自若，不为所动，似乎天下间已经没有什么事情可以让他有丝毫的惊诧。

“大祭司应该知道今日所发生的事。”凤妮对创世大祭司的那种目光极怒，是以语气极不客气。

“正如蒙王所说，可能是一个误会。”创世大祭司突然笑了笑，淡然道。

凤妮脸色一变，愤然道：“如此目无法纪之人，岂能以误会解释?”

“这件事情是我安排的，如果圣女认为有错的话，这个责任应该由我来承担。”创世大祭司来到座位之前却未坐下，扭头应道。

“谁人犯的错便由谁承担，此事怎能由大祭司包揽呢？我们不如让无咎长老来做个证明如何?”蒙络接过话题道。

“哦，蒙王也知道事情的原委吗?”创世大祭司反问道。

蒙络微显尴尬，道：“刚才我听人说了西宫中所发生的事。今日东西两宫都发生了如此让人不愉快的事，实非偶然所致，也可看出，在熊城之中确存在着许多隐患，而这些隐患使有熊历法不能够完全施行。有些人目无法纪，随意懒散而玩忽职守，小而言之，这些事情只是微不足道的毛病，大而言之，却可以酿成大祸，有着亡族之危，实是可虑呀！因此，我们必须将一切从根本抓起，所以，这件事情我不能不过问。”

创世大祭司脸色微变，知道蒙络这次来真的了，不由悠然一笑道：“此事确是我管教无方，对圣女有冒犯之罪，还请降罪。至于杜圣和齐威两人，我回去会好好教训他们，让其面壁思过三天。如果圣女和蒙王还不满意，就将他们交给你们处理好了。”

凤妮和轩辕微微有些错愕，创世大祭司竟如此好说话，如此轻易地承认错误，这确实让他们大感意外。

蒙络也有些错愕，因为他并不是第一天认识创世大祭司，这绝不是创世大祭司的性格。

“还不向圣女赔礼道歉!”创世大祭司向齐威和杜圣喝道。

齐威和杜圣不敢看创世大祭司的目光，但却怨毒地望了轩辕一眼，这才来到圣女身前，恭恭敬敬地赔礼道歉。

凤妮自不好再强行追究，不过，这还是她回熊城以来第一次让创世大祭司落入下风，但她心中却又有别的担心，总觉得创世大祭司的这般做法太出人意料之外了，似乎其中包藏着什么阴谋。

齐威和杜圣赔礼之后都回到创世大祭司的身后静立。

创世大祭司却突地问道："听说此次圣女癸城之行受到了刑天的袭击，不知可有伤亡？"

凤妮不由得暗惊创世大祭司的消息之灵通，但她并不想否认，道："癸城之中倒是有战士伤亡，大祭司的消息好快！"

"听说圣女的洛书也被刑天抢走了，此事可真？"创世大祭司又问道。

蒙络脸色蓦地再次大变，这个消息实在太意外了，竟连凤妮手中的洛书也被人所夺，那岂不是说神门与他无缘了？他的目光不由紧盯着凤妮，多么希望凤妮的答案是否定的，但遗憾的是凤妮的回答让他失望了。

"是的，当时鬼方出动了地神土计和土方、刑天两部的高手，而刑天又亲自出手，才会意外地被他们抢走了洛书。"凤妮叹了口气，无可奈何地道。

创世大祭司和蒙络皆为之动容，却没有料到鬼方竟动用了地神土计这个极度危险的人物，若说是土计出手，确是让人防不胜防，而这人也是出名的难缠角色。且刑天竟亲自出手，洛书被抢应不算太意外，在座的没有一个人有信心能独胜刑天，包括创世大祭司和蒙络。

此时自客厅后门行入一人，来到蒙络耳边低语一阵，蒙络的脸上稍显惊疑不定，转而即平静下来，那人耳语完立刻又自后门退下。

蒙络这才恨恨地道："原来凤妮所说果有其事，刑天这斯也实在是狂妄胡为！"

众人立刻明白，刚才那人一阵耳语，大概是癸城有信息传来。

"刑天能得以如此来去自如，对有熊是一个莫大的污辱，而圣女是在癸城丢了洛书，伯夷父这个城主岂会没有责任？如此玩忽职守之人实应重罚，方能振我有熊纲纪！不知蒙王意下如何呢？"创世大祭司向蒙络提议道。

轩辕和凤妮暗叫不好，大感创世大祭司阴险，同时也明白了为何创世大祭司如此轻易地承认错误，更如此干脆地答应惩罚齐威和杜圣，实应他也要借法纪来对付伯夷父，而使别人对他的处理无话可说。这招还真狠，既然凤妮利用有熊法纪来对付他，那他也可借法纪来报复凤妮。

蒙络也明白了为什么创世大祭司今日竟如此好说话，原来早已将一切算计好了。但创世大祭司如此说他也无法反对，何况他也正欲寻机将伯夷父这个外人排挤开。眼下当然是个好机会，不过，他也怕若是挤开伯夷父而让创世大祭司占了便宜那就糟了。

“话也不能如此说，伯夷父身为城主自是有其责任，但他需主管整个癸城的安危，为刑天所乘并非他的过错。试问，若是刑天欲只身潜入熊城，谁可阻挡？又由谁承担责任呢？难道那时候怪大祭司或是王叔，或是六位长老，抑或是龙歌和凤妮玩忽职守吗？有些问题不能一概而论。以刑天的武功，癸城中无人能是其敌手，他欲逞凶，谁能奈何？我看，若说错，我们熊城也有错，我们为何不防患于未然，多调派高手以助癸城？若刑天是一路自城门口杀进去抢走了洛书，那我们追究伯夷父的责任还有道理，但怎能凭此事而罪责伯夷父呢？”凤妮立身而起，凤目含威，义正词严地道。

蒙络本欲说话，但听凤妮发出如此一番长论，也便只好将话憋回了腹中。

创世大祭司脸一阵青一阵白，凤妮那针锋相对的话实让他颜面大损。

“洛书丢失乃是何等大事，就算不是伯夷父之过，但其罪难脱，至少也得责令他找回洛书将功折罪，否则如何能正我有熊历法？”创世大祭司退而求其次。

凤妮此刻也不知道该如何再为伯夷父辩驳，轩辕当然更是无法插口，因为他根本就不知道有熊历法为何物，哪有发言的权利？

蒙络对创世大祭司的意见似乎很赞同，这对他也有利。在伯夷父追查洛书的这段时间中，足够他做很多事，而后有了准备便可再去除掉伯夷父争夺癸城之主。是以他也赞同道：“是啊，我们便让伯夷父将功折罪，限他在一个月内追回洛书，也便不再追究他的任何过失！”

“一个月？我看时间太长，在这一个月内，足够让刑天描摹出一本副本来，那时候即使追回洛书岂不也太迟了吗？因此，最好只能给他十日时间！”创世大祭司不依地道。

“十天时间如何够？以刑天之能，怎能在十日之内为伯夷父所擒呢……”

“我只要他夺回洛书，又没说要让他擒住刑天，圣女莫弄错了。”创世大祭司打断凤妮的话，冷笑道。

凤妮确无法再说什么，但她很明白创世大祭司乃是故意找机会对付伯夷父。要知道，刑天乃何等人物，岂会在十天之中让伯夷父夺回洛书？何况刑天根本就没有得到真正的洛书，这便成了一个根本没有可能完成的任务。当然，她自不可以告诉创世大祭司和蒙络，刑天所夺之洛书是假的。

凤妮和轩辕诸人回到凤宫，人人心头都有些沉重，皆因伯夷父之事。谁都知道刑天乃是鬼方的第二大高手，伯夷父诸人如何能在十日之内有所回应呢？

轩辕不由得暗赞创世大祭司厉害，不愧为玩弄手段的高手。不过，他却无能为力，对于有熊族内部的许多东西他都不太清楚，这也正是他的弱点。因此，在有熊族中他没有发言权。蒙络虽然看重他，但蒙络终究是个功利主义者，只看有利可图便怎么做，绝不会为轩辕而放弃自己的利益。不过，轩辕知道蒙络对他已有了好感，绝对会支持他与创世大祭司斗一场。因为这也是一件不花本钱便得利之事。

创世大祭司绝不会就此罢休，轩辕心中十分明白，即使创世大祭司不敢对付凤妮，但却不怕对付他。毕竟在有熊族中，轩辕并无什么地位，尽管名气早已轰动了天下，可一旦身入熊城，却是无济于事。

“王叔为我们安排的宗庙晚会，我们去吗？”凤妮支开伏朗，试探着向轩辕问道。

轩辕笑了笑道：“自然去！”

“可是我担心创世大祭司会借机对付你。”凤妮担心地道。

“即使我不去，他也会设法对付我，倒不如利用今晚的宗庙晚会挫一挫他的风头！”轩辕自信地道。

“你可不能小视创世大祭司，四大护法中，齐威和杜圣排在末位，还有齐充和杜修两人，这两人的武功比齐威和杜圣都要胜出一筹，绝对不好惹。而且还有为大祭司训练死士的教头吴回，据说此人的武功已达到了神鬼莫测的地步，只怕比大祭司也不会差多少，连王叔对这个人也极为忌惮。且此人的行踪一向极为诡异，从不公开露面，熊城之中见过他的人不多，被人称为大祭司手下最诡异也最可怕的人。更有传说此人与火神祝融有极大的关系，你可千万要小心。”凤妮叮嘱道。

“我倒不担心这个，我担心伏朗会弄出一些事情来，对外人或可防范，但对内部令人防不胜防。”轩辕眉头微皱，道。

凤妮的眉头也微微皱了起来，她是个聪明人，也为伏朗之事苦恼。毕竟伏朗是她师兄，而且是太昊之子，她也不能够太过得罪。对于伏羲氏的人，她确是没办法可想，不由向轩辕询问道：“我们该怎样处理他呢？”

“我知道凤妮很为难，但有些事情不能只凭感情用事。如果由我本来所想，将伏朗遣得越远越好，但此刻的形势似乎不允许，我们尚有许多地方要借助伏羲氏。因此，我们必须用一种方法先稳住伏朗，稳住伏羲氏的人！”轩辕吸了口气道。

凤妮美目眨了眨，却不知道轩辕究竟有什么主意，不由轻声问道：“轩辕有什么话便直说，对凤妮何须隐瞒什么呢？”

轩辕不由苦笑道：“虽然我有一计，但是对凤妮来说却是极为不公平的。不仅如此，于道德情理也有些不合，是以，我看还是算了。”

凤妮冰雪聪明，立刻明白了轩辕话中之话，对其计划也似乎猜到了一些。不由愣神半晌，吸了口气问道：“轩辕何不说出来让我们共同参考参考？如果实在行不通或有违道义情理，我们也可弃之不用，这并没什么。”

轩辕望了凤妮一眼，沉声道：“能够稳住伏朗的只有凤妮自己！只要凤妮略施手段便可以让伏朗全力相助。当然，他之所以助你仍是为了太昊的大业，也是为了你！此刻，他知道得洛书无望，便唯有获得熊城的大权。因此，只要凤妮向他假以辞色，定能奏效。”

凤妮不语，目光紧紧地盯着轩辕，突然问道：“你是要我去与他虚与委蛇?”

“是的，如果你向他表示只是在利用我，这才对我示好，而真正喜欢的人是他。当然，你也可以不说，但却故意与他推心置腹，伏朗绝对会退而求其次倾力助你，此人嫉妒心极强，却对凤妮是真心的。”轩辕也紧紧对视着凤妮，半晌却又叹了口气道，“我知道凤妮不欲欺骗别人的感情，但形势所迫，有时候我们不能不做出一些违背道义之事，因为一切只是为了大局着想。”

屋内顿时静了下来，凤妮不语，轩辕也不好再说什么，这间房子之中只剩两人在沉思。

轩辕轻握凤妮的双手，他知道凤妮的心中十分矛盾。

“没有别的方式了吗?”凤妮软弱地问道，目光之中似乎有些不忍。

轩辕苦笑着摇了摇头，拉过凤妮坐在自己的身边，嘘了口气道：“凤妮应了解伏朗的为人，除此之外，大概没有更好的方式能解决这一切。嫉妒有些时候会使一个人失去理智，但感情却可以让一个人迷糊。事实上凤妮太善良了，伏朗和太昊既是在利用凤妮，我们同样也可以反利用他们的弱点，这便是弱者的生存之道。”

凤妮深深地望了轩辕一眼，轩辕的话本就存在着不可否认的真理。弱者若想生存，就要利用强者的弱点，而这个世界的斗争就是这般残酷。正当她正思忖之间，倏觉一股热气冲入鼻中。轩辕轻轻地在凤妮的朱唇上吻了一下，而后又无限爱怜地望着她。

凤妮只觉得一阵软弱袭上心头，禁不住轻轻地偎入轩辕的怀中，在这个钩心斗角的世界中，她确实需要一只强有力的臂膀作为支柱。

轩辕轻轻地搂着凤妮，不作任何言语，便让时间这般静静地过去，或是他也不忍心破坏这宁静的氛围。

也不知道过了多久，凤妮慵懒地自轩辕怀中坐起来，道：“好，我便依你的吩咐去做!”

“如果凤妮决定了的话，最好能尽快找他谈谈，至于分寸就由凤妮自己把握，我相信凤妮一定可以处理好这件事情!”轩辕认真地道。

凤妮白了轩辕一眼，没好气地怨道："也不用这么急着赶人家走嘛，我还想再靠一会儿。"

轩辕不由得微感轻松，知道凤妮想通了，不过他对这美女也确实是打心底爱惜，伸手轻搂其香肩，诚恳地道："若天下间还有一个我舍不得离开的人，那这个人就一定是凤妮！"

凤妮不由得扑哧一声娇笑起来，道："看你认真的样子，真是有趣。人家只是和你开个玩笑而已，我当然明白你的心意。好了，我要去找师兄了。"

轩辕点点头，微笑着送走了凤妮，心中却有了一丝失落之感。

宗庙，乃是熊城最高之地，依熊山之顶而建，气势宏伟壮阔，山下有四条石阶大道通向宗庙之巅——太阳坪。

太阳坪是被宗庙所围的一大块谷地，如同在熊山之巅挖下一个巨大的平底深池，大有君子国东山口下封神台的模式，只是比封神台大多了。

走入太阳坪，如同走进了一个巨大的天井，天空如一个锅盖环罩住太阳坪的上空。闪烁的星星似伸手可摘，那静谧宇宙透着无尽的神秘。而熊山之巅似乎是深深嵌入夜空中的神迹，那种震撼，便若一人独立于宽阔无尽头的大草原上，抑或是独立于黄沙万里的大漠，使人类竟显得那般渺小而脆弱。

太阳坪，巨大的篝火台高达两丈，数十堆燃烧的篝火将整个太阳坪映得亮如白昼。除了篝火台之外，地面上也有大小数十堆篝火，高处与低处的火光相互辉映，有种绚烂而瑰丽的气势。

当轩辕与凤妮诸人带着众有侨战士与少典战士来到太阳坪之时，坪中早已聚集了数以千计的熊城子民。此时熊城之中仍显一片安详，因此，这里的有熊子民在劳作之余都极为享受各种休闲和游戏，对于像今晚这般的晚会自然也不会放过。是以，众人老早便赶到了太阳坪。

当然，这些人也是有感有侨和少典认祖归宗，都想来看看这群回家游子的风采，而更多的人则对轩辕的传言都有所耳闻，且轩辕一入熊城便擒住齐威和杜圣两大护法的消息也不胫而走。因此，许多人都想一睹轩辕的风采，尽管今日也发生了一些不愉快的事情，但并不影响众人的心情。

熊城的战士则分散在各路口，护卫着整个熊城的安全。因此，大都没有机会参加这种聚会。当然，这些人中也会抽出一些代表参与。另外，如西宫这类重要之地都有各自的亲卫相守。

轩辕和凤妮诸人自西边的阶道上经由小峡谷步入太阳坪，立刻受到众熊城子民的热烈欢迎。

有侨战士和少典战士也为这壮阔的场面给镇住了，这样的聚会，他们确是第一次参加，不禁都大感兴奋。

六大长老早已到了现场，这场面本就是由六大长老命人所布置，龙歌此刻正与六大长老一起坐在南面的前席，见轩辕和凤妮到来，迅速起身过来相迎，客气至极。

龙歌似乎极为看重轩辕，他当然听说了有关轩辕力挫齐威和杜圣的事，立刻对轩辕大大地刮目相看，与之手把手并肩而行，亲若兄弟。

而与凤妮并肩而行的伏朗见此却不是滋味，他很清楚地感觉到，龙歌对他的应酬只是出于礼貌，而对轩辕的客气则是全心投入。说白了，在龙歌眼里，轩辕比他这个太昊世子重要多了。

事实上，这也不能怪龙歌偏心，伏朗虽贵为伏羲氏大世子，但来熊城已近一年，却毫无建树，更未能翻起什么大浪。反观轩辕，身入熊城第一件事便是让创世大祭司吃了个哑巴亏，大杀创世大祭司及其座下四大护法的威风，甚至让创世大祭司道歉，这可是连蒙络都不曾想到的。经此一举，熊城之中确有许多人对轩辕都刮目相看，轩辕也便立刻轰动了全城。

熊城虽比癸城大多了，但相对而言，仍不过是弹丸之地，消息传播的速度自然很快。即使是东城放个屁，西城不用多久就会闻到臭味，何况是创世大祭司道歉和齐威、杜圣两大护法被擒如此大事？

能让创世大祭司丢脸的消息，蒙络怎会放过？他们在熊城暗中争斗已并非一日两日了，何况这传播消息又非正面交手，他自是乐意为之。是以，轩辕擒拿杜圣和齐威的事在整个熊城几乎无人不知，无人不晓。

这件事对创世大祭司而言确实是个耻辱，大失他的颜面，但他也没有办法，因为他无法堵住每个人的嘴，更不能公然对轩辕怎么样，毕竟轩辕所代表的是有熊族的归家游子。若他公然对付轩辕而没有理由的话，那只会伤了许多寄居外地有熊后裔的心，到时候那群人都寒了心，也便会断了有熊强有力的外援。当然，如果给创世大祭司一个机会，他绝对不会放过轩辕。

轩辕一踏入太阳坪，人群中立刻走出许多人问好，轩辕皆以凤妮所交代的礼节与对方击掌，还有一些大胆的姑娘们乱抛媚眼，若非龙歌在旁，只怕都要挤上前来评头论足了。

更有许多长者都向凤妮和龙歌问安，有些人在族中也是极有身份的。

长老尚九迅速过来为轩辕身后的有侨战士与少典战士安排座席，却是在凤妮和龙歌的座席之后和两旁的空地上，与一群太阳战士坐在一起。至于轩辕、少典神农和蛟龙，则被安排与凤妮、龙歌同席，他们当之无愧地坐于东面。

说是座席，其实便是以兽皮和皮帛所铺的地席，所有的人都是盘膝坐于地上，然后身前放一张长长的以木板钉成的所谓的餐桌，其高不过两尺，桌面铺了一张兽皮。

座席分四方，龙歌和凤妮代表一方，六大长老和宗庙的成员代表一方，蒙络和创世大祭司各代表一方。此刻创世大祭司那一席依然空着，倒是蒙络已与他的亲随高手在北面的峡谷口出现了。

蒙络的出现也引起了一些骚动，但比起轩辕来时却要安静了许多。

龙歌、凤妮、轩辕和伏朗都遥遥向蒙络拱手施礼。

蒙络也极为高兴地向龙歌诸人挥了挥手，便坐入了他们的北席。一切都极有秩序，在蒙络坐稳之时，自他身边立起一人，径直向龙歌这边行来。

第九十八章　举族同庆

龙歌和轩辕诸人见蒙络刚才似乎说了句什么，这人便起身而来，都不知道是弄什么鬼。

那人径直来到龙歌面前，客气地道：“蒙祈见过王子和圣女及两位公子，我奉蒙王之命，请轩辕公子去蒙王席间与之共饮，还望王子和圣女准许，轩辕公子赏脸！”

龙歌不由错愕地向凤妮望了一眼，又望了望轩辕，随即笑了笑道：“既是王叔所请，我自不相阻，便由轩辕公子决定好了。”

凤妮也高深莫测地望了轩辕一眼，轩辕微微一笑，向蒙祈道：“请回去告诉蒙王，蒙王盛意轩辕心中感激不尽，奈何今日已先答应陪王子共饮。因此，还望蒙王原谅，待会儿轩辕自罚三杯，以感蒙王的知遇之恩，他日有空定会亲上王府请罪！”

蒙祈一愕，似乎没有料到轩辕竟推辞，不过轩辕说得极为诚恳和客气，倒也没让他难看，不由笑了笑道：“公子既已先应王子之邀，我便如实告之王爷，愿轩辕公子今晚尽兴而归，莫负如此良宵。”

“多谢先生谅解！”轩辕客气地道。

蒙祈再向几人施了一礼，便回到了蒙络身边。蒙络也微感错愕，抬头向轩辕这方望来，却见轩辕立刻站起，遥遥拱手，扬起手中之杯连干三杯。

蒙络不由释然，摆手欢笑，轩辕也笑了起来，因为蒙络是表示已知他的诚意，并让他坐下。

“王叔很少会看得起一个人，轩辕一来便受王叔如此青睐，实是罕见。只不知轩辕何以竟辞而不去呢?”龙歌惑然问道，同时他对蒙络对轩辕的另眼相看也有些惊讶。

凤妮心头并没有多大的惊讶，她甚至觉得这很正常。不过，她对轩辕也更有信心了，这个人总会有着与众不同的魅力。

轩辕淡淡一笑道：“轩辕是该感激蒙王的知遇之恩，但王子对我有侨和少典的知遇之恩也重比泰山。轩辕当日遗憾未能在族中一睹王子之风采，今日却要与王子好好亲近亲近，这是代表轩辕自己，也是代表族人。是以，蒙王盛情只有他日再说了。”

龙歌一听，欣然大笑，举杯道：“好，今日我们就好好亲近亲近。来!我敬你一杯!”

轩辕也欣然举杯。

“这杯酒应是我兄妹共敬!”凤妮也端起酒杯笑道。

“这是为何?”龙歌不解其故，问道。

“想轩辕领着族人千里而返，长途跋涉何其劳苦，我们怎能不感激两部兄弟对我有熊的支持和厚爱呢?”

“对，对，凤妮说得对!”龙歌举杯大笑道。

“那我们这杯就与众兄弟同饮吧!”轩辕豪爽地道。

轩辕身后的众人哄然应好，倒把伏朗给冷落了。

“大祭司到——”有人在南面的峡谷口高呼，声音顿时压下全场的噪声。

轩辕诸人也便放下了酒杯，事实上，在创世大祭司还没来之前便自顾独饮就是对其的一种不敬，不过轩辕对此自是全不在意。

对于某些人，轩辕或许会在意，但如果一旦确定对方为敌人之时，就没有必要再为难自己去注意那些繁文缛节了。是以他毫不顾忌地饮酒，既然创世大祭司可以摆架子，他便可摆狂。

太阳坪上寂静了一会儿，便听到了蒙络的大笑声。

“大祭司来迟了，该罚酒三杯!”

“王爷可未定下时间哦，怎可说我来迟了呢？”创世大祭司笑应道。

在场之人，大概也只有蒙络可以跟创世大祭司这般说话。

创世大祭司的位置似乎是特定的，根本就不需要安排，便直接行到南边的座席之上。

创世大祭司一到，人员便基本上到齐，于是大鼓之声突地响起，只吓了轩辕一跳。他抬头一看，只见数十名赤身壮汉，腰系红绸，腰下是以各种树叶、羽毛扎起的围裙之状的异服，自西北角蹦跳而出。四人一组，每组要么抬着重逾千斤的大活牛，要么抬着少说也有三百多斤的大肥猪。

轩辕暗暗惊讶，这群人的力量可真不小，抬着这么重的东西居然能够蹦跳一致，行走如飞，在鼓声之中载歌载舞而出。

大活牛有四头，肥猪八头。这群人迅速奔到篝火照亮的中心，那是一个陷下去约有四尺的平坑，坑的面积有七八丈见方，看来也可算是个表演场。

“他们要干什么？”轩辕不解地问道。

“当然是为我们准备晚餐夜宵了。”龙歌笑道。

“他们是准备杀牛宰猪？”蛟龙问道。

“对！”龙歌答道。

哗哗……这群人来到场中立刻迎来了一阵掌声，因为他们的神力和出场的那种怪舞，立即博得了众人的惊叹。

轩辕也不能否认，这些壮汉的舞跳得很好，特别有一种阳刚之美，似乎展示了无穷的活力。

“这叫戏牛舞！”龙歌介绍道。

那抬猪的八组壮汉迅速分开，众人都放下手中的猪牛。

那四头大牛一落地，像是发了狂似的直追那群扎着红绸的壮汉，于是这些壮汉便在表演场中跑开了。

四十八名壮汉四处穿插，摆出各种姿势，翻滚腾挪，更借着发狂的牛表演各种惊险至极的动作，赢得场边男女们一阵阵尖叫。每个人的步法极为特别，也极为悦目，再加上那八头被狂牛赶得惊慌四窜但又盲目的肥猪，只让人时而捧腹大笑，而时放声尖叫，在鼓声相应之下，场面一片欢腾，十分喧闹。

轩辕也是大开眼界，这群人总是在牛角之下险象环生却又安然无恙，有时几头牛将其中一人挤在中间，只见这人一阵手忙脚乱，但当众人以为他必死时，他却又自牛胯下逃了出来，还故意做出一个个怪怪的动作。有时候，牛在后面追，一人骑在肥猪背上在前逃，一边逃，一边惊慌失措地回头后望，只让人捧腹不已。

由于观者太多，场面有些眼花缭乱，总有一些不知危险的年轻人在场边一边舞一边怪叫，像是有些幸灾乐祸，一个个表情丰富至极，滑稽异常。

“这就是戏牛舞吗？”轩辕笑着问道。

“嗯。”龙歌点头道。

“确是别具一格，有趣！”轩辕赞道。

“这是谁想出来的？把这些白白肥肥的猪也放进去。”神农也大感新鲜，好笑地问道。

“至于是谁想出来的我也不知道，无从考证。”龙歌也笑了起来。

“将这几头肥猪放下去，确实使场面有趣多了！人和畜牲合演的这一台戏的确是别开生面，从此也可看出创出此舞之人的智慧实非同小可！”轩辕道。

“是啊，每一次观看这戏牛舞都似乎有着不同的感受！”伏朗也出言附和，看来他对轩辕的敌意已经消去了不少。

轩辕不由得向凤妮望了一眼，凤妮朝他神秘地笑了笑，轩辕也会心地笑了笑，知道定是凤妮的招术奏效了，否则伏朗绝不会附和轩辕的话。

伏朗终究是个聪明人，当凤妮向他说明只是在利用轩辕后，他自然会放弃对轩辕的成见。如今他知道得洛书无望，便只盼能得凤妮之心，借凤妮而得有熊族的实力。因此，他也不能不利用轩辕这个角色。是以，他再也不必对轩辕作任何排挤。

戏牛舞进行了两盏茶的时间，风格再变，由戏牛变成了斗牛，这些壮汉们直接与狂牛赤手相搏，抓住狂牛的利角便欲将之摔倒在地，一切都变得更为惊险刺激，也更为狂野。

“他们最后会将这些牛摔死，然后便成了我们今晚的点心。”龙歌解释道。

“好，好！”叫好声响成一片，原来有一名壮汉竟将其中一头疲惫的狂牛摔倒在地。

那狂牛迅速站起，但另一名壮汉又跟了上来……

一阵阵叫好之声响过之后，这群牛不知道摔倒了多少次，最后似精疲力竭，无法动弹。表演场四周响起了一阵欢呼之声，四十八名壮汉也在摇头向四面欢呼，似在庆贺自己的壮举。

戏牛者迅速退下，并再次将猪牛抬开，想来定是到后方去屠宰了。

鼓声尽息，六大长老却登上了场中，在众人一片肃穆声中对此次轩辕带来的有侨战士和少典战士作了一番褒扬，更表示对轩辕诸人的热烈欢迎，于是四下呼声大起，都表示对轩辕及有侨战士和少典战士的欢迎，所有民众全都向东面看台叫嚣……

元贞长老双手四下虚按，制住四下的呼声，这才肃清嗓音高声道：“在这里，我代表宗庙，代表有熊族向回归的游子们表示感激，就让我们请出有熊族优秀的儿郎轩辕来与大家相见吧！”

龙歌与凤妮大为兴奋，元贞长老为有熊六大长老之首，竟然对轩辕如此重视，实出乎他们的意料之外。

“轩辕，该你上场了。”龙歌笑着催道。

“不会吧，何必这么麻烦？”轩辕也有些吃不消这数千人的盛情。

“轩辕，轩辕……”四下的有熊族子民们齐声呼叫轩辕的名字，使得气氛热烈至极。

轩辕见所有人的目光都投向了他，连六大长老的目光也变得热烈，只好站起身来。他一站起身来，呼叫声更响，龙歌伸手就将他向外推了出去。

轩辕只好硬着头皮来到六大长老的身边向四下作揖，以示还礼，不过四面的呼声很快静止了下来，因为元贞长老摇手制止了。

元贞长老上前抓住轩辕的双肩，仔细打量了一番，这才拉着轩辕的手，面向人最多的一方举起轩辕的手，高声道："这就是我们有熊族优秀的儿郎轩辕！他凭着薄弱之力力挫九黎大军，使九黎伤亡近千，就是他勇护圣女斩杀刑天之弟刑月，在危机四伏中让圣女得以安返熊城。也是他大战渠瘦妖人，更杀得鬼方高手闻名丧胆。而后领着有侨和少典的勇士们大破泏曲人，让东夷人损失惨重，使得王子能够安返熊城。五招内生擒土方部首领地神土计的人，也是他！"元贞长老说到这里顿了顿，四下环顾，全场鸦雀无声，人人肃穆，显然对元贞长老所说的每一句话都神往不已。

那群有熊族子民人人眸子里皆闪出崇敬和敬佩的神采，仿佛都亲眼看着轩辕正在战场上一刀一枪与敌人交手般。

"我在刚不久，还收到了一个最让人激动的消息，那便是东夷族的三百快鹿骑全军覆灭，主帅帝五被人活捉生擒。有谁知道这是谁干的吗?"元贞长老突然有些激动地道。

四下俱惊，谁会不知道东夷的快鹿战士几乎纵横无敌，共有两千余精骑，由帝家兄弟所领。另外虽有一些也是以鹿为骑，但却极杂，不能算是正统军。如果是由帝氏所领的快鹿骑，那定是精锐中的精锐，有谁能够让这样一群精锐的快鹿骑全军覆灭呢？实在没有人知道，便是创世大祭司和蒙络也感愕然。

创世大祭司和蒙络可算是领教过帝家快鹿骑的可怕，来去如风，根本无从捉摸，被击杀得落花流水还不知是怎么回事，更别论将之全军覆灭了，他们想都没有想过。是以，元贞长老说出这个消息，确是让两人也感惊讶。

元贞长老见四下都在低声议论，不由高声呼道："让东夷三百快鹿骑全军覆灭的人，就是我们有熊族优秀的儿郎轩辕及他的一群兄弟！"

四下先是一静，然后再次响起了热烈的呼声，让人热血沸腾。

事实上，有熊族也被东夷的快鹿骑给打怕了，在平原上作战，快鹿骑如幽灵一般神出鬼没，当你发现它们时，已经注定会是败局。因此，有熊战士最怕与快鹿骑交战，不过，幸好在熊城之外有坚不可摧的十大联城，这使得在熊城方圆两百里之内仍不会被快鹿骑侵袭。但这只是一种不得已才会选择的龟缩之法，谁都不想守，而想攻，打败那不败的快鹿骑。而轩辕大胜快鹿骑的消息，不亚于让众有熊战士在黑暗中看到了光明。

当然，不单是有熊害怕快鹿骑，鬼方也一样。

呼声渐歇，元贞长老这才压住众人的呼声，高声道："在这里，我代表有熊族，代表宗庙，向轩辕表示崇高的敬意！"说话间，元贞长老转身将尚九长老手中的木盒打开，自里面取出一条天蓝色的长巾，双手轻捧，正欲为轩辕系上，蓦地自人群之中传来一声高喝："慢！"

众人的目光不由全都转向声音传来之处。

声音是自创世大祭司身后的人群中传出的。

元贞长老也扭过头来，神色微变，向那自创世大祭司身后走出来的人问道："原来是齐充护法，不知护法有何话说？"

轩辕被弄得有些莫名其妙，不知道元贞长老搞什么鬼，拿条蓝巾出来干什么？不过这条蓝巾倒是挺好看的，但用得着这么隆重吗？他更惊的是元贞长老对他的事似乎知道得不少，连击杀刑月这件事也知道，确实不简单。而齐充又为何要阻止元贞长老的行动呢？

"这条蓝巾乃是太阳圣袍上的圣带，只有有熊族的真正英雄才配佩戴上它，长老将之授于这初来乍到的轩辕公子，只怕有些不妥吧？"齐充大步行来，质问道。

元贞淡然反问道："轩辕难道不是有熊族的人吗？"

"当然是，虽其身不在熊城，其根却在，是以这才返回熊城以求落叶归根！"轩辕却大声道。

"好，好……"四下众人听轩辕此语，不由得都大声叫好起来。

齐充漠无表情地道："就算轩辕说得对，但是否配拥有这圣带却是另外一回事。"

"护法所说的条件是只要是有熊族真正的英雄才配拥有圣带，是吗？"元贞不为所动，再次反问道。

"不错！"齐充肯定地道。

元贞淡淡一笑，向四下高声问道：“兄弟们，儿郎们，你们说，能够凭一己之力为有熊建下如此多奇功之人，算不算是真正的英雄?”

“算，算……英雄，英雄……”四下立刻响成一片，人人高呼。

元贞这才让尚九诸人镇住四下众人，然后向齐充道：“护法已经听到了熊城兄弟们的意见，既然如此多的人赞同，护法还有什么异议吗?”

齐充狠狠地瞪了轩辕一眼，冷笑道：“当然，如果事实真如长老所说，轩辕公子建下如此多奇功的话，的确可称英雄，配得拥有圣带，但他的功绩却只是长老一面之词，实难让人相信。”

“护法如果不信，我可以拿出证据!”元贞依然不为所动，安然一笑道。

“就依长老所说，轩辕公子在五招之内擒下地神土计，让鬼方高手闻名丧胆实有言过其实，我就不信以轩辕公子如此年华，会是土计之敌。因此，我建议让轩辕公子演示给众兄弟们看看，也好证实长老并未言过其实。”齐充冷冷一笑道。

元贞脸色微变，不由向轩辕望了一眼，此时四下有人喊道：

“是啊，让他露两手!”

“让他跟护法比武，看看他有什么本领。”

“如果他不敢比就是假的。”

“是啊，轩辕公子露些绝技让大家看看!”

轩辕哪会不明白，创世大祭司是欲借此机会对付自己，故意让齐充来打岔。

元贞长老和龙歌诸人也立刻明白了齐充的用意，不由都皱起了眉头。轩辕毕竟太年轻，能是齐充这熊城中少有的高手之敌吗?元贞不由有些后悔刚才把轩辕说得太好，将传闻不加整理地用了上来。他本是欲将轩辕捧高对付创世大祭司，却没料到被创世大祭司找了个机会对付轩辕。

元贞身为有熊长老，见创世大祭司如此专权，对圣女和王子也十分嚣张，作为维护王族正统的长老，自然想找个方式杀杀创世大祭司的威风，而扶起圣女或是王子，推出新一代太阳。因此，他才准备将圣带授给轩辕，是希望轩辕能忠于王族，忠于太阳，但如果就这样害了轩辕，他确有些不忍。

凤妮似乎早就料到了创世大祭司绝对不会放过任何对付轩辕的机会，只看创世大祭司身后之人的叫嚣之状，就是要促成轩辕与齐充的决斗，好让齐充能击杀轩辕或将之打成残废或重伤，而这也是英雄头衔之争，谁也不能怪谁。不过对于轩辕，凤妮绝对有信心。

凤妮曾亲眼见识过轩辕与伏朗交手的武功，更见识过在癸城之中大战土计时那惊世骇俗的刀法及功力，若是此刻决战齐充，并非没有致胜的把握，是以她并不担心。

四周的叫嚣声越来越烈，这群有熊的子民们确是想知道这位一入熊城就大挫创世大祭司威风的轩辕究竟有什么能耐，高手相争始终会是一件激动人心的事情，而像齐充这般高手难得会出手一次，众人自不想错过一饱眼福的机会。

轩辕四顾环望了众人一眼，除东面龙歌方向默无声息之外，其他几面的观众都叫得极响，便是蒙络也是一副高深莫测的样子，轩辕岂会不明白蒙络只是想见识一下自己的实力？所以，蒙络绝不会阻止这场比斗。如果轩辕胜了，便证明其确有利用的本钱，那时候就可得到蒙络真正的青睐和笼络，但如果轩辕败了，蒙络就绝不会在他身上下注。自始至终，蒙络都只是一个自私自利的人，只论成败不讲情面。

元贞有些担心地望了轩辕一眼，轩辕却在此时向他微微一笑，一副毫不在乎的样子，轻松地向四面叫嚣之人作了个噤声的手势。

四面声音渐息，都知道轩辕有话要说，或者是轩辕有了重要的决定。

“既然大家如此看得起我轩辕，轩辕怎能让大家失望呢?”轩辕充满豪情地向四周作了一揖，高声道，旋又顿了顿，扭头向齐充道，“齐护法请了，轩辕便你与一战，虽然轩辕在五招内擒下地神土计有些夸大其词，但想来轩辕也不会让护法和众弟兄们失望!”

齐充脸上杀机一闪，轩辕此话之意他怎会不知？那便是表示轩辕说自己赢定了。

齐充也大笑道：“轩辕公子果然豪气逼人，如果轩辕公子真能胜过齐某，这圣带你就可当之无愧了。”说话间犹如御风般飘落至轩辕身前两丈许静立。

轩辕不为所动，反向四周此刻鸦雀无声的有熊民众们高声笑道：“众老乡亲兄弟姐妹们，给我加一些气氛和掌声吧！”

众人先是一怔，旋即全都轰然叫好，为轩辕这份轻松自如而叫好。在这种情况下，轩辕竟仍能够如此惬意。

元贞也被轩辕那强大的信心所感染，含笑退了下去，同时向北角一挥手，霎时鼓声再次震天响了起来。整个太阳坪都似乎在震动，四周陡壁的回音之声将场中的气氛推上了一个高潮。

蒙络舒了一下眉头，嘴角边挑起一丝微笑，他也感受到了来自轩辕身上的自信及那股强大的气势。此时他确实感到轩辕这个人极不简单。

元贞及其他几位长老全都退到一边，场中便只剩下轩辕与齐充两人对峙。

除鼓声外，场上所有人的声音都凝滞下来，像是被那种山雨欲来的气氛所感染。每个人的呼吸都有些粗重，他们感受到的不是场中的轩辕和齐充，而是两座山岳，高不可攀的山岳。

轩辕露齿一笑，犹如春风轻拂，有种说不出的惬意和轻松。不过，给齐充的感觉却完全不同。

齐充的目光紧紧地盯着轩辕的眸子，但是他却发现轩辕的眼睛像一个无比深邃的涵洞，将他的目光全都吸了进去，犹如在看那深不可测的夜空，又如在观摹两颗寄于凄风之中的寒星。可是，他却清楚地知道，这是轩辕的眼睛。他从没有想过，世间会有这么一双眼睛。

轩辕的眼神深邃得可怕，至少齐充是这么认为的。因为轩辕的眼睛，使齐充觉得天地间一切都不太真实，一切都是那么遥远而不可触摸，就在他强行将目光自轩辕的眸子之中移开之时，轩辕便已出手了。

刀，划破两丈空间，已到了齐充的面前。

空间似乎并不存在，轩辕已完全不受距离所限，像是突然自另一层虚空中轻跃而出。

没有人看见轩辕是如何出刀的，似乎亘古以来，轩辕的手中便握着刀，也似乎是亘古以来，轩辕的刀便在齐充的面前。

这绝对不是错觉，更非虚幻，一切都是真真实实存在的，包括那涌动的杀机和高昂的斗志。

篝火跃动着，使场中的一切都显得极为诡异，包括那刀，还有突然而起的风。

轩辕一出刀，四下俱惊，每个人的心都牵了起来，或是被轩辕这一刀的气势所慑。

齐充也吃了一惊，轩辕的刀实在太快，快得让他难以回过神来，而且这一刀所把握的时机也正是他松神之际。他无法可想，唯有退！

齐充退时出剑，欲阻轩辕这一刀，但他在暴退四丈，连连变换了一百四十七种手法和角度时，才找到轩辕这一刀所切出的弧迹。

叮……轩辕一斩即退，刀锋如同蜻蜓点水般弹起，身子和刀同时扭曲成一团，如螺旋的曲线般倏然到了齐充的身后。

齐充根本就无法摸清轩辕运动的规律，更无法捕捉轩辕的真身所在。他能感觉到的，便是轩辕对其无处不在的威胁，似乎轩辕能在任何时候自他所意料不到的任意角度攻出，施以致命的一击。

事实上，轩辕的身法确实很诡异，竟可以螺旋的形式随刀锋突破，仿佛可以自由任意地改变空间和方位。

齐充简直头大得要命，先机一失竟然处处受制，被轩辕这一轮抢攻攻得穷于应付。不过，他也确实了得，在这种情况下，仍能够冷静以对，将自己周身封锁得滴水不漏，虽然险象环生，但轩辕的刀一时仍攻不进他的剑势之中。

轩辕越攻越快，时左时右，时前时后，时上时下，每招都出人意表，每个角度都让人为齐充捏了把汗，到后来根本就没有几个人看得清人影，只能看到一团光华在流窜在移动，已分不清谁是轩辕，谁是齐充。只有像创世大祭司、齐威、龙歌这般的高手，才能够看到场中两人的移动和攻守之势。

鼓声也停了，所有人的目光全都投到场中的比斗之上，那些鼓手也看得痴了，忘了敲鼓。四下的众人也看得痴了，忘了夜空之中已少了鼓声，除了密集的金铁交鸣之声外，似乎万籁俱寂，即使每个人的呼吸声都显得异常粗重。

创世大祭司的脸色有些难看，他身边看不清轩辕和齐充交手的人似乎从创世大祭司的脸上看出了点什么，而齐威、杜修、杜圣三位护法也是越看越心惊，他们从没想到世间竟会有如此诡异的刀法，如此诡异的身法。

蒙络那方的高手则目射异彩，蒙络是越看越爱。他当然对场中的一切都看得清清楚楚，轩辕一直都占着主动，施以绵绵不绝的狂攻，更似拥有无尽无期的后劲，永不知疲倦，越战越勇，越战越快，越战越灵活，像是轩辕的体内正有一股神秘的力量在缓缓释放。

正当众人有喜有忧之时，场中变化再起，只听轩辕一声低吼。

齐充闷哼一声，两道人影迅速分开，齐充踉跄而退。

轩辕状若天神，大刀高举过顶，快步而上，低吼着以最为简洁的方式直劈而下。

刀未落，那森杀的气势使得太阳坪似成了尸横遍野的战场，轩辕的每一步犹如在敲击着那面沉重的战鼓，让所有人的心禁不住揪了起来。

当……一声清脆而响亮的金铁交鸣声震惊全场。

齐充再次被震得倒退五步。

轩辕一声长啸，刀锋再起，大步逼进，强大无匹的气势如一层层天罗地网般将齐充紧裹其中，根本无可逃避。

齐充根本就没有思考的机会，等他稍稍回过气来，轩辕的刀又以泰山压顶之势直截了当地重劈而下，毫无花巧，与刚才那诡异莫测的刀势竟形成了两个截然不同的极端。

当……齐充再次被震退六步，此时四下呼声一片，没有人会不知道一切全都在轩辕的控制之中。

轩辕依然是直来直去的一刀重劈，那刀锋的弧迹犹如流星破空，其步似缓实快，刀势更是疾若流星。

每一个人都能够清楚地看到轩辕在移步，但每个人都不明白为何轩辕那么慢的脚步却能够如此快地越过这么长的空间，而与疾若奔雷的刀势配合得如此亲密无间，这矛盾对立的情形简直像是一个奇迹。

创世大祭司和蒙络的眼中闪过同样的惊讶，他们同样看不懂轩辕怎会使出这般神迹般的刀法，大巧若拙，快极如缓，举重若轻。那刀锋划过的轨迹，像是绝美的艺术，让人心灵禁不住为之震撼。他们也是绝世高手，只有他们方可欣赏出轩辕刀法之中的境界，那包括在每个细节之中的内涵，犹如欣赏一具躯体背后的生命本质。

当……轩辕在劈出第四刀时，齐充的剑竟裂成了一块块细小的碎铁，而当他的身子在不能自控地退出八步之时，轩辕的刀已经抵在他的额头之上。

四下呼声俱灭，所有的人连大气都不敢喘。

“住手!”创世大祭司这才自轩辕的刀法中回过神来，骇然惊呼。

轩辕缓缓地撤回刀锋，倒退五步，还刀入鞘。

“英雄，英雄，英雄……”一阵热烈至极的狂呼声四下响起，对轩辕报以最热烈的喝彩。

没有人会不知道这场决斗是轩辕胜了，以压倒性的优势胜了齐充，而给所有人印象最为深刻的却是轩辕最后那势若君临天下的四刀，犹如一个生命的烙印深深刻在所有人的心中。

齐充败了，败得一片茫然，一塌糊涂，静立于场中犹如一株凋零枯朽的树木，半晌他才木然地抬头望了轩辕一眼，露出一丝苦涩的笑容，语调沧桑地道：“我败得心服口服!”说完竟软坐于地。

“大哥!”齐威急忙冲上前来，一把扶住齐充，怒视着轩辕，正要破口大骂，却被齐充制止了。

“我没事，他已手下留情了。我很累，休息一会儿便没事了。”

齐威大愕，有些古怪地望了轩辕一眼，随即为齐充把了一下脉象，知道齐充所说没错，只是一时脱力这才坐倒。

元贞长老和另外几位长老欢喜地围了上来，一把拉住轩辕的手，激动地道：“你果然未让老夫失望，真是我有熊族最优秀的儿郎！”

元贞再次送上天蓝色的圣带为轩辕带上，郑重地道：“蓝色代表天，你便是苍天的儿子，是有熊族的英雄！”

四下的数千民众也同时欢呼：“英雄，英雄，英雄……”气氛热烈到无以复加的地步，再也没有人注意到败将齐充是如何下场的，所有人的目光全都投到了轩辕的身上。

无咎长老更端上了一碗烈酒送至轩辕的面前。

“喝下它吧，喝下它，你就是有熊族真正的英雄！”元贞长老如慈父一般祥和地道。

轩辕心中涌出一种莫名的感触，他几经磨难，终于进入了熊城，却没想到一入熊城便会有如此变故，事情的发展总是出乎他的意料之外，他也不知道这是好还是坏。心中一阵感慨之下，端起了那碗烈酒一饮而尽。

“好啊……英雄……”四下又是一阵热烈的呼声，一些大胆热情的少女们居然捧着鲜花送了过来，一时之间轩辕竟抱了一大堆，甚至有的人还会在他的脸上强行索吻，弄得他这个向来脸皮厚的人也脸红起来，而四下众人却大笑起来。

元贞和几位长老也都袖手旁观，熊城的少女们竟然都大胆热辣异常，倒也让人大感刺激。

轩辕在龙歌和凤妮诸人的簇拥之下离开了太阳坪。

轩辕只喝得有些头重脚轻，一来他今日高兴，二来诸人的劝酒使他不能不喝。有熊族的民众的确极为热情，而且蒙络频频举杯相敬，使得轩辕也有些不胜酒力。

晚会之上表演了许许多多的节目，确让轩辕大开眼界。有熊族的少女们也让初来乍到者受不了，那极尽诱惑的舞姿，绽放着勾魂摄魄的魔力。野性而美丽的火热娇躯一扭一动无不让人想入非非，便连猎豹诸人也都食指大动。

最妙的是最后千人共舞，那场面之壮观，若非轩辕亲自经历，只怕想破脑袋也想不到会如此妙趣横生。一群男女们无拘无束地旋动，踩着奇妙的拍子，在那堆堆篝火边穿插游走，大胆的女人们媚眼乱抛，甚至主动靠来搂着你的脖子舞几圈后迅速又离开。若是真的被这些少女看中了，她们绝不会吝啬献上香吻，这害得花猛和凡三这群没有见过世面的菜鸟只觉头脑昏昏沉沉，差点没叫娘。

下山之时，凡三和花猛还在大费口水地争论着刚才香艳的场面，及某某美人的约会，简直是闹得鸡犬不宁。连不喜多争论的猎豹也眉飞色舞地谈起了他的美妹妹萍儿，燕五和燕绝也好不了多少，只有叶七一脸苦相，因为没有美人儿与他约会。

剑奴对叶七的表现也感到大为好笑，道："老弟，我看见也有两个姑娘亲了你，为何还这般不高兴？"

"光亲亲嘴有何用？你看这群小子，唉，真恨不能晚生二十年！"叶七无可奈何地道。

"嘿，七叔，是不是美人儿嫌你的胡子扎痛了她们的嘴，才不与你约会啊？"花猛没大没小地道。

猎豹和燕绝也起哄欢笑。

凡三却道："这么着吧，七叔，你若把胡子剃了，我给你介绍几个，反正我是消受不了，什么小齐、小薇、小燕、小英的，这一大堆我可不知怎么应付……哟——你别打人哪？"

叶七给了凡三一脚，笑骂道："你这小子没大没小，不打你，还当我是你兄弟呢！"

轩辕也不由得好笑起来，凤妮诸人亦隐约听到叶七等人的对话，也禁不住有些莞尔。

太阳战士们已经和他们打成一片，与有侨战士和少典战士们也叽叽喳喳说个没完，唯伏朗和他的伏羲氏之人没有过多的言语。当然，伏朗因为凤妮的原因，而不敢走下舞池，与凤妮、龙歌三人都静坐于看台之上，只有轩辕和他的一帮兄弟皆踏入了舞池。

伏朗心中却暗暗得意，因为凤妮要他陪着坐在席间，而没有要轩辕相陪，这说明凤妮在意他，他自是不会再稀罕别的女人。而轩辕玩得极尽兴，似乎与凤妮之间真的没有什么感情的纠葛，这让伏朗心头舒适了不少。不过，伏朗向来妒才，心胸狭隘，今日轩辕成为有熊族的英雄，对他也同样是一个打击。他在熊城已有近一年了，但却没有多少人太过在意他，而轩辕一入熊城便大得人心，成为英雄，实让他有些不服气。不过，对于轩辕那惊世骇俗的刀法，他也有些心惊。

今日的轩辕似乎比三个月前与自己交手时的轩辕更为可怕，在武功上，似乎又有了无法估量的精进。伏朗知道，即使自己此刻与轩辕交手，败阵的多半是他。三个月前，他便不能在轩辕的手上占到半点便宜，甚至被弄得狼狈不堪，三个月后岂非更是如此?

当然，自凤妮与他独谈之后，伏朗对轩辕的态度改观了许多，那并非说伏朗对轩辕冰释前嫌了，而是说伏朗不再妒火中烧，知道考虑以大局为重，而去笼络轩辕，利用轩辕。

不过，轩辕却对伏朗越来越不屑，那是因为伏朗心胸狭窄到不能容物之境。虽然伏朗并不笨，有时候甚至精明得骇人，一步步算得让别人毫无还手之力，正如当初轩辕遭遇帝十三一般，那种精明确实让人心寒。但两人深入接触后，轩辕才知道伏朗的弱点也大得惊人，这使得他纵有惊人之智，也难逃失败的命运。

轩辕此刻可谓是对伏朗的弱点洞察秋毫，因此，伏朗已没有资格成为他的对手，他有信心将伏朗玩弄于股掌之间，正像凤妮能够轻易地得到伏朗心中的秘密一般。

太昊派伏朗前来有熊族，实是一个错误，他忽略了感情的力量。

龙歌也陪同轩辕来到西宫，今晚对他来说是个不眠之夜，因为这一天之中所发生的事情实在太多。

西宫之中，太阳剑士把守得极为严密，也有有侨战士加入守护的行列。

有侨和少典的一百多名战士占了西宫人数的三分之一，自然要担当一些守护的责任。而落星阁则由叶七亲自挑选高手把守，至少在忠诚方面，有侨战士和少典战士极为可靠。

落星阁只是几进套房，唯有轩辕、蛟龙和少典神农、剑奴等人住在其中，其余的战士自是安排在落星阁周围的房舍之中，不过落星阁中也住了三十余人，这三十余人无不是以一当十的高手。

龙歌和轩辕及伏朗三人随凤妮在凤宫之中商讨了很长时间，在某些立场上，他们仍站在同一条阵线上。当然，龙歌也不会说出什么特别重要的事情，只是向轩辕道贺，并对轩辕讲了一些有关有熊英雄享有什么待遇之类的。

轩辕听罢，确实大为欢喜，原来作为有熊族的英雄，有权参加宗庙大会，并且有发言和投票权，其身份与长老平级，但却不用去管宗庙的一些琐事，可以自由地决定是否参加有些会议。还可以有权领导宗庙的义务战士，甚至是指挥宗庙的卫队。

轩辕倒没想到这根蓝带子竟有这么多好处，不过他也觉得有些侥幸，似乎他这个英雄当起来有些牵强，因为数年来，他是除了上代太阳之外有熊最年轻的英雄，连创世大祭司也是在三十多年前才成为有熊族的英雄。

这几十年来，有熊族便再未出现过众望所归的英雄，而轩辕此刻却捡了个便宜，但他岂会不知元贞长老诸人也是孤注一掷，在他身上所下的重注？他们之所以推出他这个劳什子英雄，还不是为了伏下一颗对付创世大祭司的棋子？只有轩辕一跃成为英雄之后，方能够在创世大祭司那里争得民心，进而起到牵制创世大祭司的作用。

轩辕今日一来便大挫创世大祭司的威风，这确实是一着好棋，如果不是如此，六大长老绝不敢在他身上下注，而他再次大败齐充也便使六大长老更有信心。

或许因轩辕的横空出世，使得那群见风使舵的人不得不重新估计太阳之正统龙歌和凤妮的势力。而那些本来对创世大祭司敢怒而不敢言之人，也都看到了希望，对轩辕另眼相看，甚至是支持，宗庙的人犹是如此。

宗庙可以说是除创世大祭司和蒙络之外的第三股力量，不过，这股力量比起创世大祭司和蒙络的力量却薄弱很多。但也有它的优势，那便是极得民心，是有熊正统权力的代表。因此，宗庙大会也有指挥太阳战士的权利。

当然，宗庙也有自己的卫队，不过只有数百战士，但宗庙可以向民众召集许多义务战士。因此，这也是一股不可小觑的力量，也是创世大祭司一直都不敢明目张胆对付凤妮和龙歌的主要原因。否则，只怕凤妮早已不能安坐西宫了。无论是蒙络还是创世，都有意除掉这两个正统的威胁。

轩辕对熊城内部的情况了解得越多，心中便越是轻松，他已经基本上可以把握到事情发展的方向。不过，他对创世大祭司也越来越感到高深莫测，这个人的确很难捉摸，对其了解得越多，反而越迷糊，使得轩辕不能不把他列入最难对付的人物。

第九十九章　河图洛书

龙歌欲与轩辕抵足而眠，是以同返落星阁，伏朗则回他的摘星阁。

当轩辕和龙歌回到落星阁时，圣女凤妮竟出现在轩辕的客房门口，只让轩辕和龙歌吃了一惊。

“你是从哪里来的？”轩辕讶然问道，他们刚才自凤宫中分别，而凤妮竟先一步赶到他的落星阁，怎叫他不惊讶？

龙歌虽然惊讶，但却明白凤宫底下定有许多秘道。不过，他却不明白凤妮为何要如此神秘兮兮地自秘道内潜来，难道有什么事情不能在凤宫之中说明吗？

“当然是自地下而来！”凤妮笑答之时，已优雅地推开了轩辕客房之门。

“快进来吧，我有重要的事情要与你们商量。”

龙歌望了轩辕一眼，刹那间似乎明白了一些什么，又似乎更为糊涂了。

轩辕轻轻一笑，拉着龙歌行入客房之中，房内灯火立刻亮起，这里所点的是浸了地龙血的火把，因此光线特别亮。

凤妮已经稳稳当当地坐在一张大椅之上。

“妮妹弄什么鬼？”龙歌不解地问道。

“我们必须快点找出神门所在，否则定会被人捷足先登！”凤妮突然道。

龙歌脸色一阴，懊恼地道：“河图已被人偷去，如何能再找到神门？”

凤妮望了龙歌一眼，高深莫测地笑了笑道：“我相信哥哥定留下了副本残篇！”顿了顿又道，“实不相瞒，我的洛书也被人调包了，刑天所抢去的只是一部假货。”

“什么?”龙歌不由得失声低呼。

“怎么会这样？这是怎么回事?”龙歌怔了半晌才问道。

“但愿我知道。凤宫之中出了奸细，而且这个奸细对我的行动了若指掌，这才能神不知鬼不觉地将洛书调包。不过，这部书应是在前天晚上至昨天才被调包的，因为前晚睡前我尚翻看了洛书。”凤妮吸了口气道。

“你为什么不早说呢?”龙歌懊恼地问道。

“早跟谁说?”凤妮反问道。

龙歌哑口无言。

“对了，凤妮，施妙法师难道不在熊城吗？找他问问或许便能知道凤宫之中谁值得怀疑了，因为他是个极为细心之人。”轩辕提醒道。

凤妮一震，脸色忽地大变。

轩辕也蓦地身躯轻震，凤妮的脸色让他意识到了某个极为严重的问题。

“难道这个奸细会是法师?”轩辕脸色沉了下去，试探着问道。

凤妮脸上血色尽褪，涩然一笑道：“如果不是轩辕提醒了我，凤妮还真不敢相信会是他，但事实上可能被轩辕猜中了。”

“法师现在哪里?”轩辕问道。

“但愿我知道，前日他说要回高阳氏请高手来助我，我见你已到了熊城，想想有你相助，也可让他休息一阵子，于是答应了。后来他便独自走了，但我肯定他仍在熊城之中!”凤妮苦笑道。

轩辕和龙歌没有说话。

“他太了解我了，对凤宫的一切也了若指掌，都怪我平时太过信任他，连地道密室也告诉了他，如果有人能神不知鬼不觉地盗走洛书，他绝对是其中之一!”凤妮叹了口气又道。

“那卧龙宫的火也可能便是他放的!”龙歌似想起了什么，杀机上涌。

“确有可能!”凤妮并不否认。

“那就是说，高阳氏可能已派来了高手。”轩辕肯定地道。

“这老贼好狠!”龙歌一拳捶在几上，只将木几击得四分五裂，而他仍懵然未觉，可见此时龙歌心中确实是极端愤怒了。

“这叫智者千虑，必有一失，若天意如此，我也只好认了。不过幸好，我早已将洛书尽记脑中，只要哥哥能再想法弄一份河图来，我们便能很快找到神门，希望不要比他慢！”凤妮苦笑道。

“好，我连夜将河图画出来，这些东西我也已深记于脑中！”龙歌爽快地道。

“那我便来充当二位的护法好了。”轩辕说完转身便向外行去。

“不，你就在房中护法，让剑奴和木青诸人守在门外便行了。”凤妮吩咐道。

轩辕一想也对，立刻便着手安排，更在房子四周布下了十六名高手，剑奴和木青一个守住院门，一个守住房门，连屋顶之上也派出花猛和凡三把守，可谓是稳如铁桶。轩辕这才放心地为凤妮和龙歌抱来了大捆羊皮和油墨，而他自己则盘膝于一扇窗边。

龙歌望了轩辕一眼，见凤妮对轩辕毫不见外，他也不好意思怀疑轩辕，只好放下心事专心作图。

凤妮微微一笑，对于轩辕，她绝对信任，甚至比信任龙歌更信任轩辕，或许只是因为轩辕能给她一种极度的安全感吧。

这是一个不眠的夜晚，却并没有出什么大的意外，或许是因防范实在太过严密吧。

龙歌和凤妮不眠不休地根据自己的记忆终于将河图洛书给描绘出来了。两人已有些精疲力竭，在日上三竿之时，两人终大功告成。

“他们已经准备好了早点，你们也该好好地休息一下了。”轩辕微笑道。

龙歌和凤妮对望了一眼，看着满地的羊皮却露出了一丝苦笑。

“怎么了？难道还有什么不妥吗？”轩辕问道，他也看出了龙歌和凤妮的表情有些不对劲。

“就算是我们有了这些，也顶多只能找到神门所在，但却绝不能开启神门！”凤妮无可奈何地道。

“这又是为何?”轩辕惊奇地问道。

“河图洛书是绝不可能仿摩的，当年伏羲祖师之河图乃是以羊皮自灵龟背上翻印下来的。因此，河图之上有许多弯曲的天然龟纹，而这些龟纹是我们根本就不可能凭空想象的。而洛书因衔于灵龟之口，也有龟涎所浸，留下了一些神奇的印迹。这看似偶然，却是上天所注定的必然，真正的秘密正是藏于龟纹和龟涎的印迹之内。不知情者即使得到河图洛书，也难以悟出其中的真义。”龙歌叹了口气，解释道。

轩辕不由得傻了，他哪里想到会有这样的内情?同时也立刻明白为何凤妮一眼便看出了刑天所抢去的只是假洛书，因为上面并无龟涎之印迹。

“只要我们能够找到神门所在，我相信那位得到真正河图洛书之人定会在那里出现，到时我们再从他手中夺回河图洛书不就可以了?”轩辕提醒道。

龙歌和凤妮眼睛同时亮了起来，轩辕所说的确不失为一个极好的办法，也是最简单的方法。那人既得河图洛书，定不会放弃去开启神门的机会，他们便可守株待兔。

“如此甚好，还是轩辕兄弟思维敏捷。”龙歌忍不住拍了拍轩辕的肩膀，赞道。

“那是因为你们已经够疲惫了，使得脑子也不太好使了。”轩辕笑道。

“好吧，我们一齐去用早点吧。”凤妮长长地嘘了一口气，他们至少还拥有夺回河图洛书的希望。

“我想，如果把这个消息告诉蒙王会更妙。”轩辕一边收拾羊皮，一边道。

“告诉王叔?”凤妮和龙歌的目光全都投向轩辕。

“不错，我们必须取得他的帮助，才能够在熊城活动自如，更不用担心某些不必要的问题。”轩辕道。

龙歌面有难色，道：“让我想想。”

“当然，这件事情是该从长计议，好好想想。”轩辕笑了笑，将羊皮交给龙歌。

龙歌也笑了。

“轩辕认为有告诉王叔的必要吗?”待龙歌返回东宫之时，凤妮突然拉住轩辕问道。

轩辕笑着望了凤妮一眼，欣然道:“我的好凤妮果然心细如发，不错，这是非常有必要的!”

凤妮微感娇羞，白了轩辕一眼，问道:“为什么?如果这样的话，我们岂不是多了一个竞争对手吗?”

“错了，如果这样，我们便少了一个竞争对手，多了一个朋友!”轩辕肯定地道，顿了顿，又接着道，“首先，我们根本就不可能在熊城之中来去自如而不受人监视，除非神门便在西宫。当然，监视之人可能会是创世大祭司和蒙络。因此，我们若是找到了神门，他们自会跟踪而至，到时候我们就会面对两大内敌，而外敌且不说。当然，如果给我们足够的时间，或者我们可以制造出一个让人无法跟踪的局面，甚至让创世大祭司和蒙络无抽身之机，但我们没有时间可等，必须尽快行动，哪怕只有半点耽误，我们都可能错失先机。是以，我们必须与创世大祭司或蒙络中的一方合作，才能够以最快的速度进行寻找神门的事情。”

凤妮微然颔首，因为轩辕所说确实是实情，熊城之中无处不是蒙络和创世大祭司所布的眼线，要想在熊城之中快速找到神门而不被发现，那是绝不可能的。既然如此，倒不如交由蒙络主持，明目张胆地干。

“另外，如果我们把这件事情跟蒙络说了，由蒙络去主持，更可挫一挫创世大祭司的气焰，使蒙络不自觉地卷入与创世大祭司公开对干的旋涡，到时蒙络和创世大祭司的注意力定可自我们身上移开，甚至在找到神门之后，能够齐心协力地去对付外敌，这岂不妙哉?若时机一到，我们便以有熊正统的身份接手熊城大权。别忘了，我们所需要的是时机，是有熊族将来的真正发展，而不是什么神门之内的东西!”轩辕道。

“嗯，你说得也对，只要王叔支持我们，我们便可借机在城中加以布置。”凤妮也恍然。

“至于龙歌的工作，便由你去做，我可仍是个外人哦。”轩辕笑了笑道。

轩辕、龙歌、凤妮三人来到蒙王府，将有关河图洛书之事禀明，蒙络大喜，对轩辕可还真是立刻另眼相看，盛情款待。

显然，凤妮已跟龙歌谈过轩辕的打算和计划，已得到了龙歌的同意。当然，有些问题凤妮仍没有完全告诉龙歌，也不会！

自始至终，蒙络对轩辕的印象都极好，而轩辕也是处处让蒙络感到舒服。

轩辕对创世大祭司的那种态度与对蒙络的态度可说截然不同，好像蒙络是活神仙，而创世大祭司便是恶魔一般，这种反差蒙络自也看在眼里，甜在心里。也正因为这个反差，使得蒙络感到轩辕的作为皆是明智之举，让他更有面子。

蒙络便是这种人，爱的是面子，狂傲至极，而轩辕正是投其所好，这当然也因为轩辕自身的身份不同，才使得他每一句恭维更有力，更让人觉得难能可贵。

昨夜轩辕一战，可算在熊城之中竖立起了自己高大的形象，更被元贞长老一阵造势，使得轩辕声威一下子植入了全城民众的心中。这使得眼高于顶的蒙络也欲将轩辕招为己用，因此才对轩辕倍加客气，甚至连龙歌都没享受到轩辕这么好的待遇。

席间，蒙络突然问道：“我虽与轩辕一见投缘，但轩辕为何像是极看得起本王而对创世大祭司有些成见呢？”

凤妮一惊，哪想到蒙络如此直接发问，连龙歌也都有些意外，为之色变。

轩辕淡然自若地笑道：“轩辕乃有熊后裔，所忠的只是有熊正统，而王爷体内流淌的乃是王族血液，若轩辕连王爷都不看好，又何必千里迢迢前来认祖归宗呢？至于与大祭司之间，其实也并不算是什么成见，只是可能因为有些传闻在轩辕心中梗着挥之不去，且经历的某些事也让轩辕心有不快。轩辕可是个直人，谁对我好，我定会加倍奉还，谁若在背地里对我使坏，我也不会客气，有些事情轩辕不便直说，还请王爷原谅才是。”

蒙络一听，顿时展颜欢笑，举杯道：“轩辕这番话本王爱听，难得轩辕这么坦白，本王先敬你一杯！”

“谢王爷！”轩辕客气地举杯相迎。

龙歌和凤妮脸上也泛出了笑容，禁不住都暗赞轩辕的应变能力，凤妮更是为轩辕叫绝。

“轩辕身为有熊族的英雄，却身无职务，不知轩辕可有意操些俗务呢？”蒙络饮罢望着轩辕悠然问道。

“听凭王爷吩咐，值此四方动乱之际，轩辕自不能独善其身，愿为族人尽自己的一份绵薄之力。”轩辕心中大喜，知道刚才那番话已打动了蒙络，使蒙络欲正式笼络自己，更视为自己人了，这才会提出要让他去掌管某些职务。不过，他却不能将欢喜写在脸上，只是装出一副极为诚恳的样子道。

蒙络对轩辕的回答极为满意，捋须欣然道：“轩辕的事情包在我身上，如你这般人才，绝不能闲着。近日，我们被东夷快鹿骑大败了几场，目前我们正准备组建一队专门对付快鹿骑和鬼方风魔骑的战士，我想，没有人比你更合适担此重任了。”

“轩辕唯王爷之命是从！”轩辕装出一副诚然受教之状，心中却暗呼：“太好了！”事实上，轩辕还真怕蒙络将他安排其他的职务，他也不知道那些职务的手下有多少蒙络和创世大祭司的亲信，办起事来缚手缚脚，但如果是新组起来的战士，则可以挑选和整合，那种风险便要小多了。

“王叔，我看咱们还是先来仔细研究一下河图洛书，这些事是一点也不能耽误的，否则若被人捷足先登就迟了！”龙歌心中所急的只是神门之事，至于轩辕的职务那还是其次。

“这件事可以分头进行，我可派几名熟悉有熊族地理的人与你们共同研究，更会派高手保护你们的安全，你们只需全心全意去参悟河图洛书的秘密就行了，这自不必我亲自参研！”蒙络淡然一笑道。

“这倒也是，而一时之间也不可能完全悟透河图洛书之秘，我们必须一边研悟，一边正事照做，才不会引起别人的怀疑！”轩辕也附和道。

“嗯，王叔和轩辕所说甚是，那我们吃完饭便进行。”凤妮道。

“好，我会让人安排好一切。待会儿我要与轩辕去一趟宗庙，这支初定名为山海战士的队伍也要尽快组建起来了。”蒙络淡然笑了笑，道。

“我有一个最合适的人选，可以担当此任！”蒙络打断元贞长老和创世大祭司的辩驳道。

元贞和创世大祭司讶然地望了蒙络一眼，元贞所代表的长老一方势力，绝不想山海战士统领一职由创世大祭司和蒙络占去，现在龙歌和凤妮都回来了，他不能不为龙歌着想，也因此使得山海战士统领一职迟迟不能确定人选。

创世大祭司在这件事上大为恼火，长老会一步也不肯让，可是没有长老会的投票决定，确实不能够得到最后的决定，至少也得拖长两个月。而这次蒙络那一票也不投到创世大祭司一边，往日只要有蒙络那一票，便可以二对一占稳局，长老会也对此莫可奈何。可这段时间蒙络仿佛变了一个人似的，此刻突地发言，众人也不知道他将要说些什么。

“山海战士统领乃是一件大事，不知蒙王所荐人选是谁？说出来让大家参考参考，再作定夺吧！”元贞微有些谨慎地道。

蒙络清了清嗓子，打量了创世大祭司一眼，创世大祭司也疑惑地望着蒙络，不知其葫芦里卖的是什么药。不过，今日提出开会讨论这个问题的人正是蒙络，相信他定是早有准备。

“除此人之外，只怕再没有更合适的人选了！”蒙络故意卖个关子道。

“蒙王何以欲言又止？”创世大祭司不耐道。

蒙络悠然一笑，道：“此人正是让三百东夷快鹿骑全军覆灭的大英雄轩辕！”

“蒙王此语正合我意，除轩辕之外无更合适的人选！”元贞长老大喜，忙附和道。

创世大祭司怒视蒙络，他没想到蒙络竟是提出这么一个他最不欢迎的人。他很了解蒙络，正因为他了解蒙络，才会没有料到蒙络会提拔这个刚认识才一天的轩辕做山海战士统领，而非其亲信。

“轩辕确是最好的人选，就凭他能够让三百快鹿骑全军覆灭，生擒帝五便足以胜任山海战士统领之职了。而其武功也是众所亲见，更是无话可说。”尚九长老也附和道。

无咎望了望蒙络，再望了望创世大祭司，忙收回目光低头谁也不看。

创世大祭司心中大为不快，他本想无咎说点什么，看来无咎定是不再言语了，不由冷冷一笑道：“只怕轩辕的经验尚浅，对于组建新战士并不十分内行，而且真正带人上阵交锋与训练战士并不是一回事……”

“大祭司此言差矣，想来大祭司不会忘了是轩辕领着有侨和少典两部的兄弟大破沚曲人，更让东夷损兵折将。而护送王子的三路人马也只有轩辕这一路损伤最少，且轩辕在黄河之边，以一群奴隶如此弱旅大败帝十，诛杀帝十三，损失九黎近千战士。而在跂踵族也是以少胜多使帝十和敖广无力西征，这些难道还不能证明轩辕能够训练出一支强兵吗？”元贞长老大举事实道。

创世大祭司一时间竟然无法反驳，轩辕这些战绩实是骄人至极，他又能说什么呢？

蒙络得意地笑了笑，意味深长地望了创世大祭司一眼，悠然道：“其实大祭司应该知道轩辕实是个军事天才，而大祭司也绝对不会没有听说过龙族战士这支神秘的队伍。不怕大祭司笑话，到现在为止，我已派出了八十四名一流的密探，都无法得知这支队伍究竟有多强的实力，也不清楚他们以一种什么方式组合，以一种什么样的手段管理，甚至连他们具体的训练方式都无法获悉，所知道的只是明白他们大概存在的位置和其最高首领，其他一无所知，只是能够肯定这群龙族战士将会是最可怕的战士！”

创世大祭司的脸色也微变，对蒙络的坦白没有半点幸灾乐祸，相反似深有同感：“原来蒙王对这群人也有调查。”

元贞望了两人一眼，自然知道创世大祭司可能与蒙络一样，对龙族战士知之不详，才会没有幸灾乐祸的表情。

“龙族战士的首领是一个叫贰负的人，而真正的大首领却不是贰负！”蒙络点头道。

“贰负？”元贞长老吃惊地叫了出来。

“不错，难道长老认识这个人？”蒙络惊奇地问道。

“十多年前我曾与一个叫贰负的年轻人切磋过武功，那人乃是伯夷父的至交好友。听说他后来不知何因挑战刑天，再后来有人传说他死了，伯夷父曾四下派人打听，却没有半点消息，也就因此才与刑天交手，致使重伤而返。只不知这个贰负是否就是伯夷父的那个至交贰负。”元贞长老困惑地道。

“哦，那长老在十多年前觉得那贰负的武功如何？”创世大祭司禁不住问道。

“十多年前的贰负已算是个了不起的高手，应不在老夫之下，若此人正是当年我所遇的贰负，只怕如今其武功应在老夫之上了。”元贞淡淡地道。

“长老客气了，十年前长老的锁元神功尚未练成，今日长老可非昔日可比，怎能长他人志气，灭自己威风呢？”创世大祭司笑了笑道。

元贞不答，扭头向蒙络问道：“不知龙族战士真正的大首领又是何人呢？”

蒙络扭头望向创世大祭司，神秘地一笑：“关于这个，我想大祭司应比我更清楚。”

“你的意思说可能便是轩辕？”创世大祭司反问道。

“难道大祭司的探子回来后不是这样禀报的？”蒙络也反问道，顿了一顿，又接着道，“其实，这也并不是什么秘密，天下有许多人都知道，轩辕才是龙族战士的大首领，而轩辕更是东夷的头号大敌！东夷人害怕的并不是我有熊，而是害怕轩辕所领的龙族战士！”

“哦！”元贞长老和众长老都长嘘了一口气，因为他们都曾听说过，龙族战士专门与东夷诸族过不去，甚至与鬼方也有过交战。他们便曾将这神秘的龙族战士引为自己的兄弟战士，甚至拥有共同的敌人，只是他们从不轻易离开熊城，这才未曾听说轩辕竟是龙族战士的大首领。

“蒙王相信这个吗?”创世大祭司不屑地问道。

“我确实有些不信，毕竟轩辕太年轻了，而且一个人若想在如此短的时间内组成这样一支军旅，确实是个奇迹。而轩辕这段日子总是东奔西走，居无定所，怎会是龙族战士的大首领?也有消息传说，轩辕当初是只身去君子国，若他是龙族首领，怎会单身前往?这显然不合情理。还有更重要的一点，轩辕乃货真价实的有侨人，自不是什么龙族之人!”蒙络肯定地道。

“蒙王像是忘了他曾出现在有邑族中!”创世大祭司提醒道。

“那大祭司相信了?”蒙络反问道。

创世大祭司不语。

“不过，轩辕乃是君子国的圣王，这却是不争的事实，这也同样说明轩辕足够胜任山海战士统领一职!”蒙络道。

“如果大祭司无异议，我们便决定了!”元贞问道。

创世大祭司不由得心头大恨，但他知道元贞虽这么问，实际上结局早定，他自不能再反对，只好无奈地点了点头。

“传轩辕公子入殿!”元贞喝道。

“轩辕早已恭候多时!”元贞话音刚落，轩辕已快步踏入宗庙大堂。

众人不由得微愕，在看到轩辕后，元贞长老和蒙络诸人的眼中都闪过一丝异彩。

“轩辕见过蒙王、大祭司及各位长老!”轩辕肃立堂中，不卑不亢地拱手施礼道。

“坐!”元贞摆手吩咐道，以轩辕现在的身份，在宗庙之中占有一席之地。

“刚才我们在商量想让轩辕担任山海战士的统领，不知轩辕意下如何?”元贞试探着问道。

“轩辕刚才已听到了蒙王与各位长老及大祭司的对话，轩辕愿当此职。

值此族中多事之秋，轩辕岂能独善其身？能为族人献上自己一份绵薄之力是轩辕的光荣！”轩辕诚恳地道。

“说得好！”蒙络带头赞道。

“轩辕可知道这支军旅尚未成形，一切都要从头开始，可能会存在极大的困难？”创世大祭司试着欲打消轩辕的念头。

“轩辕从未害怕过艰难险阻，世上只有想不到的事，没有办不成的事，只要众位能给轩辕一个自由发展的空间，轩辕定能在最短的时间内组建成一支强旅！”轩辕自信地道。

“最短的时间又是多长时间？”创世大祭司故意刁难道。

“少则三月，长则半年！”轩辕断然道。

“哦，轩辕能够在半年时间中训练出一批对付得了东夷快鹿骑的战士？”蒙络讶然问道，他实难想象，一支组合的战士队伍能在半年中对抗纵横无敌的快鹿骑。

创世大祭司也有些不敢相信，他知道训练出一批精锐战士没有两三年时间休想，而无论是作战经验还是武技都必须达到高水平才能算是精锐，但轩辕表明只需半年时间，能够让其作战经验和武技达到高水平吗？他也不敢相信。

“轩辕是否准备自其他营中抽调人手？”元贞也觉得有些奇怪。

“那是当然。不过不会超过两成，余者皆自新丁之中选拔，只不知山海战士能够拥有多少兵力？”轩辕毫不掩饰地道。

“山海战士可以拥有一千人，若在必要时仍可以征调人手！”蒙络淡淡地道。

轩辕心中暗想：“这才是道理。”便是蒙络也不可能让轩辕拥有太强的兵力，否则对他来说同样是一种威胁。若山海战士只拥有一千兵力，这还是在他的控制范围之内。因此，蒙络才敢推荐轩辕。

轩辕当然明白，这一千兵力也是一个绝对不容小觑的数目，是以蒙络绝不想让创世大祭司再获得这一千兵力的控制权。否则创世大祭司的实力必会膨胀，到时立刻会打破熊城内势力的平衡。

事实上，创世大祭司的力量本就比蒙络强大一些，他之所以惧怕蒙络，是因为熊城之中仍有长老会这股力量的存在。如果创世大祭司欲对付长老会或蒙络任何一股实力，则会促成长老会和蒙络的联手。若长老会与蒙络联手，创世大祭司并无多大的胜望，是以创世大祭司并不敢轻举妄动。

其实蒙络也有自己的难处，他与长老会之间并不很融洽，如果他不推举轩辕的话，长老会也不可能同意。与其拖着让创世大祭司占便宜，倒不如向长老会和轩辕卖个好，为创世大祭司再添一股头大的势力。这种笼络人的方式既可以讨好长老会，又能够为自己增添一股力量，他自是乐意为之。

轩辕乃是聪明至极的人，这之中的形势岂能逃过他的眼睛？他心中暗笑，蒙络绝对不会料到，打一开始轩辕便对他没安好心，只是支持凤妮，甚至也只是为了自己的大业。如果说一年前的轩辕或许会感激蒙络，但眼下的轩辕已非昔日的轩辕，他明白一切都是极为现实的，利益与利益之间只有结合和冲突两种结果，人与人之间也尽是虚诈的相互利用，没有别的道理可讲。他爱凤妮，但幸运的是凤妮也倾情于他，而凤妮更有一种博大仁爱的情怀，愿意助轩辕实现大业，于是他们之间的两种利益便结合在一起了，这是一种幸运。否则，他们之间也逃不脱相互利用的命运，那时候的感情也就会显得苍白无力了。

“那我便要自各营中选拔出两百名精锐战士，再在新丁之中挑选八百人，相信有半年时间就足够了！”轩辕肯定地道，同时忖道：“我不仅要让这一千战士成为最精锐的，还要成为最忠于我轩辕的战士！只要有这一千人，便已足够自保了。若再加上宗庙卫队及太阳战士，就足以组成一支强旅，甚至在某些时候起到决定性的作用。”

“既然轩辕有这份信心，那就太好了，我可以立刻以宗庙的名义向城内城外征集新丁！”元贞似乎有些迫不及待。

“既然山海战士有了大统领，总得找几个熟悉有熊环境和了解城中现情之人做助手。否则，轩辕对熊城附近地理不熟，人情也不熟，恐怕会行动不便!”创世大祭司见大局已定，只好退而求其次。

轩辕早就料到创世大祭司不会眼睁睁地看着这块肥肉被自己给吃了，定会派人牵制他，不由笑道：“大祭司所说甚是，因此，我才会自各营中挑选出两百名精锐战士，他们都是经过特别训练的，相信对熊城附近的地理环境十分熟悉，而对各自的训练方法也定极为熟练。我召集他们，就是要集各营之所长，训练出一批最优秀的山海战士。至于副统领，我会在他们之中产生。另外我还要在有邑战士中找两个助手，望各位长老、大祭司和蒙王能让轩辕放开手脚去组军。只有全权交给我，这才能按照我的方式在最短的时间内培养出让各位满意的山海战士!”

“既然轩辕如此说，而你已是山海战士大统领，那一切便由你安排好了!”蒙络见创世大祭司似要说什么，忙抢着道。

创世大祭司心中大恨，虽然他所培植出的实力在有熊族是最强大的，但可恨的是决定此事时他没有占到任何优势，问题是他不能将十大联城的城主召回来，共同决定这件事。因为组建山海战士之事只是熊城内部所决定的，并不需通过十大联城的表决。因此，创世大祭司唯有无奈地忍一口气。

“既然蒙王如此说，那就依轩辕所说吧，不知大祭司可有什么异议?”元贞代表长老会问道，但实际上已经决定了，说些无聊的问题反而使创世大祭司更是大恨。

“既然蒙王和长老会已经决定了，何必再问我?”创世大祭司愤然道，顿了顿，转向轩辕淡漠地问道：“对了，我曾让有侨族的天祭司随有侨战士一起来熊城报到，怎会不见他与你们一起来呢?”

轩辕神色平静地道：“哦，原来大祭司是让天祭司随行来报到，但不幸的是天祭司在与东夷快鹿骑交战时不幸牺牲了，我们按照族中的惯例将之遗体火化了。”

创世大祭司冷哼一声，再无他语，既然轩辕这么说，他也没办法。因为他根本就没有证据，就算有证据，也会牵出他的阴谋，因此最为明智的做法，也便只好作罢。

蒙络自是不知其中玄虚，因为战场上的生死太平常了，谁也无法知道谁能在下场战争中死去或是仍活着，所以他对此也没有深思。

“若是轩辕有空的话，下午我们便去各营中挑选精锐战士!”蒙络淡淡一笑道。

“轩辕近日没什么事情可做，若有蒙王相陪则是再好不过了。”轩辕道。

“那好，自明日起，轩辕便是山海战士的大统领，至于大印和令牌明日就可正式交与轩辕!”元贞道。

轩辕随着蒙络去各营选人，也顺便熟悉一下有熊七大营的情况。

七大营的战士对轩辕极为恭敬，因为昨夜一战他已名声大噪。不过，各营的大统领对轩辕的态度却各不一样，有些属于创世大祭司一系，对轩辕极为冷淡，甚至态度极不友善。如果不是蒙络在场，可能还会弄出一些乱子来。而属于蒙络一系的人，便显得热情洋溢，对轩辕之事极为配合，更不断地推荐人选。

轩辕自有一套选人的方法，对于这些人所推荐的反而并不怎么在意，不过蒙络向他亲自推荐的两个副手，他欣然接受了其中一个，使得蒙络也大感满意。轩辕虽只是接受其中之一，但也算是给足了他的面子。在蒙络看来，只要能在山海战士之中安插一个重要人物便已足够。

轩辕当然不能得罪蒙络，其实这一切早在他的计算之中，如果蒙络不向他推荐人选，那才是怪事呢。因此，他早就想好该如何安排这个插入的人物。但对于下属的战士，他要求却是绝对严格，不能加入太多创世大祭司和蒙络的人。所以，他亲下军营与这些战士亲谈亲见，再确定正式的人选。

让蒙络感到惊讶的是，营中许多被统领们视为害群之马、不受欢迎的人却被轩辕大加青睐，而另外一些则是少言寡语者，还有一些非常活跃之人，总之轩辕所选的全都是走上极端之人。但蒙络想到轩辕能够这么快崛起江湖，定有其不为人知的厉害之处。

轩辕最初在各营中挑选了四百余人，而实际所需只要两百人，因此还要自这群人中筛去一半。因这既是宗庙所下之令，又有创世大祭司和蒙络之令，这群人都绝无任何情绪，唯有听凭轩辕调派挑选。

七大营中，剑营和刀营的人对轩辕最为友善。刀营中的战士对轩辕的盖世刀法佩服得五体投地，竟能将齐充这般的高手打得毫无还手之力。而剑营的战士因癸城诸人的关系，这才对轩辕极为友善。刀营的统领还主动邀请轩辕为其训练战士的刀法，轩辕本想留在营中给那些战士讲解刀法的精义，但因此刻有事分身不得，只好作罢。

熊城有七大营，但每营中也只有八百可战之士，人数加起来也不过六千。另外便是熊城的护城军，人数在两千左右。八大寨中各自拥有一百余名精锐之士，再加上附以各寨之中的战士，每寨之中约有三百可战之士。另外的兵力分布在十大联城，每城各自拥有的兵力，包括从各依附的部族中所抽调的人手，每城各自拥有五百战士。其余便是太阳战士、宗庙卫队、死士和蒙络的卫队，共有一千五百人，是以有熊族的总兵力为一万六千多人。

当然，真正属于熊城的精锐勇士却只有三四千人，余者多为依附的诸族战士及补充的兵员，由于近年来形势越来越紧张，有熊族不断增加兵员，以保持熊城的真正安全。正因为有熊族有七成以上不是精锐之士，一旦遇上东夷这群训练有素的凶悍劲旅，唯有败阵一途。此刻轩辕能够让山海战士扩充到一千人，已达到了极限，比之七大营中任何一营的人数都多，也可见熊城之人对这支将来对抗快鹿骑的精锐战士的期待有多大。

翌日，经过熊城高层人士开会，包括七营的正统领和八座寨口的寨主。由创世大祭司亲自为轩辕发了令牌与印信，轩辕也便正式成为了山海战士的大统领，全权负责组建这支军旅，而余者皆要协作轩辕的行动。

龙歌与凤妮也参加了此次会议，皆欢喜异常。

征集新丁的告示已于昨日贴出，更向外宣布山海战士将由轩辕统领，立刻在熊城内外引起强烈的轰动，皆因熊城内外早已对轩辕这个大英雄是敬服不已，轩辕几成了年轻人心中的偶像。因此，年轻人争相报名，人满为患，甚至连女人也前来报名，欲参加山海战士这个组织以亲近轩辕，只让那些负责面试的人哭笑不得。

当然，在有熊族中，男女是平等的，但山海战士却不能有女兵，这是轩辕的吩咐，也是为了便于管理。

花猛和猎豹诸人可就忙得不得了，不过幸亏有蒙祈、云英及宗庙所派来的人相助，否则只怕花猛诸人会忙不过来。

花猛和猎豹诸人严格把关，对每一个前来报名面试者亲自考核，蒙祈和云英则负责登记，宗庙的人负责核对每个人的出生背景及所在案的资料。一切程度都严格至极，也显得有些烦琐。不过，这既是轩辕的命令，则每个人都会尽心尽力。

花猛和猎豹诸人也都很痛快，他们没有想到，到了熊城竟会这般风光，有风头可出，他们自是非常乐意。

轩辕也根本没有闲情，他不仅要忙着调查被他自七大营中挑选出的四百战士的出生背景及资料，以确定选用两百精锐，还要去勘察熊城附近的地形，以便确定将来练兵之地。

熊城周围方圆两百里的广阔之地都极为肥沃，虽比之范林小一些，但其环境并不比范林差。

范林之外凭的是大自然之险，而有熊凭的却是十大联城人为的天险，使外来之敌望而却步。

熊城方圆两百里内，有山有水，河湖极多，森林茂密，湿地沼泽也有不少。北出壬城有雄奇的釜山，东距阪泉五十里则是一沼泽大湖，传说其湖水乃是自大海中渗入，水质略带咸味。

熊城周围多为平原之地，偶有沟涧洞谷，却很集中。

轩辕足足忙了五天，青骝马也跟着累了五天。不过，也只有这样才能够看出青骝马的体力远胜于那些战鹿，在长途奔走之下，只有这被驯服的野马才能占到最大的优势。最后轩辕终于暂定三处为训练之地。

一处为熊城西面靠近癸城的最为宽阔的平原之地；一处为王城以北那

山谷沟涧密布的山地；另一处便是阪泉以东五十里的沼泽大湖。当然，轩辕绝不会将自己选好的训练之地告诉外人，这需要保证绝对的秘密。他不想让创世大祭司诸人知道他的训练程序，反正宗庙已让他全权负责山海战士的组训工作，他有权作出这样的处理，便是创世大祭司也不能说什么。而在五天中，那两百名战士也已经选定了，更在数千名应征者中精心挑选出了八百人。这群人共同的特点便是年轻，年龄在十五岁至二十八岁之间。

每个人都由轩辕亲自验证，而且这些人大部分都不是直属有熊族，而是依附有熊族的一些大小部落。

第一百章　神门初现

凤妮和龙歌终于传出消息，似乎已经确定了神门的位置所在，这确实是一个让人振奋的消息。是以，这两天蒙络并没有陪轩辕，而是留守王府之中等待这最后结果的出现。

这个神门对于有熊族来说就像是一个谜，便连上代太阳都不知道神门的秘密，而在有熊没有发生什么重大的变故之时，太阳会谨遵祖训，绝不会随便开启神门。太阳暴死使得神门又成了一个热门话题，更引来了许多风波，只不知一切是否是天意所定?

轩辕并不担心神门之事，因为凤妮绝对不会漏掉他。此刻对轩辕而言，首当其冲的事情便是整合山海战士，将之变成一支具有超强战斗力的战士。当然，这绝不是一蹴而就之事，但他必须将训练的计划及对战士的编排之事作出一些安排。

轩辕选人的严格几乎让创世大祭司和蒙络也有些目瞪口呆，而且所选之人都极怪，往往那些没多大希望入选的人反被选中了，且对每个人出生后所做过什么事情，参加过什么组织，打过哪些战斗也要查问得清清楚楚，连其亲属族人亦要查明白，这在有熊族征丁史上还从未有过。而创世大祭司和蒙络要想让自己的人打入这支队伍中，绝不是一件容易的事，甚至是不可能。

千人之旅分为十队，与君子国和龙族战士的分配基本相同，但在人员安排上，轩辕却花费了大量的心血，因为他要组成一支绝对听从自己的命令而完全不受蒙络和创世大祭司影响的军旅。因此，轩辕将把身份仍值得怀疑的所有人分到一队之中。然后再将每队分为十组，十人为一组，每组设立一个小头目，每队设立一个队长，一位副队长。每个小组长必须对组中队员的训练情况作出记录，每半个月上报一次队长。在山海战士之中再设两个副统领，每个副统领分管四队，另外便是由轩辕指定几个专门组织强化训练的教头，与那由两百精锐战士所组成的两支大队专门对其他八队新丁进行各项技能的训练，将这些人在七大营中所学的东西全部教出来。而这些自七大营中所选出来的两百战士则由轩辕亲自负责，只是这两队的队长却是分别由花猛和猎豹担任。当然，这两队战士也要接受轩辕和猎豹、花猛诸人的强化训练。新丁队长全都是由龙族战士之中的高手担任，而蛟龙和蒙络所推荐的蒙英便是轩辕的副手，任副统领。少典神农和叶七诸人则成了教头。

轩辕自然会在山海战士之中大量培植亲信，也只有这样才能将山海战士的控制权牢牢抓在手上。

事实上，副统领并不能管多大的事，真正管事的还是队长和统领，副统领只是个虚衔，尤其是蒙英所掌管的那四队，队长全都是轩辕的亲信龙族战士，蒙英根本就管不了。当然，一时之间蒙英仍不会发现手中的权力是空的。当蒙英和蒙络发现轩辕完全不受他们控制之时，轩辕早已将实力稳固了下来。当然，那时候大概也是蒙络翻脸的时候。

蒙络自不是好惹的主儿，轩辕很清楚这一点，如果蒙络发现轩辕自始至终都在耍他、利用他，不恨得要扒掉轩辕的皮才怪。不过，这一切到最后终是无法避免的。

轩辕对每一件事情都想得极为周密，这十队山海战士分三个地点加强训练，所有的训练都是绝对机密的，不准任何不同组别的人相互交谈，而且每队中各组所训练的项目都绝不相同，地点也不相同。因此，每组人都只知道自己一组人接受了哪些训练，对其他组别的人如何训练则一无所知，只有正副队长清楚，连副领统也不明白当天每队都进行了些什么训练，这就是轩辕想出来的绝对保密训练法。但每个月都有十天时间是各队集体合作训练项目，只有在这时，各小组人才能够在一起交流，但仅限于合作训练的项目。

蒙英、少典神农、蛟龙及叶七诸人不得不承认轩辕是个真正的军事天才。

山海战士的军规极为严厉，但这群人的待遇也极好，因为这是宗庙所特训的精锐战士，因此在生活上比普通战士好得多，甚至可与宗庙卫队相比。而且这群战士自己所猎的猎物可以独享，不必交公。因此，每个山海战士都为自己能进入这个组织而骄傲自豪，何况这些人大多都是依附有熊族的各部落子民，一向身份不如正统有熊子民，但在加入这个组织后，身份大大地提高了，甚至连其家人都受到他人的尊敬。就因为领导山海战士的是有熊族英雄轩辕，且山海战士也是有熊族未来的希望。因此，每个战士都斗志极为高昂，训练的热情极高。何况轩辕还隔三差五地便到每队之中激励士气，亲自指点表现好的战士武功，以示奖励，有时对表现突出者还奖予一斤熟牛肉和一壶酒，使得战士之中人人争先进，人人欲表现得更优异。

轩辕还施行每队与每队之间作整体的比赛，在相同的项目上，小组与小组也有比赛，拔尖者整体有奖。他所制定的一些奖罚分明的制度使得山海战士整体充满了无尽的活力和斗志，如果让创世大祭司和蒙络亲见，定会惊讶不已，更不会怀疑轩辕的豪言壮语。但蒙络和创世大祭司很难知道其具体情况，在新丁训练之时，便是副统领也无权干涉和过问，这是轩辕亲自下的命令，由此可见副统领的权力极有限。因此，轩辕并不怕蒙英深知山海战士的秘密，何况便是身为副统领也不能将内部秘密外漏，否则同样以军法处置。

这些日子，轩辕自不会忘了与外界联系，他身边有韩雁和始鸠两人，以飞鸟与外界通书，方便快捷至极。韩雁擅养雁鹰、鸿雁，雁鹰乃极为凶猛的飞禽，可在海中叼得大鱼为食，便是大鲨鱼也敢攻击。若是有一群雁鹰飞临，便是大鲨鱼也会害怕。此鹰体大翅阔，几可与始鸠所养灵鸠相比。以雁鹰传信，安全至极，因为一般鸟雀见了都骇然走避。不过，雁鹰没有鸿雁那般富有灵性，它只会记得某一条或几条路线，但鸿雁则可以很快熟知主人所在环境。因此，除了像范林和各固定部落才会用到雁鹰，其他诸如盖山氏和君子国则以鸿雁传书。而灵鸠则能分敌我双方，就能清晰地认出主人来。因此灵鸠可专针对某一人送信，极为安全方便。

轩辕有韩雁和始鸠两人相助，虽身在熊城，却能对各地的情况了若指掌。

黄叶族向北迁了些，距常山仅五十里而居，与君子国相互呼应，更以帝五和那几十名被俘的快鹿骑战士换回了数百被东夷收服的奴隶。

帝五一人的身价便是一百个健壮奴隶和二十匹战鹿及两车粮食、二十张羊皮，另外每名快鹿骑战士以十个健壮奴隶和五十张羊皮、一张虎皮为代价向东夷交换。

帝五的身份何等重要，东夷的帝氏兄弟无论如何也要把帝五换回，别说是一百个奴隶，在帝大的眼中，就是一千奴隶都没有帝五重要。因此，这笔交易很快达成协议，而快鹿骑的每个战士都是精锐，以十个奴隶的身价，东夷自是愿意交换。

猛禽一下子换来了四百多个健壮的奴隶，心中大喜，依轩辕的整顿策略，便是让这些奴隶重新得到自由，更吸收为新的战士加以训练。只要假以时日，这群人便又能成为一支强悍的龙族战士。

轩辕的方法确实有效，这样一来，龙族实力若不迅速扩张才怪。

如果猛禽抓住了帝五和那群快鹿骑，不杀也不放的话，一个不好反会弄出大乱子来。这种人若让其成为奴隶，他们绝对会找机会反抗，若让其归降也是很难，倒不如将他们拿去交换一群听话的奴隶，这便是一种将手中筹码合理利用的方式。让这群换来的奴隶们回归自由，这群奴隶们不舍命相报才怪。因此，以帝五等人去交换奴隶实是最妙的方式。

有了这四百奴隶战士，黄叶族一下子声势大震，于是又遣数百人去范林受训。这也是轩辕的策略，必须使每一个人都成为拥有超强斗志和战斗力的战士。只有经过了强化训练才能将人的体能全面开发，只有经过组织的训练，才能更灵活协调，更具纪律性。一个拥有强大凝聚力的组织，便会拥有强大的攻击力，而龙族战士便是如此。

伯夷父已经与鬼方达成了以土计换虎叶的交易程序，尽管鬼方欲以虎叶威胁轩辕，但是地神土计在鬼方中也是举足轻重的人，不由得鬼方不换人。

轩辕现在关心的却是蛟幽的下落，是否真如地祭司所说，蛟幽现在置身于鬼方呢？那这一年多来，蛟幽又做了些什么呢？蛟幽又受到了什么样的待遇呢？轩辕想到这些心便有些痛，恨不得能只身深入鬼方一探究竟，然后带回蛟幽。不可否认，在轩辕的所有女人之中，蛟幽与他的感情最深，那是因为自小便青梅竹马，那些年的感情也是最为真挚的。不过，轩辕知道此刻不能意气用事，熊城之中风云涌动，说不定下一刻便会形势大改，那时就悔之晚矣。

轩辕心中极为遗憾，不过对于姬水河畔的雁菲菲，他便让白夜和竹山领着五十名龙族战士及十数有侨儿郎去接。他可不欲让雁菲菲在姬水河畔以泪洗面，他要好好地补偿雁菲菲的“损失”。这一刻，轩辕绝对有信心保护好自己心爱的女人。

这日，轩辕正在亲训那自七大营中抽调出的战士之时，叶七匆匆来报。

“木青受伤了！”

“什么？”轩辕吃了一惊，放下手中的事问道。

“木青与伏朗交手之时，受了伤。”叶七吸了口气，愤然地道。

“怎会这样？好你个伏朗，我没找你麻烦，算你祖宗积德，还敢来找我麻烦！”轩辕心中勃然大怒。

“这是因为那个伍老大故意挑起事端，花战踢了他一脚，而后伏朗便突然出现，欲置花战于死地时，木青也便与伏朗交手了，这才受了伤。”叶七简要地将事情说了一遍。

“我看这是伏朗故意安排的！”叶七见轩辕铁青着脸，不由猜疑道。

“一定是，这小子不甘心受人冷落，嫉妒发狂了，这才故意搬弄是非。我倒要去看看他有什么了不起，让他滚回去好了！本不想让这小子难看，现在是给脸不要脸！”轩辕眸子里闪过一缕杀机，吩咐猎豹和花猛对这两队战士继续训练，自己便与叶七匆匆赶往熊城。

西宫摘星阁内人人愤然，见轩辕回来，立刻七嘴八舌地将刚才发生的事情说了一遍，轩辕心中也有底了。

木青的伤势并不重，事实上，他的武功已与伏朗相差无几，但伏朗的身份特殊，没有轩辕的吩咐，他不敢对伏朗怎么样，这才一直处于下风，不过幸亏剑奴出手相助。

剑奴出手，伏朗只好悻悻收手，他没有把握胜过剑奴。他自然知道剑奴的厉害，便是齐威也不能在剑奴的手中占到半点便宜。

花战最恨，恨自己没一剑把那个伍老大解决掉，不过伍老大的功夫也不弱，花战想杀他也不太容易。

轩辕返回熊城的消息很快便传到了蒙络的耳中，蒙祈迅速来请轩辕进入王府。

来到蒙王府后，蒙络立刻将轩辕请入戒备森严的密室中。

密室中，凤妮乍见轩辕忽来，不由大为欢喜。

“轩辕快来看这幅地图!”龙歌对轩辕也是亲热至极，更掩饰不住内心的欣喜。

轩辕打量了室内众人一眼，见除龙歌和凤妮之外，具余全都是蒙络手下的得力干将及谋士。

这几人轩辕都认识，其中学识最渊博的应数段赋，这是一个极有学问的老者，对天文历法似也很精通，便是元贞诸长老也对段赋极为客气。另外一人是段赋的弟弟段艺，这人最擅长绘画，对山河地理兴致浓厚。宗庙的大石上，有很多画都是他所作，后由工匠雕刻而出。因此，这兄弟两人虽然不会武功，但却受到蒙络的重用。还有一个是兰彪，这人武功高绝，心智过人，可算是蒙络手下最得力的战将，更是蒙络的女婿。不过，此刻蒙络的第一谋士贾晓并不在密室之中。

轩辕挤过去望了望段艺画于羊皮上的一张地图，图中山水极为清晰，颇有几分立体感，一个个红箭头标得地图之上到处都是，倒把轩辕给愣住了。

“这便是这些天来我们所得的成果！”蒙络也喜不自禁地道。

“神门所在地？”轩辕立刻醒悟，惊问道。

“不错，正是神门所在地！”兰彪也笑道。

“我们终于在河图洛书之中找到了这些暗示，这些红色的标记则是一个个暗示，只有找出这些暗示，我们才能够确定一个方位，确定一个固定点，然后以这个固定点为中心去寻找神门所在之地！”段赋分析道。

“轩辕可有发现这地图所指是什么地方？”凤妮询问道，显然此刻众人都无法从这张地图上看出所画之地。

轩辕端详了一会儿，突然若有所悟，脱口道：“这好像便是迷湖！”

“迷湖？”兰彪和蒙络同时目射奇光。

“经统领这么一提，我倒似也觉得有些印象！”段艺附和道。

“哈哈哈，这些天轩辕果然没有浪费，我就知道轩辕足迹已踏遍了熊城方圆两百里之地，一定可以记得某块地形与此相似。事实果不出我所料，真是太好了！”蒙络兴奋地一拍轩辕的肩头，大笑道。

“这些日子轩辕在查看熊城周围的地形吗？”龙歌讶异地问道。

“不错，为了寻找最佳的练兵之地，我不得不踏遍方圆两百里！”轩辕也不否认。

“这叫天助我们！”段艺兴奋地道。

“任何偶然的巧合都有其必然的因素！”段赋也道。

“段大先生说得是，轩辕可算是上天派来助我之人，一切安排得如此巧合！”

“这也是父王福德无双呀！”兰彪笑道。

蒙络更是展颜欢笑起来。

轩辕也觉得此事确是巧合，这些日子他为了找一个好的练兵场地，跑遍了有熊周围方圆两百里地，便连迷湖那沼泽之地也没有漏掉。当然，这也是因为轩辕对沼泽和湖泊有着比常人更为浓厚的兴趣，这才将迷湖和它周围的沼泽地仔细勘察了一遍，却没想到竟无意间为找到神门所在地而立下了大功。

轩辕绝不介意在沼泽中练兵，只有在最恶劣的环境之中，才能磨砺出最精锐的战士。何况这里的沼泽比之死亡沼泽又算得了什么？这片沼泽才不过方圆四十余里而已。

“为了庆祝此次的收获，我们便出去痛痛快快地轻松一下吧。事不宜迟，我们下午便立刻起程前往！”蒙络迫不及待地道。

“我不相信那群贼子会比我们先到一步！”兰彪狠狠地道。

“我们的行动尤其要保密！”龙歌提醒道。

“这点我知道！”蒙络自信地道。

“近日，轩辕所做的一切已让人感到耳目一新，看来轩辕还真是个治军奇才！”蒙络举杯赞道。

“这当是靠蒙王的提拔，轩辕只想为族人尽力而已。”轩辕客气地道。

“今后有时间，我们多亲近亲近。只看轩辕在选拔人才上的特别之处和那严格的要求，就知轩辕是我辈的楷模，兰彪定要向轩辕多多学习才是。”

“兰兄客气了。”

“轩辕是我所见过的最了不起的年轻人之一，你知道近日熊城内怎么猜测你和你的山海战士吗？”蒙络突地笑了笑道。

“哦，怎么猜测呢？”轩辕也似乎极有兴趣。

“众人都在猜测将来你的山海战士都会与你一般神秘莫测！”蒙络笑道。

轩辕也不由得笑了起来，凤妮和龙歌亦为之莞尔。

“没有这么夸张吧？”轩辕摇头苦笑，同时也夹上一筷菜。

“前些日子你的山海战士还是一些新丁，但一旦组成了一支军旅，便立刻变得神秘莫测，外人根本就无法得知一点有关山海战士的内部消息，甚至连训练的情况也仅知一点皮毛，似乎山海战士不是一千人，而只是两三人一般。能够将如此一派人安排得如此了无痕迹，哪能不让人胡猜乱想？有人还说，山海战士比那群由吴回亲训的死士还要神秘，我看也确实如此。”蒙络似乎有些意味深长地道。

“这只是一种练兵手段，东夷的快鹿骑之所以百战百胜，只是在于一个‘奇’字与‘快’字，它们会出现在我们意想不到的地方，这才能在刹那间杀得我们手忙脚乱，那怎会有不败之理？而我所训练的山海战士便是要对付东夷的快鹿骑。虽然我仍无法与其比速度，但却不能输在‘奇’字之上，唯有以奇制奇，才有可能与东夷快鹿骑一搏。但若要真正做到‘奇’，那并不是一件容易的事。首先就是队伍自身要保持最为神秘的状态，让对方完全无法摸透虚实，这才可起到攻其不备、出奇制胜的效果。因此，山海战士从上到下都必须保证高度的秘密。”轩辕淡淡地道。

“可是轩辕为何对自己人也要如此神秘呢?”龙歌不解地道。

轩辕不由得悠然一笑，道：“若是对蒙王、圣女和王子及在座的各位自不必如此神秘，因为各位绝对会维护族人的利益，不会拖山海战士的后腿。但轩辕却不敢保证熊城之中每一个人都会这样，谁敢说熊城之中没有鬼方和东夷的奸细呢？秘密对外和对内并无分别，轩辕如此做只是为了使我们的山海战士更具出奇制胜的资本。同时，如果能将山海战士保持一种高度的神秘感，会对敌人造成一种强大的心理压力。敌人在与我军交战之时也会时常担心山海战士突然出现，那会使他们的斗志大减。要知道，事物的本身并不可怕，可怕的只是对事物一无所知时所引出的猜测和想象!”

“好！好一个事物的本身并不可怕，可怕的只是对事物一无所知时所引起的猜测和想象！轩辕公子对人性的了解竟是如此深刻，更让老朽佩服!”段赋忍不住赞道。

“确实是深刻至极，一语道尽了兵家虚实的精义。有熊得此人才，中兴有望了！来，本王敬轩辕一杯!”蒙络也拍案叫好。

凤妮更是目泛奇光。

“谢蒙王赏识，轩辕实当之有愧，有熊有蒙王这等雄才大略之人，就必定会中兴，轩辕只是为族人再添一片瓦砾而已。”轩辕忙举杯相迎。

蒙络更是开怀。

兰彪却似乎是在深思些什么，并无过多的言语，半晌才突然问道：“兰彪想请教轩辕兄弟，若想使己军变得神秘，那该要如何去做呢?”

轩辕微微讶然地望了兰彪一眼，顿觉此人实不可轻视，竟能够如此客气地相问，定是一个极为好学之人。不由悠然一笑道：“若欲使自己的队伍变得神秘，首先就必须要有可依的纪律，严格约束，使得军中形成一种氛围，以便使每位战士都能严守军中秘密。另外便是尽量不在大众场合之下露面，越少人知道战士们的活动规律越好。只要能够做到这些，外人自然会将这队战士越猜越神秘，越想越想不透，也便会逐渐在他们心中建立起神秘莫测的印象。”

“哈哈，听轩辕这么说起来，似乎很简单，可是为何自古到今，也没有多少人可以组成这样一支神秘的军旅呢?可想这之中定是有许多细节问题很繁杂，是吗?”蒙络也笑问道。

“蒙王所说没错，说易行难，怎样把握这之间的度很重要。”轩辕毫不否认。

“说得我都心动了，真想也成为轩辕手下的一卒，去看看轩辕是怎样练兵的!”段艺笑道。

众人也都笑了起来，而此刻轩辕只觉得身体似乎有些沉重，眼皮也有些重。

“我想是喝醉了，头有些晕。”龙歌突然道。

“我大概也是，有些想睡。”凤妮坐在轩辕的身边轻晃了一下。

“那我扶你去休息吧!”轩辕倏地站起，但忽觉腿下一软，身子竟滑落至桌子底下，龙歌和凤妮也砰砰两声，相继倒于桌上。

“父王如此一来岂不是留下了后患?”兰彪担心地问道。

“暂时还不能杀他，这小子是元贞那些老家伙所看好的，而且与凤妮似乎关系暧昧，如果杀了他的话，只怕会让创世大祭司那老鬼捡了便宜，乘机与元贞扳倒我。因此，只能先让他睡上五天!”蒙络望了望地上的轩辕，冷酷地道。

“王爷如此做，我实有些不明白。”段赋皱了皱眉，担心地道。

“是啊，我们不是决定要让这小子来对付创世大祭司那老鬼吗？说不定去了迷湖还有用得着他的地方……”

蒙络打断段艺的话道：“段二先生有所不知，这小子奸滑诡诈得很，别以为他真的是对我好，事实上这小子很可能对谁都留有一手。就凭他身为龙族战士的大首领，又是君子国的圣王，就可知道这小子怎肯甘于受制于人？他或许是迷恋凤妮的美色，这才对凤妮好，但他很可能才是我们最大的敌人！只凭这一点，就不能让他参与神门之争，那等于引狼入室。说不定这小子还会在迷湖周围布下大批神秘莫测的龙族战士，那岂非要坏我的大事？”

“这小子真是龙族战士的大首领吗？”段赋也有些惊愕，问道。

“据贾晓查得情报，这小子就算不是龙族战士的大首领，也会是其首领之一。而此次他来熊城却只带了有侨和少典两部的战士，其中定然有诈，也许这小子只想将熊城弄成一团糟。对此这小子或可以瞒过别人，但却绝对瞒不过我！哼，想跟我斗，还嫩了点！”蒙络傲然道。

“王爷英明神武，属下等望尘莫及！”段艺敬服地道。

“不过，这小子的确是个了不起的人才，如果真能够让他成为创世大祭司的敌人，那确实够老鬼头大。只可惜这小子竟想跟我要手段！”蒙络仍忍不住对轩辕赞了一句。

“这小子再厉害也不是父王的对手，他怎么可能逃得出父王的五指山？不过，孩儿以为还是应将他除去，以绝后患。否则，他一旦醒来与山海战士会合，对我们可就大大地不利了。就算创世大祭司和元贞追究起来，以父王的地位应不会有什么影响。”兰彪提议道。

“彪儿说错了，本王虽然自负，却绝不盲目，创世大祭司是个极富心计的人，早就想对付我，只是一直没有借口而已。另外又因元贞处处助我，这才使得创世大祭司虽势大，却也不敢轻举妄动。但若本王此刻杀了轩辕，那情况就不同了。首先，元贞绝不会助我，以我的实力仍要比创世大祭司逊一筹，只有等我取得神门之内的神物后，到时即使创世大祭司与元贞联手我也不惧，那时再杀这小子也不迟。别忘了，这小子是有熊族的英雄，更是山海战士的大统领！”蒙络分析道。

“父王说得是！”兰彪恭敬地道。

“就算要杀这小子也不能让外人知道，若是能假手于人就更好。否则的话，这小子的身后实力也实在可虑，那神秘莫测的龙族战士，还有高手众多的君子国，都会让人头痛的。当然，若是他死得莫名其妙，定不会有人怀疑本王，因为谁都当本王和这小子之间关系不错！”蒙络道。

“王爷，你所要的人马已经准备好了，只待王爷传令！”贾晓此时行了进来，恭敬地道，他对厅中所发生的一切毫不意外，似乎一切都在其意料之中。

“很好，我们就立刻起程前往迷湖，越快越好！”顿了顿，蒙络突然又道，“贾先生可以肯定药力能够持续五天吗？”

“这个请王爷放心，他们至少要到五天之后才能醒来，此药百试不爽！”贾晓自信地道。

“如此便好，他们三人及王府里的一切都交给先生主持了！”蒙络说完仍不忘望了轩辕一眼，眼角闪过一缕幽冷的杀机。

“贾晓明白该怎么做！”

“这小子睡得好沉！”

“没看到这小子精壮得像头牛吗？他妈的，老子要是有他身上的一半肉，也可以去那些娘儿们面前卖弄卖弄了。”

“哎，我说韦权啊，前些日子我还看见这小子与蒙王挺亲热的，怎的今日蒙王却要将他和圣女等人关入密室中呢？”

“谁知道？反正这密室中环境不错，大概王爷要他们好好休息几天吧。”

“哎，我说韦权，咱们打个商量怎样？”

“商量什么？说吧。”

“你看圣女美不美？”说话的是那个形容极为猥琐的汉子。

韦权眼神滴溜溜一转，他立刻会意，不由小声道：“孟达，这可是要杀头的！”

“反正她是昏迷着的，事后咱们替其把衣服穿好，保证她醒过来不知发生了什么事，此事唯有天知地知，你知我知，绝不会有第三人知道。我看柳护卫长也没安好心，只是没胆，只要咱们让他先上，他定会同意的。想想，要是能搂着圣女睡觉，那滋味多好，比你去玩那些骚婆娘不知刺激多少倍。”那被唤作孟达的汉子色胆包天地道。

韦权大大地吞了口口水，望向圣女凤妮，眼珠子差点没掉下来，口中却有些含糊：“好吧，一切就听你的。哎呀，她的身材真好，那胸，那臀，要是光着身子……哟，干吗打我?”

“柳护卫长!”孟达低低惊呼了一声。

“啊，小的该死！小的该死!”韦权一听来者是柳护卫长，不由吓得魂飞魄散，差点没软倒在地。

“你们出去给老子把风，待会儿才轮到你们!”柳护卫长轻喝道。

韦权和孟达初时一怔，随即喜形于色，忙应声道：“是，是。”

柳护卫长立时如一只发情的公狗般迫不及待地脱下自己的衣服。

韦权和孟达回头溜了一眼，大感放心，忙走出密室之外为其把风，只听得密室中传来了一阵轻响。

“老子等这个机会等了好久好久，你这高傲的美人儿就先让老子试试枪，看看是否还是原装货!”柳护卫长发出一阵低低的淫邪的笑声，向躺在床上昏迷未醒的凤妮扑去。而在此时，他突地吃了一惊，因为他发现了一双眼睛。

一双似乎可以放电的眼睛，亮得让人心寒，或许因为目光本身就冷得让人血液僵化。

是龙歌。

柳护卫长顿时欲焰全消，如有一桶冰水自头上淋下，骇然落地时，龙歌已弹身而起，一缕幽芒划过，柳护卫长连叫都没来得及叫一声便已命丧黄泉。

“哼，不知死活的狗奴才!”龙歌回头扫了轩辕和凤妮一眼，快步来到密室之外。

韦权和孟达此时正侧耳倾听密室中的动静，乍见龙歌无声无息地出现在面前，几乎一下子吓破了胆。

“去死吧！”

龙歌对这两个色胆包天的家伙杀机狂炽，在这两人还没有来得及回过神来之时，已重重地捏断了韦权和孟达的脖子。

龙歌这才返回密室中，望着轩辕冷哼一声，淡淡自言自语道：“连你也一起带走好了，就让你去顶这个罪！哼，蒙络虽然奸诈似鬼，但怎是我龙歌的对手？可笑你轩辕自以为聪明，却连蒙络也算计不过。”龙歌说完一手挟着轩辕，一手挟着凤妮，便行出密室。

对于蒙王府，龙歌绝不陌生，甚至连通向府外的地道也知之甚详。如果蒙络看到龙歌如此熟悉其府第的话，定会大吃一惊。

龙歌挟着凤妮和轩辕迅速遁出蒙王府，却并不行往西宫或东宫，反而向城郊的密林之中奔去。

半晌，龙歌掠入一个山洞之中，放下轩辕和凤妮，他似乎对这里的一切都极为熟悉，一路上竟没有半点犹豫。

“就让你们两人先在这里待一会儿，等我办完一件事情再回来安排你们！”

龙歌望着昏迷似沉睡的凤妮和轩辕自言自语道，说完缓缓退出山洞，向城南方向掠去。

当龙歌再返回山洞时，洞中竟空空如也，凤妮和轩辕已经不见了踪影。

“怎么会这样？”龙歌大惊，迅速转身而出，在林中四处寻找，却似乎没有任何痕迹留下。

是谁带走了轩辕和凤妮？是谁在这段时间来了此地？抑或是轩辕醒了还是凤妮醒了？

难道贾晓的迷药并不能管用五天？

龙歌望着山洞的空空四壁，竟呆呆愣神，这里不可能有食人的猛兽，因为此地属于熊城之内，而熊城之内绝不允许存在豺狼虎豹之类的恶兽。

当然，如果是这类恶兽的杰作的话，地上定会存在血迹，但是此刻地上却干净得似乎没有任何变化，更没有脚印。

龙歌发了一会儿呆，心头泛起了一丝阴影，咬咬牙，掠身离去。

蒙王府也乱了套，蒙络已经领着大批高手离去，贾晓虽足智多谋，但是此刻却也乱了手脚。

轩辕、龙歌和凤妮三人居然不知所踪，负责将三人送入地下密室的护卫长和两名护卫竟全部身死，自那重手法看来，可见出手之人定是极为厉害的高手，但这个人究竟是谁呢？难道是蒙王府中出现了奸细？难道有高手混入了蒙王府中？抑或是龙歌、轩辕和凤妮三人中有人醒了过来？这使得贾晓慌了手脚。他对自己的药物极为自信，如果三人真的饮入了下药的酒，定不可能在如此短的时间内醒来，可是三人的失踪却让他无法解释。

探子回来禀报，西宫方面没有轩辕和凤妮返回的消息，东宫也没有龙歌返回的消息，而且三人也未曾去过宗庙，倒是探得伏朗与轩辕手下的高手有冲突，可是轩辕和凤妮及龙歌去了哪里呢？

贾晓只好无可奈何地派出鹿骑将这件事情通知蒙络。凭他估计，轩辕、龙歌和凤妮可能会赶去迷湖，因为三人都知道神门便在那个传说通向大海的湖泊附近，所以他必须派人通知蒙络所发生的一切。

熊城之内的一切，仍是风平浪静，只是剑奴领着数十名好手亲上宗庙，向元贞请求出城协同轩辕去训练山海战士引起了小小的震荡。不过，因为剑奴的手中执有轩辕亲笔所写的调令，宗庙自然安然放行。

宗庙对轩辕在最初能够将山海战士训练得如此有声有色而感到非常满意。

元贞是最支持轩辕的一人，轩辕竟将山海战士所有的计划尽数跟这个长者说了，包括自己所制定的制度也不隐瞒。

元贞在得知轩辕这一系列的安排和计划后，禁不住大为欢喜。从这一些制度和训练管理的方式中，元贞看到了轩辕那深不可测的智慧，甚至为轩辕的能力所折服。

轩辕对元贞几乎是不加怀疑地相信，也使得元贞大为感动，更对轩辕关心备至，简直像是将轩辕当亲子一般看待。

当然，他们之间暗通关系并没有太多的人知道。而元贞听从了轩辕的叮嘱，仅向最可信的尚九和阳爻两位长老透露了一些情况，余者对山海战士也是一片茫然。正因为如此，元贞对轩辕也是不遗余力地信任和支持。

轩辕当然是个极富心计，而且看事情也极准的人，他知道元贞只会忠心于正统，忠于有熊族的利益，绝对不会做有损有熊利益的事情。在熊城之中，轩辕唯觉此老最可信，加上元贞对他本身所存在的好感，他绝对可以征得元贞长老的全力支持，这样便等于获得了长老会的支持。

当然，轩辕总不能将山海战士的情况瞒住熊城中所有的人，否则，他可能会完全失去熊城的支持。因此，他才会选择元贞长老作为知情者，由长老会来支持他。

元贞自然知道剑奴的剑术高绝，竟能与齐威难分上下，若由他去训练山海战士自是一件好事。而有着如此多的高手去训练这一千战士，自然可让每个战士身手不凡，他也就批准了。

剑奴等高手出城当然引起了许多人的注意，首先是伏朗，他伤了木青，听说轩辕赶了回来，却没有去找他的晦气，反而让剑奴等人出城，这自会引起他的怀疑。另外便是贾晓，剑奴出城的时间似乎有些巧合，使他不得不注意。

风际和风游暗中追着剑奴诸人赶出城外，伏朗并不是一个傻子，若到此刻还会不明白凤妮和轩辕已经要了他一手，那才是怪事。

伏朗怀疑凤妮和轩辕诸人已经找到了神门的所在，皆因凤妮这段时间太过神秘，而且似乎天天与龙歌在一起商议着什么，这中间还加了一个蒙络。而轩辕与蒙络之间更似乎有着某种默契，只有伏朗才被所有人排挤在门外。因此，伏朗恨、怒、气、怨，却也无可奈何，因为这里是有熊族的地盘，而非伏羲氏的领地，他所做的事情也只能暗中进行，谁叫他的目的也是得神门内的神物呢？

神门内究竟有什么东西呢？

这是一个谜，没有人知道，正因为没有人知道，才会以讹传讹将神门之中的一切都说得无限美好，连太昊也为之心动了。

轩辕返回熊城，这群人却匆匆离开熊城，使得伏朗不能不怀疑是因为轩辕已经找到了神门所在，这才将高手调出城外。伏朗自然会派出高手跟踪。

剑奴诸人行得极快，他们大部分人都乘着健鹿，不过三十余人，所扬起的尘土也不高，因此并不难跟踪。

不过，风际和风游仍然发生了一些意外。

意外的是，竟有两骑自剑奴的队伍中突然回返。

风游和风际只得迅速躲入暗处。

“嘘……”两名折返之人所乘的却是战马，来到风游和风际藏身的不远处，其中一人高喝道，“请你们速速回返熊城，我们不希望你们如跟屁虫般追尾巴，若是仍要继续跟踪，便休怪我们不客气了！”

两人说完便一带马缰，又追向剑奴而去。

风际和风游不禁面面相觑，他们怎会不知这些话实际上是针对他们所说的？因为他们发现那两人的目光向其藏身的地方瞟了一眼。

他们相距这么远跟踪竟然会被察觉，这使得风际和风游心中大为惊骇。他们正在犹豫该不该返回熊城之时，倏地听到对面的树丛之中跃出五个人来。

风际和风游一看，这五人竟是蒙王府的高手方际、方隐、余丙、余期和庄义。

这五人风际和风游都认识，因为他们对蒙王府并不陌生，最初入城时，蒙络还曾款待过他们。因此，对蒙络手下的一些知名高手都能叫出名字。而这五个人，可算是蒙王府的客卿身份，皆因他们本身并不是有熊族的人，而如庄义之辈原本是一个流浪的采集者，后来被蒙络看中，邀为府上客卿。其武功极为可怕，箭术更是了得。

“他们发现了我们，还要不要继续跟踪?”风际问出了风游想问的问题。

庄义望了望已经远去的剑奴诸人，咬咬牙，惊异地道：“他们怎么可能会发现咱们跟踪呢?”

“那个老头的功力高绝，说不定便是他所发现的。”方隐猜测道。

“不可能，那老头子走在最前面，距我们少说也有四百步，怎么可能有这般觉察力?”余丙否认道。

“他们会不会只是故意试探我们，或是根本就没有发现有人跟踪，如此做只是作为一种手段?”余期惑然问道。

“嗯，这个很有可能，这些人跟轩辕那小子一样狡猾，确有可能玩这种花样。”庄义附和道。

“那我们还是继续跟踪吧，或许真能够找到轩辕和龙歌的下落呢。”方际道。

“不过，要小心一些，轩辕和龙歌可不是好惹的主儿，连王爷都被他们给耍了。”余丙提醒道。

“或许不是，只是有高手将他们救走了也有可能!”方隐猜测道。

“应该不可能，便是剑奴那老鬼带着这一群高手也不能将轩辕三人自王府中神不知鬼不觉地带走。何况，轩辕在熊城中并无其他高手相随，因此大有可能是府内出了奸细，或是三人中其中一人醒了……”

“不用说太多，追吧!”庄义打断余期的话道。

风际与风游对望了一眼，彼此笑了笑，然后迅速追了上去。只不过，他们是追在庄义诸人之后，并没与之一起。

庄义诸人追出七八里，突然打住，因为他们在掠过一个山坡转角之处时，竟发现那不宽的道路中间一字排开横列着五匹神骏至极的战马。

第一百零一章　鬼剑神威

战马寂无声息，马背之上静坐着五人，神情肃穆至极，那全副武装的样子使得每个人都散发出一股逼人的气势，大有不可一世的凛然之意。

“我警告过你们!”说话者是木青，那个在伏朗手下受了些轻伤的木青。不过，此刻根本就看不出其丝毫受伤的样子。

庄义和方隐相对望了一眼，都无法掩饰其内心的惊骇。此刻他们怎会不明白刚才这些人的确发现了他们，而并不是故弄玄虚。

木青的左边是柳庄、姬成，右边是燕绝和花战，每个人的神情都极为冷峻。

“是的，但是我们还是跟来了!”余丙见已经避无可避，且对方也仅只有五人，他心里根本就不慌。以他们的武功，甚至不会将这五个人放在眼里，虽然知道轩辕的手下高手极多，但并未见过这群人出手，因此他们并不会将对方五人放在眼里。若说有些在意的，大概仅只剑奴而已。

庄义也明白余丙的意思，双方既然已经撕破脸了，索性一不做二不休，就与这五个人干一场，反正蒙王也对轩辕下过手。再说他们怎会在意木青这五人?脸上不由显现出不屑之色。

“既然无法劝阻你们，便只好让你们得到应有的结果了，你们出手吧!”木青语气中充盈着无法挥去的杀机。

“哼，就凭你们几人?”方隐不屑地笑了笑道。

希聿聿……战马一声长嘶，声裂云霄，然后如离弦之箭般直向方际诸人射去。

庄义吃了一惊，战马的速度的确是快得可以，他们还没有来得及调整好心态，五杆长枪已如出海蛟龙般逼至了他们的面门。

当……当……五声巨响，庄义诸人全都控制不住身子向后连退数步，木青诸人夹着战马的冲势，其力量几乎暴增一倍，而且全是双手操枪，庄义诸人仓促迎敌，又怎能抗拒？

木青一声低啸，在方际还没有来得及自刚才那一击中回过神来之时，长枪再次贯出，准确无误地扎入其心脏深处。

方际发出一声惊天动地的惨号，在木青的战马自余丙身边擦过之时，他的身子已被木青的长枪甩上了半空。

“二弟！”方隐撕心裂肺般怒号一声，急怒攻心之下，竟一把抓住了花战的枪头。

“哼，去死吧！”在花战的冷哼之中一声机括轻响，方隐也狂号一声跌了出去。花战的马蹄毫不留情地践踏在方隐的胸膛之上，使方隐发出了死前最后一声惨号，他怎么也没有想到死亡竟是如此简单。

花战一带马缰，收起那小弩，举枪又冲杀而回。他之所以能一举击杀方隐，只是因为方隐心神大乱，为他藏于暗处的小弩所乘，这才死得不明不白，而木青则不同。

木青杀人是因其功力占绝对的优势，第一次交锋，借马的力量震得方际双臂麻木，暴退十步，而战马配以木青的快枪，再以迅雷不及掩耳之势击杀方际。这当然有马的功劳，乘在马上，无论是气势还是力道，都增强了许多。而方际和方隐这些人还从未见过乘在马背之上交手的对手，更无法估到这战马竟如此厉害。他们甚至被战马的那一声长嘶也给惊了一下，这才未来得及全力阻挡木青诸人的长枪。

另一方面，庄义、余丙诸人没想到木青五人竟会下手如此狠辣，一出手便夺命。依他们心中所想，轩辕与蒙络至少还有些交情，不看僧面也要看佛面，木青五人应该知道他们就是蒙王府之人，却仍下如此重手，实是狠辣至极，便是蒙络也不会对轩辕做得这样绝。那只有一个可能，便是木青诸人已经知道了蒙王对轩辕施了手脚，所以这才会对蒙王府的人丝毫不留情面，甚至赶尽杀绝。

事实上，在交手之前，庄义与余丙仍在犹豫是否该将木青五人干掉，抑或只是给他们一些教训，谁知木青五人的出击比他们心中所想狠辣了许多，这才一出手便上了大当。

庄义不得不承认，木青五人的功力并不比他们逊色，而且乘着战马强攻更有万夫莫开之势。一交手，在气势上他们便输了一截。

不过，方氏兄弟在他们之中是最弱的，庄义和余期的功力最高，竟立刻稳住阵脚。不过，方际和方隐之死对他们的影响也很大，对他们心灵的震撼是强烈无比的，尤其木青那似乎无坚不摧的枪势。

木青一带马回头直冲余丙，枪尖带起一股强大无匹的旋风，以最为简单直接而有效的方式刺出。

余丙发现木青的枪势和劲道比他想象的不知道要高出多少，枪未至，那森寒的杀意与强大的气势已如一道网罗般紧紧裹住了他，使之欲避无从，欲走不能，竟让他陷入了一个非战不可的死局。

余丙低吼一声，挡开姬成错身而过的长枪，双手挥斧，直斩向木青的长枪，他已别无选择。

庄义只感木青如一阵龙卷风般自他的身边擦过，擦身而过的气势几乎让他窒息。他心中的震骇已达到了无以复加之境，刹那间似乎捕捉到了木青体内那沸腾喷发的生机，如同火山熔岩般的热流不可自制地散发至木青所经过的每一寸空间，而使得别人禁不住为之战栗。

当……枪斧交击，余丙如被巨雷劈中一般，东倒西歪地踉跄而退，他竟然无法抗拒木青的一枪之力。

木青一声长啸，长枪如闪电般在错马自余丙身边擦过之时扎入了余丙的心窝。

余丙再次步上了方际兄弟的后尘，竟不能挡木青两枪，这是何等让人心惊之事？

庄义几乎怀疑自己的眼睛，他无论如何也无法相信木青会有这般可怕的力量，但这却是绝对的事实。

若说木青能够如此轻易地杀死方际那还可以解释，可当是个偶然或是方际的失误，但木青再接着击杀余丙，那就绝不再是偶然和巧合了，所能解释的，便只有实力，但木青有这样的实力吗？要知道余丙和方际诸人都是数一数二的高手，即使齐威等人也绝不敢小觑。可是在木青的手中竟不能走上两个回合，这让人是何等的震惊。

一开始交手，只在一个冲击之中庄义一方便连损三位高手，这几乎使仍活着的两人心胆俱寒。

余期更是心神大乱，余丙乃是他的亲兄长。

木青一声低啸，并未再回头杀来，而是单枪匹马向坡顶飞驰而去，剩下的庄义和余期则成了花战、燕绝、柳庄和姬成合围阵势之中的猎物，余期和庄义只得作困兽之斗。

于是，马嘶声、怒吼声响成一片，花战、燕绝诸人的长枪织成了一张大网，以居高临下、快速移动的形式围着庄义和余期团团转杀，让两人几无还手之力。

木青策马驰上坡顶，可吓坏了另外两人，那就是风际和风游。

风际和风游对木青刚才那疯狂而霸烈的攻势看得心头大骇，他们何尝不知道方际和余丙的武功？也同样看过木青与伏朗交手时的状态，而且那时木青似乎还受了些伤，所以他们实难以想象木青竟能够如此利落地击杀方际和余丙，便是伏朗亲来也不敢保证是这两人的联手之敌，更别想在两招不到的情况下取对方之命。

是木青一直都深藏不露，还是因为木青所乘坐的战马起到了功不可没的作用呢？这使得风际和风游几乎不敢相信自己的眼睛。但更让他们吃惊的是木青的战马已经飞驰到了他们面前。

希聿聿……木青一带马缰，战马长嘶一声，人立而起，双蹄在空中疾踏数下，才悠然着地。木青悠然坐于马鞍之上，横枪身前，犹如天神一般，透着无尽的傲意。

人和马合为一体，犹如笼罩于一团无形的魔焰之中，凛冽得让风际和风游不自觉地打了个寒战。

木青的目光之中略带一点嘲讽和怜悯的意味，神情冷峻。

风际和风游却蓦地觉得木青的眼神有些像另外一个人，是那般深不可测，仿如没有尽头的夜空，永远都无法找到生命的彼岸究竟在何方。

“你们实在是不该不听劝阻，固执地追上来！”木青的话语之中有太多的怜悯，像是在对一个将死之人作临终的告慰。

风际和风游相互望了一眼，都看出了彼此的惊骇，他们刚才便伏于这山坡之上，但这山坡似乎根本就无法阻挡木青的视线而被其发现行踪，这确实让他们吃惊。到目前为止，他们仍不明白木青是怎样发现其行踪的，不过，他们却知道木青已动了杀机，更不会放他们活着回到熊城。因为他们亲见木青杀死方际和余丙，为此，木青也绝对会杀他们灭口。

“你以为凭你就可以对付我们吗？”风际和风游冷冷地反问道，如果单看木青与伏朗交手的情景，木青与他们的武功只是处于伯仲之间，即使再厉害一些，也极为有限。但此刻木青要以一己之力对付他们两人，风际和风游不相信会不能取胜。当然，若按木青刚才诛杀余丙和方际的那种架势，只怕他们也是凶多吉少了，因此他们不敢有丝毫大意。

“今天就是伏朗亲来也不会改变你们的命运，等待你们的，唯有死路一条！”木青说话间双脚一夹马腹，长枪已如闪电般刺了出去。

顿时，天地一片肃杀，秋风若染霜一般凄寒，叶落枝残马蹄疾，三丈空间只在一眨眼间便被突破。

风际一声冷哼，他早有准备，在健马稍动之时便已撤剑在手，更不欲将主动让给木青。不过，在他犹未抢先攻上之时，木青的长枪已刺到了。

风游身子如影子一般侧飘，他也有备，不过，他发现自己侧飘的身子依然是对着木青的马头，仿佛木青已完全操控了空间。

叮……叮……砰……木青的长枪点开风际的剑，却扫在风游的七节鞭上。

巨大的力量使风游不由自主地横跌。

嗖……战马自风游和风际的中间一跃而过。

风游和风际刚稳心神，木青带马又杀了回来，那转身冲刺的速度只让风际和风游吃惊无比，他们从未想过世间会有如此可怕的坐骑，看上去比战鹿更大，比之青牛也毫不逊色，但却如此灵活，如此快捷，短途的冲刺犹如离弦之箭，四蹄翻如驾云而飞，无不透着一往无回的强大气势。

木青一声长啸，竟自马背上飞射而出，借冲刺的马速，身子竟比马更要快上一倍，如虚影般刺向风际。

风游和风际同时大惊，他们本来已算好马的速度，准备好了攻击的方式，但是此刻木青突地舍马而攻，使速度再提升了一倍，顿时打乱了他们的初始计划，甚至无法对木青那快得无可形容的速度和攻击作出反应。

风际大吼一声，只得以最简单最直接的方式硬挡。

木青这一击奇在速度，但长枪所攻击的弧迹却很单一，因此风际并不担心木青会弄出太多的花巧，只怕木青也不能够。因为木青这一击凭借的是马的惯性和自身功力的结合，若他改招，由于速度太快，反会大大削弱攻击力道。

当然，杀人并不一定需要花巧，木青深深明白这一点。

当……风际的剑根本就无法承受木青这融合了马和自身速度的冲击。要知道，在高手的对决中，速度和力道永远是成正比的。

风际骇然而退，风游疯狂出鞭，他怎会不知道木青这一击已成必杀之势？是以，他不能不回救风际。

风际退，但是木青的速度岂是他所能走避得及的？

噗……木青的长枪以无坚不摧的气势直扎入风际的肩胛。

风际一声狂号，拖起一蓬血雨，被木青挑出两丈，整个左肩胛骨碎成无数块。木青这一枪的力道实在大得让他如同置身噩梦之中，不过，能够避过要害而不死已算是幸运了。

砰……木青枪头回挑，与风游的七节鞭撞上。

风游简直杀红了眼，鞭势一翻，竟缠住了枪头向回猛带，身子却朝木青撞去。他要近身与木青相斗，因为木青的长枪实在太可怕了。若是在如此长距离中缠战，只怕自己连怎么死都不知道。虽然他的七节鞭也是长距离攻击的兵刃，却可卸成一截截而近身搏杀。因此，他在缠住枪头之时便欲抢身进攻。

木青冷笑一声，竟将手中的长枪脱手射出，与此同时，只听锵的一声轻响，木青的手中竟多了一把刀。

是的，是刀而非枪！

风游也看到了，看到了这柄刀如同着了魔般自木青的背上自动弹出，而后便到了木青的手中。但此刻他的身子却被那射出的长枪拖得身形一歪。

也便是在这一歪的时候，风游倏觉脖子一凉，脑袋已飞滚而出。

“老三……”风际在地上挣扎了一下，忍不住发出了一声嘶哑而绝望的低号。

木青横刀而退，避过自风游脖颈之间喷出的热血，神情木然地望着风际。他诛杀风游时依然是那么简练利落，如同游戏，但这之中无不包含着超人的智慧，每一个细节都是那么严密而精到。

风际挣扎着站了起来，他的左手完全被废了，但此刻充斥心中的除了愤怒之外，还有惊骇。

“你不是木青！”风际声音嘶哑。

“你说对了！”木青露出一丝冷酷而淡漠的笑容，但此刻他脸上的表情却极为古怪，那是因为这本不是他的真面目。

“你是轩辕！”风际惊道，他自刚才那一刀之中已经想到了这个可能，除轩辕之外，又有谁的刀法能够达到这种可怕的境界？若非眼前之人就是轩辕，怎么可能如此轻松地杀死方际和余丙呢？以木青的武功，若要击杀风游没有百招以上休想办到，何况木青与伏朗交手之时已经受了伤，只怕此刻想杀风游都不可能办得到。但眼前之人却如此可怕，若不是轩辕又是谁？

“你又说对了，但你还得死！”轩辕再也不掩饰自己的声音，但语气中却透着无尽的杀机。

“你杀了我，太昊大神不会放过你的！”风际一旦得知此人正是轩辕之时，立刻泄气了，甚至有些绝望，但他不甘心就此死去。直到这一刻他才明白，轩辕比他想象的更为狠辣。

“要怪就怪伏朗太不识大体，你就认命吧！即使太昊亲来也救不了你！”轩辕说话间再次出刀。

轩辕持枪策马再回到山坡之下，余期和庄义已经伤痕累累地被花战诸人活捉了，哪里还有最开始的那种傲气和豪情？

“木青，你要将我们怎么样？”余期悲愤地喝问道。

“好说，我会让你们成为我们兄弟练功的活靶子！”轩辕笑答道。

“你这么做，蒙王不会放过你的！”庄义声色俱厉地道。

“哼，迟早我会找蒙络算账，难道你没听说过蒙络卑鄙的行径吗？”轩辕冷杀地道。

“你是轩辕！”余期立刻辨认出这是轩辕的声音，骇然惊问道。

“你知道就好，既然蒙络说我怀有异心，那我就让他尝尝我怀有异心的滋味！”轩辕不再掩饰自己的声音。

庄义一时也呆住了，他根本没有想到眼前之人竟不是木青，而是他一直要找的轩辕，更没有料到轩辕的易容之术竟也如此精妙。

“庄义，如果你愿意降我轩辕，看你仍是一条汉子的分上，今日我不杀你，更会以礼相待，若是你执意要忠于蒙络，也别怪轩辕不讲情面！”轩辕望了庄义一眼，淡淡地道。

庄义不由迟疑了一下，轩辕的威势他是亲眼所见的，而且此人更是才智过人，这使他不得不有些怦然心动。

“给我松开庄先生！”轩辕淡淡地吩咐了一声。

花战和燕绝立刻收回长枪，目光静静地望着庄义。

“若想背叛蒙王，你会死得很难看的！”余期见庄义心神似有些松动，不由怒喝道。

庄义一震，扭头望了余期一眼，长长地叹了口气道：“我服了，愿意听从公子的差遣！”

轩辕不由欢声大笑，伸手向庄义道：“有庄先生这句话，从此以后庄先生便与轩辕有福同享，有难同当。来！就让我与庄先生共乘一骑吧！”

庄义一呆，不由得有些受宠若惊：“这，这怎么行？”

“有何不可？大丈夫行事何须扭捏作态？若是敌人，我轩辕绝不留情，若是朋友，便不用客套！上马吧！”轩辕哈哈一笑，豪爽地道。

“庄义，你这卖主求荣的家伙……”

“识时务者为俊杰，你给我闭嘴！”姬成一爪将余期揪上马背，在余期仍想叫唤之时将其击昏过去。

庄义犹豫了一下，被轩辕拉上马背，挤在大鞍之上紧贴轩辕那厚实的肩背，不禁思绪万千。

“坐稳啦，庄先生！”轩辕一声长笑，毫无戒备之心地一抖马缰，向远处的剑奴诸人追去。

原来，轩辕并没有真的被蒙络的迷药给毒倒，他的体质早已百毒不侵，甚至是万邪不伤，这点迷药又算得了什么？不过，他却想知道蒙络究竟欲弄什么玄虚，这才故作昏迷状。

蒙络自然不知轩辕那奇异的体质，如果换成鬼三，他就绝不会以毒物对付轩辕了。

轩辕故作昏迷，却听到了蒙络的那一席话，不由暗称好险，同时更对蒙络的阴险和狠毒动了杀机。当然，他知道如果此时醒来只会死路一条，他怎么可能是整个蒙王府高手之敌呢？只好让别人将他抬进地下室。而就在他佯装昏迷之时，清楚地感应到龙歌也是清醒的，那是在蒙络说到他与龙族战士的关系和对他的怀疑之时，他自龙歌思绪的波动和心神的震动推断出来的。因此，他并未在一入地下室便立刻醒来，反而想知道龙歌为何要如此做。当柳护卫长欲奸污凤妮之时，他再也忍不住了，可就在他即将出手时，谁知龙歌却快了一步，于是他乐得被龙歌带出。

轩辕自龙歌自言自语之中听出了一点异样，那便是龙歌有很多事情都瞒着他，甚至有一个针对他和蒙络的计划。他不由得大为好奇，欲一探究竟，这才一直装作昏迷不醒。

而轩辕对龙歌的心性知之甚多，以龙歌的自私自利和狡猾，这段日子表现得如此乖巧及对蒙络如此听话，本就是一个意外。因此，龙歌定是在暗中另有阴谋。

对于龙歌这个重要人物，任何一点阴谋都有可能导致局面大变，更有可能会使得轩辕满盘皆输。因此，轩辕绝对不会放过查清龙歌阴谋的机会。

至于龙歌为何不惧迷药之事，轩辕却无从得知了，或许龙歌也是体质特异，不惧任何药物吧。

龙歌离开山洞之后，轩辕立刻挟起圣女尾随而追，更召来一直跟在暗处的满苍夷，将凤妮交给她，而他自己则跟踪龙歌向南城追去。但让轩辕感到意外的却是，龙歌竟是跑向大祭司府。

轩辕的心顿时寒透，也因此，他探到了一个让他难以置信却骇异莫名的秘密。

龙歌自后门直入大祭司府，对一切似乎轻车熟路，而且很快找到一条秘道。

轩辕也暗自庆幸龙歌走的是秘道，否则以大祭司府那如云的高手，只怕要进去会大费一番手脚。

龙歌当然没有估到轩辕会跟踪而来，而轩辕此刻的轻功也已达到了巅峰造极的地步，神风诀虽不能达到满苍夷的境界，但天下间也少有人能比。加上轩辕的功力比龙歌只高不低，一路小心，龙歌自无法发现，就像龙歌不曾发现被满苍夷跟踪一般。

轩辕并不知道秘道会通向何处，但是他的思感和灵觉却提升到了最高的境界，龙歌绝对无法逃出他的思感之外。而他的灵觉可以清晰地捕捉到二十丈之内的任何异动，使之能够及时避开可能遇上的敌人。这种感觉轩辕并不是第一次拥有，当日在盖山氏与陶莹二女欢好之时能发觉地祭司的存在，便证明他已将思感和灵觉完全挖掘出来，这或许是来自龙丹的异力，使他对自身周围的一切都敏感异常。因此，轩辕绝不害怕跟着龙歌进入地道中。

龙歌显然不欲让人发现其行踪，自秘道中出去后，又跃入另一个秘道，但第二个秘道却已是在大祭司府内。

轩辕十分惊讶龙歌对大祭司府内秘道的了解，似乎龙歌对这些都有极深的研究，而他对蒙王府的秘道也同样极为熟悉。

龙歌最后出现的地方是轩辕万万没有料到的，那竟是一个丹房。

第二条秘道的出口竟是创世大祭司的丹房，轩辕可不敢出地道，因为丹房之中有创世大祭司的高手死士。

龙歌以三长两短的指法敲了几下地道出口的门，这才跃入丹房，转身关上地道之门。

“是王子吗？”

“不错，快去叫义父来，我有重要的大事要告诉他！”龙歌一开口就急忙吩咐道。

那丹童似乎对龙歌之来已习以为常，迅速出门而去，但轩辕却满心疑惑，不明白谁是龙歌的义父。而龙歌的义父又怎会在大祭司府中呢？想到这里，轩辕出了一身冷汗，忖道：“难道创世大祭司会是龙歌的义父？可除了他还会有谁？”

龙歌在丹房内似受到另外几名丹童的款待，半晌过后，创世大祭司果然来了。

轩辕也大为紧张，极力将自己的呼吸减弱，处于禅定状态，他不想让这个被称为有熊族第二高手的人发觉自己的存在。此刻，熊城之中大概也只有创世大祭司最为可怕了，轩辕自不敢与其正面交锋。

“龙儿，有什么重要消息？”创世大祭司的声音轩辕做梦也辨得出来。

“义父，孩儿找到神门所在了。”龙歌兴奋地道。

轩辕的心一直往下沉，他果然没有猜错，创世大祭司居然成了龙歌的义父，这确实大大出乎他的意料之外。若非亲耳所听，打死他也不敢相信龙歌会认贼作父，但这却是事实。他不由得暗自庆幸这次误打误撞得到的收获，否则，到时候他只怕连自己怎么死都不知道了。

轩辕不得不佩服龙歌的演技，平时与创世大祭司装出一副有着深仇大恨的样子，还与自己称兄道弟，背地里竟与创世大祭司串通一气。这使轩辕不得不对龙歌的自私和心计重新估计，而这也确实是个只求成功而不择手段的人。

“哦，龙儿快说，神门究竟在何处?”创世大祭司一听龙歌此话立刻动容。

“神门当在迷湖附近，孩儿险些被蒙络那奸贼给算计了。”龙歌说完便将在蒙王府中的经过简要复述了一遍，更说明蒙络已派人去迷湖寻找神门了。

创世大祭司一听，不由得意地大笑，狠声道：“蒙络呀蒙络，你大概怎么也没有料到会栽在老夫的手中，老夫要你有去无回!”旋又对龙歌慈祥地道，“龙儿办得好，幸亏是天助我，否则被蒙络那奸贼给抢了先！龙儿放心，为父绝不会亏待你，只要你好好为我办事，有熊迟早会是你的，说不定整个天下千万部族也都是你的。要知道，老夫无子，你就像是老夫亲子一般，我的也便是你的!”

“孩儿明白!”龙歌极为恭敬地点头应了声。

轩辕顿时明白，龙歌是在外援无效之下，不得不在蒙络和创世大祭司之间寻求一股力量作为依靠，否则他这徒有虚名的王子迟早会完蛋，而蒙络有子更有女儿女婿，若让蒙络坐上了太阳之位，扳着指头也轮不到龙歌。

作为长远来看，依附创世大祭司这无子之人反而更接近太阳之位，一来创世大祭司已年长，二来无子，一旦死去，龙歌将来也可自创世大祭司手中继承太阳之位，因此龙歌自然倾向创世大祭司一方了。

龙歌绝不会对蒙络讲什么情义，在他的眼中只有权力。他所做的一切的一切也都只是从实际出发，创世大祭司大概也明白此点，这才放心地让龙歌去接近蒙络，更在蒙络面前演了一曲绝妙的戏。

由此可见蒙络和创世大祭司甚至是龙歌，没有一个是简单的人，大概只有凤妮乃一介女流，不适合依附蒙络和创世大祭司，这才在熊城中独竖一帜，维护着太阳的正统。

当然，凤妮也不是一个简单的人，只不过她爱轩辕，因此成了轩辕的助手。

事实上轩辕若不是运道好，只怕会在有熊族之中被人要得团团转还不明白是怎么回事。

轩辕一向还自认聪明，可是此刻才发现天下除自己之外还有许多聪明人，而创世大祭司之所以不立刻对付他，甚至不很强烈地反对他为山海战士的大统领，只是因为有龙歌这着棋，因为创世大祭司以为轩辕是忠于龙歌的，只要轩辕是忠于龙歌，那么这山海战士等于间接地控制在他的手中。因此，他自是丝毫不慌。或者说他反对轩辕只是做个样子给蒙络看，让蒙络自以为是地以为拥有了轩辕的支持，到后来连怎么死都不知道。

当然，如果创世大祭司要坚决反对轩辕为山海战士统领，他完全有这能力，因为只要他召集十大联城的城主开个族人大会。以十大联城可以投票的特权，完全有机会否决轩辕，因为轩辕与十大联城的城主并不熟络，若想得到这些人的支持，那确实很难。

而事实上创世大祭司并没有这么做，轩辕现在才明白这之中的道理。

“义父准备动用死士吗？”龙歌试探着问道。

“不错，蒙络将会为他的这一次失误付出代价。迷湖就是他的归宿！”创世大祭司狠狠地道。

“蒙络身边的高手也不少，而且他本身也是个不世高手，只怕唯有义父才能够胜过他。”龙歌担心地道。

“这个不用你操心，我自会安排！”创世大祭司高深莫测地笑了笑道。

“对了，义父，我们要不要先处理了轩辕这小子呢？”龙歌突然问道。

“不必，正如蒙络所说，谁要是干掉了这小子，就会招来龙族战士和君子国高手无穷无尽的纠缠，虽然我不怕什么龙族战士，但却没有必要去惹这个麻烦。何况龙族战士乃是东夷族的冤家对头，也可算是我们的盟友。因此先不要动他，这次如轩辕不死，最为头大的人应该是蒙络，你只要好好地稳住他便行了。”创世大祭司悠然道。

“龙儿明白！”

“很好，我立刻便起程去迷湖！”创世大祭司似乎对去寻找神门有些迫不及待。

“那龙歌就先行告退了！”龙歌怔了怔道。

“嗯……”

轩辕听到这里，知道也该退下了，否则可能会与龙歌在秘道中相遇，那可就不太妙了。

轩辕有惊无险地退出祭司府，立刻便回到西宫，此刻凤妮已经醒转。

贾晓的迷药虽然厉害，但歧富所研制的解毒灵丹却更灵验。

凤妮几乎气得恨不得杀入蒙王府。她没想到蒙络这么卑鄙，做如此过河拆桥之事，在为其找到神门所在之后竟立刻掉转矛头相对。若非轩辕，只怕她死了都不知道是怎么死的。此刻她对蒙络完全失去了信任，甚至是恨，比恨创世大祭司更恨！

轩辕回来使凤妮心中多少有了些安慰，在熊城之中，大概只有轩辕可以使她信任，那是因为她对轩辕只有支持而无反对。

轩辕并没有将龙歌的事情告诉凤妮，他怕凤妮受不了这个打击，但却将创世大祭司知道神门在迷湖的事跟凤妮说了，而且将创世大祭司可能会派大量死士前去对付蒙络之事也简要地跟凤妮说了一遍。

凤妮大声叫好，她确实希望创世大祭司与蒙络拼个你死我活，那样她也就不用受气了。

“我要凤妮先去癸城住一段时间！”轩辕打断凤妮欢喜的情绪，道。

“为什么？”凤妮一愣，不解地问道，旋又道，“蒙络和创世大祭司都离开了熊城，我正好可以改变熊城内部的局势，为何要离开熊城呢？”

“正因为蒙络和创世大祭司都离开了熊城，我们才不会傻得再待在熊城之中，而应利用这不受监视的时间去熊城之外寻求援助！熊城之中早已被蒙络和创世大祭司的势力瓜分了，在这里，可用的只是宗庙的力量，其他势力我们根本就无法插手，一个不好反弄巧成拙。如果有机会的话，元贞长老他会知道该怎么办，因为他比我们更清楚熊城的局势。因此，我们的目光应放在熊城之外！”轩辕认真地道。

凤妮一听，也频频点头。

轩辕又道："此刻，若我们神不知鬼不觉地离开熊城，蒙络和创世大祭司在熊城的势力必会大乱阵脚。蒙络的人更会疑神疑鬼，绝不会想到我们已出了城。而对于十大联城来说，蒙络和创世大祭司并不能完全控制。毕竟十大联城城主的身份不同，并不会真个服谁，只要我们利用伯夷父的影响力，知道哪几个城主仍未依附蒙络和创世大祭司，就可以自外下手联合众城主之力一举夺回优势。至于熊城内的事，便交给元贞长老去做好了。"

"嗯，为何什么事情到了轩辕手中，都似乎变得轻松简单了呢？"凤妮大喜，满目柔情地望了轩辕一眼，钦佩地道。

"那是因为凤妮在熊城之中待得太久了！"轩辕悠然一笑，伸手轻轻地将凤妮搂入怀中，这才向一边似乎目不睹物的剑奴及花战道，"你们去让众兄弟们准备一下，我们立刻前往宗庙！"

凤妮娇羞不已，但又不欲挣脱，一时俏脸红得不知往哪儿藏。

满苍夷不由得掩口欲笑。

轩辕也不禁好笑道："满前辈还是先出去为好，凤妮可是没见过世面的人，脸嫩得紧。"

凤妮更羞，不依地挣开轩辕的臂膀，却发现室内只剩下她和轩辕两人了，不由娇嗔道："你这人怎也不讲场合，这样子叫我今后怎么见人嘛？"

轩辕爱怜地望着凤妮，温柔地笑了笑，抓紧她的柔荑，诚挚地道："男女相爱乃天经地义之事，又有何不可见人之处？何况轩辕心中只有对凤妮的爱，并无半点亵渎之意，自是更不会有人笑。我不仅要让这些人知道我是如何爱凤妮，还要让天下所有人都知道，轩辕要用一生来换取凤妮的幸福！"

顿了顿，轩辕专注地对视着凤妮有些回避的目光，柔声问道："凤妮同意吗？"

"你不觉得一生的代价会很沉重吗？"凤妮意味深长地望了轩辕一眼，问道。

"不，轩辕只觉得这一生的时间太短，如果有来世，我仍会一如既往地爱凤妮，如果有永恒，轩辕定会携凤妮走到无穷的尽头。爱一个人不是一种负担，而是一种寄托，是生命演绎幸福的一种方式。只有爱才能使世间充满温暖，使人生命充满活力。正因为我想到凤妮时，便想到自己一定要再加努力，一定要自强不息，方能对得起凤妮对轩辕的信任之恩！”轩辕恳切而肃然地道。

凤妮优雅地笑了笑，似有些淡漠：“看你说的，不过，有轩辕这些话，凤妮也足够了，只要轩辕不忘天下万民，凤妮何憾！”

“那凤妮呢？”轩辕心神一震，问道。

凤妮避过轩辕那炽热的目光，深深地吸了口气，幽然道：“我当然会伴随在你的身边，为万民奉上我这份绵薄之力！”

轩辕大喜，动情地搂过凤妮，紧拥着她那略显纤弱的娇躯，道：“上天对轩辕是何其厚爱，竟赐凤妮于我，若我轩辕不感天之德，救万民于水火，怎对得起苍天，怎对得起凤妮？”

凤妮也禁不住激动地紧紧搂着轩辕的脖子，贴脸而偎，目光却投向窗外的远山，有着说不出的凄然和无奈。

轩辕自是无法看到凤妮的眼神，他更无法看见凤妮眼角滑落的两颗晶莹的泪水。

凤妮惊讶于轩辕的易容之术，她在铜镜中都认不出自己是谁了，而轩辕竟成了木青的样子，无论是神态还是动作、语调，都惟妙惟肖。

木青差点没惊得合不拢嘴，余者尽皆大笑，事实上木青那惊讶的表情也确实有些好笑。

“怎么样？”轩辕得意非凡地问道。

“当然是巧夺天工，无迹可寻啰，如果你此刻去将伏朗杀个大败，他保证以为自己是在做梦！”花战笑道。

“别胡说！”轩辕斥道，同时扭头向凤妮望去，却见凤妮手执铜镜，此刻正对着她自己的面容左瞧右看，一副不胜稀奇的模样，根本就未听到花战的话，不由得笑了起来。

凤妮听众人大笑，便好奇地扭头相望，见众人都看着她，不由得也跟着笑了起来。

“哇，好俊的小兄弟，你是哪里人氏呀？”轩辕望着凤妮打趣地问道。

“小生乃姬水河畔有侨人氏轩辕是也！敢问大哥有何见教？”凤妮捏着声音应道。

众人不由得哄然大笑，都被凤妮那怪声怪调和煞有其事的样子给逗乐了，轩辕更是笑得肚子直发痛。

“蒙王府派人来了！”一名有侨战士急忙进来报告道。

轩辕和凤妮望了一眼，知道贾晓已怀疑他们回到了西宫，更发现了尸体。

“剑奴和姬成去打发他们！”轩辕吩咐了一声，他绝不会担心蒙王府的人知道他们回来了。因为他们回到落星阁时，即使金穗剑士也不知道，只有一部分绝对忠心的有侨和少典兄弟及君子国高手知道，这些人自不会透露任何消息给外人。

“我们还要去做另外一件事情，那就是救出蛟梦族长！只有趁创世大祭司不在府中，我们才会拥有更多的机会！”轩辕沉声道。

“但是别忘了祭司府中还有另外一个可怕的人物吴回，若是由吴回镇守祭司府的话，我们也不会拥有多大的胜算。而且我们根本就不知道族长被囚在哪儿，抑或是否真的就在祭司府中，我们如此做也许要耽误许多时间，使此刻已赶去迷湖的人捷足先登。”凤妮提醒道。

“这件事情就交给满苍夷前辈，我想没有人比满前辈更适合做这件事。至于我们，则要出熊城与蒙络和创世大祭司大干一场，还有鬼方和东夷人！”轩辕认真地道。

“轩辕放心，我知道该如何去做，定会安然还你一个蛟梦！”

有侨族的儿郎们皆大喜，凤妮也大感放心，她心中也很清楚满苍夷的厉害。以满苍夷那几乎已是无人能及的速度，出入祭司府应该不会有什么问题，就算打不过，逃总不会有问题。凤妮深深庆幸有满苍夷这个神秘的高手相助。

第一百零二章　诸女相聚

凤妮欲找龙歌同出熊城去联络各城，但却被轩辕阻止了。轩辕并没有向凤妮解释太多，凤妮知道轩辕这样做定有他的理由，也就没有相询。不过她心中始终有些疑问，皆因轩辕相阻之时的神情极为古怪。作为一个极为聪慧的女人，她自然发现了轩辕这一异样，只是她并不会去问一些不该问的事情。若能告诉她，轩辕定会告诉她的。

于是轩辕让凤妮夹在数十名兄弟之中一起上得宗庙辞别，而几大长老根本就未曾认出轩辕和凤妮来。可见轩辕的易容之术确是极精，抑或是六大长老对这群人并没有看得太仔细。不过，轩辕却主动找元贞长老细谈，甚至连与蒙络之间的关系也说了出来，包括创世大祭司和神门之事。

当元贞长老知道这个木青竟是轩辕时，那种惊讶确实不小，而他听到有关神门的消息则更惊。不过对轩辕让他趁此机会稳固熊城之事他却大表赞同，更答应内外相应的策略。因为，他根本就想不到有什么比这个更好的办法。

轩辕这才领着宗庙的手谕，带着众兄弟们从西门而出，至于风际和风游及蒙王府众高手的跟踪他早就知道。那些人虽然远远相跟，却根本就无法瞒过轩辕。因为他放出了始鸠的灵鸠，任何尾随在他们身后的人都无法瞒过灵鸠的眼睛。轩辕只要看看天上灵鸠飞行的姿势，便可知道是否有人跟踪，或是前方是否有敌人。而风际、风游诸人仍懵然不觉，便连死也死得稀里糊涂。

轩辕以最快的速度赶回山海战士营，立刻命人控制并代替蒙英，将山海战士中的最后一颗废棋给清理了。

蒙英的位置由宗庙元贞长老的亲信代替，以保持山海战士与宗庙的联络。

轩辕知道此刻的山海战士已经完全在自己的掌握之中，虽然这股力量尚未趋向成熟，但经过十余天的强化训练，所有的一切都已经走上了轨道。对于换下蒙英根本就不会影响山海战士诸人的任何情绪，他们之中许多人甚至还不知道这件事情。

山海战士之中，大概就只有那两百来自七大营中的战士具备超强的战斗力，其他人只能与普通战士相差无几。当然，这群人在未成为山海战士之前，便已是极为优秀的猎手了，因此若说到要与普通敌人作战，也不会逊色多少。

轩辕此刻的目的乃是迷湖，因此根本就用不着这些人。他要的是那群经过特殊训练的龙族战士，只有他的龙族战士方能够在水域或沼泽中发挥出常人难以想象的作用。轩辕始终相信，能够在最为恶劣的环境之中生存并战斗的战士，在任何环境里都会是最好的战士。只有经受过最艰苦环境磨砺的战士，才会具备最锋锐的战斗力，最强大的斗志。生与死的考验可以激发一个人的潜能，使人拥有平时完全无法想象的力量。轩辕深明此点，所以，他最懂得练兵之法。

轩辕那群留在君子国的高手们以最快的速度赶来会合，因为轩辕在熊城之中决定与蒙络、创世大祭司大干一场之时，就已传书君子国和范林，甚至是忘忧谷。

陶莹与桃红亲自领队而来，另有玄计与尤扬及陶唐氏的几名高手，余者乃是来自龙族战士和君子国的剑手，还有一群是曾经被木神所擒的神谷杀手。这群人所组成的阵容绝对是精锐中的精锐，无一不是一等一的好手，而且这群人皆是乘马而至，让山海战士第一次看到如此整齐划一、气势非凡、以战马为坐骑的骑兵队伍。

那群有侨和少典战士也是第一次看到这百余骑浑身装备精良的骑兵，

比起轩辕在黄叶族大战快鹿骑的三十余骑多了数倍，更让人难以想象的是自君子国到此竟只用了两个多时辰。

凤妮这才知道为何轩辕能够让三百快鹿骑全军覆灭了，那是因为轩辕拥有了这群比快鹿骑更可怕的野马战士。她在最初见到轩辕骑马之时，并没有太多的惊讶，事实上单只一两匹野马被驯服并不是一件特别稀奇之事，可是此刻却是百余骑，自然又是另外一回事了。

陶莹、桃红与凤妮诸女相聚却并无半点不欢，桃红绝不会因轩辕拥有别的女人而吃醋，而陶莹则因凤妮的美丽及身份，加之她自身的豁达开朗，很轻易地便接受了凤妮。

轩辕见三女亲若姐妹，心下甚喜，但却并未忘正事。

与凤妮同出熊城的还有两名金穗剑士，但轩辕仍有些不放心凤妮的行动安全，竟派剑奴相助，更另派二十五名高手相护，让她能够安全抵达各大联城，但第一站却是癸城。

凤妮与轩辕依依道别，她是个绝对明理的人，自然明白此刻乃是极为重要的时刻，绝不能有半点闪失。因此，她也便依计去癸城，而轩辕让剑奴与之相随，可见他对她是何等重视。不过，她在癸城之行后也可能去迷湖相助轩辕，因为她可将许多事情交给伯夷父处理。

轩辕收拾情怀领着百余名高手向迷湖极速挺进，由于对迷湖地形极为熟悉，轩辕有信心在迷湖之中与强敌周旋。

或许是因为迷湖的地形极为复杂，又被轩辕选为山海战士的训练基地之一，所以轩辕对那一带的地形和地势深入地查看调研了一番，只是他并未发现什么劳什子神门。但他自信对那人迹罕至的迷湖了解不少，至少，他拥有足够在沼泽和水域之中生存的本钱，而其属下有大部分人都是常年在水域和沼泽中强化训练的高手。是以，在水域和沼泽之中，他们绝对可以以一敌十，即使是创世大祭司的死士只怕也只能在他们的手底下自叹弗如了。

当然，轩辕无意在一开始便与蒙络、创世大祭司正面冲突，他要等创世大祭司和蒙络先对上手，而在这之中，庄义却是一着极妙的棋。

蒙络绝不会知道庄义已经依附了轩辕，以蒙络对庄义的重视，定会对庄义的话信以为真，轩辕便是要利用此点。

蒙络心神微微有些乱了，他没有料到轩辕、龙歌和凤妮会自他的府中失踪。这件事让他头大，先不说龙歌和凤妮的身份，单只轩辕这个人的实力就让他头大。

一开始，蒙络便没敢小看轩辕，他是个骄傲之人，但却有骄傲的资本。同时，他更不会轻视一些被他看上的人。

自第一眼见到轩辕，他就似乎已经看到了轩辕潜在的力量，是个绝对不能忽视的人。而轩辕击败齐充那惊世骇俗的刀法，更让他震惊。于是他便暗下决心，如果不能将轩辕收为己用，就绝不能留其存于世间。蒙络清晰地感受到来自轩辕的威胁，因为轩辕在那种情况之下，仍懂得隐藏实力，由此可见，轩辕的心思是如何的深沉。

齐充败给轩辕一点也不冤，因为轩辕尚未尽全力，创世大祭司大概也看出了此点，这个年轻人的武功只能用深不可测来形容。

蒙络心中也不能不具备戒心，而后轩辕治军之法和对山海战士那种严密监管的方式，也让蒙络心中多了一丝阴影。虽然那时轩辕是向着他，但他的内心深处却对轩辕不自觉地生出一丝惧意。正因为如此，他绝对不想轩辕随他一起前往迷湖寻找神门，他害怕到时候无法控制这个可怕的年轻人。是以，他想在这之前阻止轩辕，当然，这还因为轩辕与龙族战士的关系，使得蒙络不能不下定决心先处理轩辕，可又顾忌圣女和龙歌，只好将凤妮和龙歌全都迷倒。但此刻轩辕、凤妮、龙歌全都自蒙王府失踪，怎叫蒙络不头大？

若依蒙络平时的脾气，真想返回熊城将贾晓狠狠地训一顿，再斩杀失职的护卫。可是此刻却有重要的事要做，使得他只好放弃返回熊城的打算。

刚到迷湖边上不久，庄义便以快鹿骑赶上了蒙络的队伍。

蒙络实有些讶异，不明白庄义何以会如此快地赶来。但对这个人，他却是极为客气，虽然他并不在乎庄义的武功，但此人比起许多人来说，还确是个人才，甚至不会比齐威之辈差多少。因此蒙络对这些客卿还是极为看好的，也便召了庄义入见。

“蒙王，大事不妙！”庄义大步行入，身上的伤痕清晰可见。

蒙络一见大惊，伸手相扶，急忙问道：“何人将庄先生弄至如此模样？究竟发生了什么事？”

“是创世的死士！”庄义似对蒙络的关心极为感动。

“创世的死士？这是怎么回事？来人，为庄先生备座！”旋即又对庄义道，“先生细细讲来。”

“我奉贾总管之命，与方氏兄弟、余氏兄弟前去追踪轩辕和龙歌那小子的行踪时，却发现轩辕、圣女和龙歌竟然跟创世这老贼在一起，还有说有笑。创世老贼几次表示要为龙歌、圣女和轩辕讨还公道，且还大骂王爷。我们几人听不过去，谁知一动便被创世这老贼发觉，被他派出的死士追杀，最后只有属下一人逃了出来。因为不敢返回熊城，便只好来找王爷了。”庄义将编好的故事一股脑地搬了出来。

啪……蒙络一掌击碎了一根木柱，勃然大怒，狠狠地道：“创世老儿竟敢对我的属下施如此毒手，我怎也要替你们讨回公道！”

“王爷，属下估计创世老贼定会前来迷湖，很可能还会派出死士对付王爷呢。因此，王爷不能不防！”庄义提醒道。

蒙络眉头一皱，他也知道创世大祭司的那批死士确实难缠。而此时创世大祭司也赶来了迷湖，只怕他更难获取神门内的东西了。他对庄义的话是半点也不怀疑，因为他也曾经如此设想过，若是龙歌和凤妮及轩辕脱困，去找创世大祭司的可能性极大。因为这正是创世大祭司扳倒他的最好借口，所以创世大祭司支持轩辕和龙歌是再正常不过了。若龙歌与轩辕不去找创世大祭司，那才奇怪了。当然，其中的情形蒙络自是不清楚。

“很好，这次有劳庄先生了。庄先生先去好好养伤，我自有办法对付创世老儿的死士，势必让他们有来无回！”蒙络拍拍庄义的肩膀道。他确实是感谢庄义为他提供了这个情报，否则，他还真会被创世大祭司杀得措手不及，而此刻他一直悬着的心也放松下来了。只要知道轩辕和龙歌的下落就好说，因为万事总有个解决的办法。但如果轩辕和龙歌全都失踪，他还会疑神疑鬼，无法全副精神地投入战斗。

“谢王爷!”庄义被人领到设在迷湖边的一个极为舒适的帐篷中。蒙络并不敢将众高手驻扎到沼泽区，他选择的这一边，地面还是比较干燥，是个扎营的好地方。

庄义一离开，蒙络立刻吩咐高手四面查探，设下几处暗哨，更对远处进行观察。他绝不能让创世大祭司的死士潜入他的营地，他甚至想主动攻击那群死士。不过，他知道这群死士的可怕！他们对自身的生命根本就不重视，个个都以与敌同归于尽为荣，这便使得他们的敌人不能不为之心悸了。

蒙络正在与几名亲信研究那份由河图洛书上所得的地图之时，便有人匆忙赶来相报。

“王爷，发现有不明身份的人正在向我们这里靠近!”

“哦，来得倒真快!”蒙络一抬头，自言自语道。

兰彪抬头向远处望去，低声道：“我想他们一定不会傻得这个时候接近我们，而定会等到天黑才会动手!”

“彪儿说得对!”蒙络微表赞赏，同时又向那前来汇报的汉子道，“严密监视这群人的动静，同时也要小心其他接近营地之人，目前不要去惊动他们。”

“是!”

蒙络望着那人出去，扭头转向蒙祈诸人。

“这群人也许并不是创世大祭司的死士，说不定也是那真正得到河图洛书的人!”段赋猜测道。

“嗯，不排除这个可能。但不管对方是什么人，都将会是我们的敌人!”蒙络狠声道。

“如果真是知道神门位置的人，我看王爷还是先不要对付他们，因为我们即使找到了神门也无法打开，也许还得他们将我们引入神门之中呢。”段艺道。

“如果我估计没错的话，这群人绝不是获得河图洛书之人！”

“彪儿何以有此认为？”蒙络微讶。

“因为这群人所接近的是我们的营地，虽然我们带来了数十名高手，但是选所之营地却是极为隐蔽的，又有这么多的掩体相护，如果对方能发现，便表示对方是有心之人。若他们是得到河图洛书之人，又怎会有闲情跟踪我们的足迹寻找我们的营地呢？”兰彪分析道。

“嗯，兰公子的分析的确有道理。”段赋和段艺频频点头附和道。

“如此一来，我们就让其有来无回！既然他们欲晚上来袭营，那我们也给他们一个惊喜好了！”蒙络深吸了口气道。

兰彪也悠然一笑，他知道蒙络定是已有了定计。

“灵鸠在西南方不断地盘旋，想必那里有大批敌人！”始鸠推断道。

“嗯，如果我估计没错的话，应该是创世大祭司所领的大批高手，蒙络此刻大概早已到了迷湖之畔！”轩辕道。

“要不要派人查探一下？”花战试探着询问道。

“没必要，我们目前只需静待事情的发展和变化，然后再获渔翁之利。因此，此刻不必去惹他们，到时候他们自会找上我们的！”轩辕笑了笑道。

“那我们现在去哪里？”燕绝问道。

“我们去那有沼泽的湖畔边扎营，我相信这些人不会选择沼泽那块死地休息！”轩辕向北面望了望，悠然道。

“那里的蚊子和毒虫太多，恐怕马会受不了。”尤扬担心地道。

“何用为区区小事担心？轩辕自有办法！”陶莹插口道，她对轩辕极有信心。

“我们有专门在沼泽中使用的草药，毒虫、蚊子根本就不敢近身，保证大家可以睡个安稳觉！”桃红也笑了笑道。

尤扬自不敢再多言，陶莹和桃红乃是轩辕的两位夫人，他可不敢得罪。

“我们还有一些兄弟正在那片沼泽之中接受训练呢，连他们都可以熬过来，我们又怎会怕？”轩辕笑了笑，反问道。

“猎豹和花猛他们都在这附近吗？”燕五问道。

“七叔也在，我必须先去给他定下一些新的任务！”轩辕嘘了口气道。

轩辕诸人把营地扎在一个坡谷之中，然后携着桃红和陶莹在附近信步慢走。

其实这里的风景也挺不错，时值深秋，颇有几分萧瑟之意。远处碧波万顷，晚霞通红，如在天边燃起了一团烈焰。浅浅的草地，虽踩上去有些松软，但看起来也青绿一片，令人赏心悦目。

桃红和陶莹确很难得有这样的机会陪轩辕散步，今日能陪爱郎观赏落日美景，她们心中实感欣慰和欢快。

轩辕也感到无限的温馨，此刻他确实感觉到生命太美好了，没有任何理由可以让他不去珍惜眼下所拥有的一切。不过，轩辕却很难得有什么空闲，包括现在。

尤扬来报，猎豹和叶七已来，有急事相禀，使得轩辕只好无可奈何地抽身返回营地，唯留下两女坐在山坡上欣赏着夕阳的绚丽。

“这几天接二连三地有人失踪，虽然我们监管得极为严密，可仍然控制不住他们的失踪。”猎豹的脸色很难看，回报道。

轩辕也脸色微变，问道：“这是什么时候的事？”

“已经有四天了，每天都会失踪两人，开始我以为是训练太过艰苦，这些战士私自逃了。于是我们加强防守，可是还是同样每天少两人，我们甚至不知道他们是怎么离开大营的。这太奇怪了，而且失踪的人数这般有规律，真是奇怪！”叶七也补充道。

“为什么不早告诉我？”轩辕生气地道。

“刚开始我们以为这很正常，只要加强管理就没事了，因此也就没有将此事告诉你。”猎豹担心地望了轩辕一眼道。

“你们这样做本身就是错误的，事后第二天你们就应该向我反映这一情况。有战士失踪，不管是一个还是两个，都是一件极为重大的事情，一个不好会影响整营战士的军心和斗志。如果连这一点都无法做好的话，就是严重的失职，永远都无法训练出最精良的战士。而且你们这样做也是对战士们的一种不负责任的表现，是对他们的漠不关心。若是他们出了事，你们也瞒而不报，这种队长还有人会信任吗？你们还凭什么去调派他们？”轩辕不由得生气至极，叱责道。

叶七和猎豹背心冷汗直冒，更被轩辕的气势所慑，竟低头不敢言语。他们从未见轩辕发这么大的火，也没想到轩辕对这件事如此认真。

“其实这件事也不能完全怪他们，或许是因这些日子以来圣王的事情太忙，他们只是不想太过麻烦圣王而已！”尤扬插言相护道。

轩辕火气稍减，也觉得刚才的脾气有些过火，不由吸了口气道：“立刻仔细盘查所有知情者，在这附近找找是否有可疑的线索，我绝不想看到再有同样的事情发生！另外去查查这几人的家属，看看可有其下落。”

“我们明白，轩辕你放心！”叶七和猎豹认真地道。

“轩辕！”桃红脸色极为苍白，奔入营中呼了一声，陶莹也跟在她身后追了进来。

“发生了什么事？”轩辕讶然问道，从桃红的脸色上他隐隐觉察到了一些什么。

“我师尊在这附近出现过！”桃红气喘地道。

“狐姬在这附近出现过？”轩辕一惊，立身而起问道。

“不错，那里有几具脱阳而死的尸体，正是我师尊逆阴败阳大法的杰作。放眼整个天下，也唯有她一人能够将逆阴败阳大法修炼成功！”桃红的脸色极为难看。

陶莹的神色也同样有些难看。

“我们去看看！”轩辕对逆阴败阳大法早有耳闻，桃红曾没有丝毫隐瞒地向他说了许多关于狐姬这个神秘女人的故事。

传说狐姬比风绝和风骚更为可怕，其武功仅次于少昊，但少昊却不敢惹她。是以，其地位在九黎族极高，东夷人都称她为圣姬。

猎豹和叶七听说狐姬之名，都禁不住脸色苍白，或许是这个女人给他们的印象太过深刻。

数具被吸干了精血的尸体赤着下身躺在草丛之间，一片狼藉的下身竟还爬附着许多虫蚁，看了让人作呕。也难怪以陶莹的胆子也会脸色苍白，实是因为这几具尸体太过惨不忍睹。

“他们……他们穿的是山海战士的衣服!”猎豹发现自己的声音有些发颤。

每一个望着尸体的人都禁不住心头发寒，他们从未想过会有这种死法。这群人都是刀尖舔血之辈，即使利刀将他们劈成两半，也绝不会皱半下眉头，可是想到被人吸干精血而死，那种感觉却是不敢想象。

“他们可能便是失踪的山海战士，埋了吧!”轩辕抽了口凉气，心中有种说不出的悲愤，但语气仍显得极为平和。

众人全都肃然，默默地动手，迅速将四具尸体埋入泥土中。

“大家结队，二十人一组向四面找找，看看可有其他同伴的尸体，记住，见到可疑者皆格杀勿论!”轩辕冷然吩咐道。

猎豹和叶七相对望了一眼，都看出了彼此眼中的忧色。他们曾经尝过狐姬的手段，因此而失去了本性沦为杀人的工具，是以两人对狐姬有种打心底的畏惧，那是一种难以解释的感觉。

轩辕望了望紧靠在他身边的桃红，显然她是极为害怕。

“师尊定是来抓我的!”桃红惊惧地道。

“不会的，狐姬根本就不知道你会来这里，这一切只不过是一种巧合而已。事实上在昨天我还没有想到会让你来此，而狐姬显然已来了好几天，又怎会是针对你呢?”轩辕将桃红搂得更紧了些，安慰道。

“轩辕说得没错，你师父来这里的目的可能也是因为神门!”陶莹恢复了镇定，附和道。

桃红这才稍稍安心，但仍担心地问道：“可是在这里我终究会与师尊相见的，那可怎么办?”

“别忘了，还有为夫我。任何人想伤害你都得过我这一关，即使少昊亲来又如何？我们这里如此多的高手可不是吃闲饭的，如果狐姬来侵，我定要她吃不了兜着走!”轩辕自信且充满豪气。

“是啊，我们这么多高手，岂会害怕区区一人?”尤扬也附和道。

“你们根本就无法明白师尊的厉害，几乎没有男人可以对她产生抗拒心理，更没有男人会狠得下心来向她出手，其可怕程度已经超越了武功的范畴!”桃红摇头苦笑道。

猎豹和叶七也不由得相视涩然一笑，只有他们才明白，桃红所说是多么实在，没有半点浮夸之意。

“也许你说的是事实，但她想对付我们也并不是一件容易的事。何况，我们的人中并非只有男人，别小看了我们的莹莹，也不要小看了你自己!”轩辕依然极度自信地道。

桃红心下稍安，轩辕所说确实没错，即使无法对狐姬进行攻击，但自保却是没问题。此刻轩辕的身边这许多高手，狐姬再厉害也不可能胜得了这么多人，何况轩辕的武功也达到了登峰造极之境。

“如果狐姬来了，很可能偃金也来了，或者还有奄仲与风绝!”轩辕肯定地道。

“这确有可能，师尊数十年都未曾出过神谷，今日突然至此，定不会简单!”桃红附和道。

“那我们要不要将营地换个地方驻扎?”陶莹微微有些担心，提议道。

“这个就没有必要了，因为我们根本就不知道狐姬在什么地方，也不知道她会出没于哪里。因此，没有什么地方能够算是真正的安全，而且这是关系到斗志的问题，我们自不能闻狐姬之名便吓得乱了方寸，这会极为影响兄弟们的斗志，说不定还会被风骚或是风绝算计呢!”轩辕否决道。

花战诸人又找到了另外四具尸体，死状与被埋的四人一模一样。而这八具尸体确实便是自七大营中抽调而出的精锐山海战士。

轩辕的脸色也有些沉郁，确实，如果是狐姬亲自出手，猎豹诸人的防范是很难达到效果的，抑或这几名战士根本就无法抗拒狐姬的诱惑而私自逃出营地。不过这八人已经死了，那就没有必要再去追究他们的责任，而这一切都应该由狐姬来承担。

“我们是不是要把这些战士们迁出沼泽区?”猎豹忧心忡忡地问道。

“嗯，不过，却不是今日，如果我估计没错的话，狐姬今晚一定会再次光顾军营。因为她根本就不知道我们能猜出这是她的杰作，也不知道山海战士与我之间有着太过密切的关系，这淫妇绝不会才尝甜头便罢手!”轩辕断然道。

“要是满苍夷前辈在这里就好了!”花战道。

轩辕悠然一笑，他知道花战的意思，面对这个任何男人都不敢下手的妖姬，只有以满苍夷这种女性的身份出手，方才有效。而以满苍夷的武功，确实能够让狐姬吃些苦头，但遗憾的是此刻满苍夷却不在。不过，轩辕却涌起了无限的斗志，自信地道：“就让我今晚去会会她吧!”

“轩辕千万不能大意，这个女人有着无可比拟的魅力，任何看了她的男人都会心神无法自制，甚至是斗志全消，只想与其欢好。你虽然功力深厚，但也要小心中了这妖妇的暗算!”叶七提醒道。

轩辕知道叶七和花猛、猎豹诸人曾经尝过狐姬的厉害，如果不是因为狐姬想让他们成为杀人工具，只怕他们也会像这八具干尸一般被吸干精血。因此，叶七诸人的忧心比他人更甚。

“我知道该怎么做，你们放心好了!”轩辕自信地道。

叶七和猎豹相视望了一眼，感到一阵无奈，他们知道轩辕若决定了一件事，谁也不可能改变得了，而这也正是轩辕独特的魅力所在。

“大家先将这里的营地守护好，作好互相呼应的准备。我要在天黑之前赶到山海战士营!”轩辕沉声吩咐道。

夜幕刚刚降临，营地便陷入了一片死寂般的黑暗之中。

山海战士营，乃是沼泽之中的一片干地，地势较高，也可以算是一道矮小的山梁。不过，营地并非扎在山梁之巅，而是距山梁有些距离的凹地，这也便使营地更具隐蔽性。

山梁上设有哨口，监视着各方的动静。自沼泽之中常会升起一些瘴气，有时也是水汽。所以，这里天未黑便已先被雾气断了天光，只有营地之中的几堆篝火在闪烁跳跃。

这片地域本就是有熊族的地盘，因此并不怕有大批敌人来犯，何况沼泽之中几乎没有人迹，谁也不会在意这些篝火。而轩辕也就不会禁止夜间点起大堆大堆的篝火了。

山梁被篝火照得很亮，营地的四周都点起了大大小小的火把，若有人欲进入山梁，首先便无法逃过火光的照射，根本就无法遁迹。当然，轩辕早就让人将山梁上的杂草大树几乎全部清理，唯留下几棵战略性的大树给放哨的战士栖身。这样一来，便减少了毒虫伤人的概率，更可以防范敌人的火攻。

山梁之上有山泉涌出，这便是众人饮食的水源。这自也是极为重要的地方，每天都会有十余名精锐战士把守，绝不能让水源受到污染。

此刻轩辕便坐在山梁上，像一堆朽木，夜风极寒，但是对于他来说，一切都似乎只是身外之物，根本就无法侵入他的感观之中。或者可以说山梁之上存在的只是他的躯壳，而他的灵魂和精神早已融入了这夜风之中，融入了这虚渺的太虚之内。

营地之中所有的灯火俱已熄灭，只有几堆跃动的篝火照亮了营帐的所在，而在轩辕的身边也燃着两堆篝火，轩辕便在这两堆篝火之间。他知道，狐姬一定会来，一定会！

狐姬绝不会放过轩辕，这并不是因为轩辕是他们的敌人，而是因为轩辕本身就是一种诱惑，对狐姬这个淫妇更是如此。轩辕很自信这一点。

当然，这也是因为轩辕对人性的了解并不肤浅，他的一切表现，包括击败风绝，杀童旦，败偃金，对狐姬这绝代妖姬来说无不是一种诱惑，对任何高手也都是一种诱惑。狐姬乃是九黎四大供奉之首，她更不会放过轩辕。因此，只要轩辕愿意面对她，她绝对不会回避，否则那将会让她颜面尽失。这种事狐姬绝不会干，因为这个女人一向是以征服男人为乐，自然不会放过征服轩辕的机会。

轩辕的做法有些绝，他在几个路口上挂了数面旗帜，而旗帜上则写着“轩辕在此，妖妇快滚”八个字。

这是对狐姬的一种挑战，以狐姬这种身份崇高的人怎么可能就此退去？

是的，轩辕知道他的激将之法已起到了作用，因为狐姬已经来了。他虽未亲见，但灵觉已经告诉了他，狐姬来了。他的思感已经笼罩了这山梁的每一个角落，任何进入他思感范围中的人都不可能逃得过他的触觉。因此，他知道狐姬来了。

蒙络的营帐起火，杀入蒙络营帐之中的正是创世大祭司的死士们，但是这群人却没有料到营帐会突然起火。

一切都来得太过突然，这群死士们本是有计划地行动，可是结果大出他们的意料之外。

“快撤！”有人低呼，因为他们发现营帐之中是空的，只有一些干草枯枝，而这些干草枯枝之上甚至还有地龙血。因此，火势一起便不可收拾。

这群死士们知道中计了，甚至是闯入了一个由蒙络布置的死局之中。

“杀！”

蒙络的声音自黑暗的林间传来，飞舞的火箭换成了毒箭。

箭矢如雨般直洒向那群仓皇而退的死士，只杀得这群死士阵脚大乱，尽管这群人个个武功高绝，可事出突然，一时之间措手不及之下竟被乱箭射得毫无还手之力。

蒙络得意地大笑，因为他竟发现齐威也在其中。

“齐威，你死定了！”兰彪也自黑暗之中走了出来，那群死士中箭即死，他们根本无法抗拒这淬有毒液的箭矢，在还没有正式交手之时便已死了一半。

更因死士们的身形完全暴露于火光之下，无可遁迹，只好做活的剑靶。

“杀！”

齐威一看立刻知道大事不妙，奋身欲突围杀出，这些死士也确是悍不畏死之士，一个个都拨开乱箭，直向蒙络的伏兵杀去。

一时之间，湖边林内杀声大起。

“你终于来了！”轩辕眼睛仍微合着，感受着身边两堆篝火的热量，语气竟平和得让人有些意外。

回答轩辕的是一阵极为美妙而且极具魔力的笑声。

轩辕闭着眼，并没有看到声音主人的样子，但是他却听到了，那声音犹如一层层波浪般冲入他的耳孔，传至他的脑内。顿时他仿若置身万花丛中，飘于云端享受轻风骄阳之沐浴……

轩辕心中吃了一惊，他从未听过如此好听的笑声，也未听过具有如此魔力的声音。这声音似乎具有一种强烈的磁性，将人拉入一个神秘而奇妙的世界。

一笑之下，顿如春风拂面，春水荡漾，万花齐绽，云霞翻涌……轩辕不敢想象，若是睁开眼睛去看这声音的主人，又会是何等的震撼，何等的惊艳。

难道这便是狐姬的声音？

难道这便是狐姬的魅力？

让人心头生出无尽无期的遐想，就连轩辕也不例外！

但这笑声之中绝无半点淫荡妖冶之意，反让人感到其圣洁清雅如和煦之春风。

“你为何不敢睁眼看我？”那声音又飘了过来，空灵缥缈却又实实在在，有种说不出的妩媚。

“既然我睁开眼睛，所看到的只是一个虚假的皮壳，我又何必要看呢？”轩辕淡淡地道。

“你是在为自己找借口，因为你根本就没有胆量看我！”

“你错了，看人并不需用眼睛，世间万物皆乃空幻，眼睛往往会被一些东西所迷惑，而真正能看清事物本质的唯有心，是以我已经看见了你！”轩辕心中在盘算着，他甚至也没有信心面对这绝代妖姬。在没有听到其声音之前，他确实想看看这绝代妖姬究竟是何模样，可是此刻他竟害怕自己也无法抗拒狐姬的魔异魅力，无法抗拒那无可比拟的媚功，这才不得不作违心之说。

“我还以为轩辕是个什么样的人物，原来也不过只是一介懦夫，一个不敢正视现实的俗人！”那女人说完竟不屑地笑了起来。

轩辕心中并无半丝怒意，但却缓缓地睁开了眼睛，如果他不敢正视对方，在心理上，他永远都输了一筹。

因此，他再也不想回避。

入目的容颜，使轩辕禁不住心头狂震。

第一百零三章　魅女狐姬

轩辕无法自制地心头狂震，更无法以任何言语来表达眼前这个女人所散发出来的魅力和诱惑，也无法形容内心震撼的程度。他几乎不敢相信世间会有如此魅力的女人。

这个女人便是邪恶至极的狐姬？这个女人便是被东夷人唤作圣姬横行了数十近百年的大魔头？轩辕不相信，因为眼前的女人看样子最多只有二十余岁，与桃红相仿。

那女人笑了，笑得无限优雅，如春风般直入心头，让人有种说不出的温馨，也使人心底不自觉地生出一丝旖旎的幻想，生出一种无从抗拒的冲动和欲望。

轩辕感到自己的心跳加快，脸有些发烫，这是他往日从未有过的经历，他一向对自己的自制力有着绝对的信心，但是这一刻他竟怀疑起自己来。不过，他知道对方已经向他出招了，只是这是一种无形的招式，一种无可形容的变数……

“你便是狐姬？”轩辕以最大的意志克制着内心的欲望和冲动，问道。

“是桃红告诉你的？”那女人不答反问，她每一个动作，每一个眼神，包括面部的每一个表情都似散发出一种无可比拟的魔力，虽然绝对看不出轻浮而庸俗的感觉，却无不是极尽挑逗……

轩辕深深地吸了口气，他发现吸入的气体也是热的。不过，他知道眼前这个女人确实是狐姬，此刻他才明白叶七和猎豹的话是多么诚恳，桃红的话是多么真实。其实他们的形容仍不能够完全表达出狐姬的诱惑力及危险程度。

“如果你真的是狐姬，今日就不该来此！”轩辕深深地吸了口气，淡然道。

“是吗？难道你会杀我？难道你不喜欢看到我？”狐姬似乎有些惊讶，反问道。

“正因为我喜欢看到你，所以我才会杀你，如果你对我没有威胁，我为何要杀你？”轩辕低下头，不再看狐姬，断然道。

轩辕确实不敢再看狐姬，他害怕自己无法抗拒狐姬的挑逗。当然，对于肉体上的欢悦，他绝不会介意，但是像狐姬这样的妖姬他却不敢尝试。因此，他避开了狐姬的目光。

狐姬又笑了起来，似乎对轩辕的反应比较满意，半晌才道：“难道你会对一个于你全没有敌意的人下杀手吗？”

“但你是我的敌人，除非你能证明自己对我没有恶意，证明你与东夷没有关系！不过，你别忘了，我们已有八位战士死在你的手中！”轩辕缓缓地再次闭上眸子道。

“那只是他们愿意，并非我相逼……”

“但你不觉得手段太过毒辣吗？也太没有人道吗？既然你不欲证明，我只好对你不客气了！”轩辕霍地立身而起，道。

“我倒很想看看你是如何对付我的。”狐姬也有些讶然，笑了笑道。

齐威确实没有想到，蒙络竟早有准备，他绝未料到轩辕早已洞悉了创世大祭司的阴谋，故意挑起双方的杀戮，这才使得蒙络有所准备。不仅如此，蒙络还对齐威的行踪了解得极为清楚，这才导致了齐威的败亡。

齐威死了，死在蒙络的手中并不冤，他的武功与蒙络仍有一段距离，那近百名偷袭的死士也仅有几个漏网之鱼，余者尽死于毒箭之下或刀剑相加之下。

蒙络的损失是几个大帐篷，也有十余名高手死于与死士交手之中。这些死士人人都是以命搏命，虽是在绝对劣势的情况下，却仍凶悍无伦，而且人人身手不凡，竟也极为难缠。

对于眼下的战果，蒙络并不甚满意，在他的估计之中，己方应该不会有任何损失，也不会让这些可怕的死士溜掉，但是他却估计错了，这使得他不能不对创世大祭司的实力重新估计。

死士，在熊城之中，只听从创世大祭司一人，那是因为他是负责训练的人。这群人本属于有熊族的秘密战士，可是太阳暴死，也便使这群人给私有化了，连蒙络对此亦无可奈何。

蒙络后悔当初自己怎的不也搞一批人来训练，说不定这一刻能与这群死士大战一回，那他对创世大祭司又有何惧?

杀了齐威，蒙络知道与创世大祭司之间再无回转的余地，事实上，创世大祭司让齐威来偷袭蒙络也没有打算就此罢休，更表示了定要置蒙络于死地的决心。

面对创世大祭司这样的对手，蒙络心中并不轻松，何况在迷湖附近还存在着别的敌人，且他此来迷湖的目的又是神门。因此，此刻他心中充满了一种忧虑。

所幸，兰彪也是个极有主见的年轻人，倒为他出了不少好点子，于是蒙络领着众高手向沼泽方向靠去。不过，他并不想深入沼泽，因为他也知道沼泽之中很可能是山海战士的训练基地，在那里，他担心轩辕，这刻他倒有些后悔在对待轩辕的举措之上太过贸然了。当然，后悔也没有用，他还必须正视轩辕，就如轩辕此刻必须正视狐姬一般。

轩辕身后不远的地方，叶七和猎豹对山梁之上所发生的一切都看得极为清楚，但他们却不敢现身，因为他们根本就没有勇气去正面面对狐姬。他们害怕无法控制自己的情绪，无法控制自己的欲望和冲动。他们太清楚那股让人疯狂的魔力的可怕。

狐姬确有让人疯狂的魔力，轩辕也深有此感。若非他的功力深厚和自小养成的冷静，只怕此刻早已成了狐姬的裙下之臣。

叶七和猎豹看清了一切，包括轩辕轻缓地解开自己的上衣，露出精赤如铁的上身。

叶七和猎豹骇然，他们相视望了一眼，都看出了彼此的惊惧，因而再无法沉默下去了。

“轩辕，不能这样!”叶七和猎豹两人齐声高喝，他们想以此惊醒轩辕。遗憾的是，轩辕头也不曾回转，仿佛根本就未听到这呼声一般，依然悠闲地脱下长裤，露出以短裤紧裹着的刚毅而完美的体形。

“轩辕!”叶七和猎豹一声绝望的低呼，这个结果实让他们措手不及。轩辕竟如此着了狐姬的道儿，他们欲救已是不及。不过，他们已经不顾一切地向山梁扑去。

狐姬神色间微显错愕，但旋即又显出一丝甜甜的笑意，眼神之中多了一丝不屑，或许是多了一丝欣赏。

对于轩辕那完美体形的欣赏，那精壮坚实的肌肉在火光之中闪动着一种犹如金属般的光泽，生机似乎变成了有形的色彩，浮动于那健美的皮肤之上。这种体形确实能够让任何女人心动，何况，轩辕还拥有一张俊朗而极富个性的脸庞。

狐姬在欣赏之余，却感到一丝讶异，那种讶异的根源是来自轩辕。

轩辕静得如同深沉的黑夜，没有急促的喘息，没有欲火中烧的表情，甚至连那双眼睛也平静得如同夜空，宁静之中不失幽深。

这让狐姬感到意外，她不明白轩辕为什么要如此暴露自己的身体，因为轩辕绝对不会是急色之人，更不是已到了欲火中烧无法自制的地步。刚开始，狐姬以为轩辕是受不住挑逗，所以有些不屑，可是这一刻她却知道自己错了，她也不得不重新估计轩辕。

轩辕的静有些怪，但那种宁静却感染了四周所有的人，便是叶七和猎豹也清楚地感受到了轩辕内心的平静，是以他们驻足!

叶七和猎豹驻足，在六丈之外关注着轩辕，发现轩辕竟在衣服之上撕下一道布条，极为悠闲地绑住自己的眼睛。

狐姬不由得笑了，此刻她也明白了轩辕的意思。轩辕是要蒙眼与她一战，这确实是种有趣的举止，同时也感到轩辕是个很有趣的年轻人，甚至是有些幼稚。

是的，在狐姬的眼中，轩辕确实有些幼稚，要知道，她的成名并非全靠那无可抗拒的媚功，也因为她那神鬼莫测的武功，而轩辕竟以为蒙着眼睛便可以对付她，这岂不是有些好笑？

“我再说一遍，如果你愿意弃邪归正，不再为东夷助战，我可以看在桃红和雅倩的分上与你以及你的族人结盟，共同澄清天下！”轩辕淡然道。

“何为正？何为邪？都只是利益之争，孰对孰错谁又能分清？年轻人，虽然你是个了不起的人才，但是与东夷相比，你仍是螳臂当车，不堪一击。我劝你还是依附了东夷，我保证可以让你享受到人间所能享受到的最大的快乐，那岂不强过你挣扎于各大力量之间惶惶不可终日？”狐姬似动了爱才之心，悠然劝道。

轩辕淡漠地一笑，道：“或许你说得对，一切的一切都只是利益之争而无谁对谁错，只不过，轩辕却是个不甘屈于人下之人，任何快乐和幸福，只有靠自己的双手去争取，才是最有意义的，我从不稀罕别人的施舍！”

“年轻人确有志气，也难怪两个逆徒会为你背叛我。不过，有些时候，人还是要活得实在一些好，拥有远大的抱负固然是好事，但太过盲目却是有害无益。若你还要执迷不悟，终会后悔的！你好好地考虑我的话吧。”狐姬竟然对轩辕极为客气，也极为诚恳，这连她自己也感到有些惊讶。

狐姬对自己的言辞的确有些讶异，或许是真的动了惜才之念，也可能是对轩辕另眼相看。但不可否认，轩辕这初生之犊确有过人的魅力，对狐姬来说，不能说不是一种诱惑。

人与人之间本身就是相互吸引的，便是狐姬也不例外。她阅人无数，但像轩辕这般拥有如此豪情和体魄之人却不多，而像轩辕那种自骨子里透出傲气和霸意的人更是少之又少，她自也有些为之心动。

对于轩辕来说，狐姬的魅力确是不可抗拒的，是以他选择回避，掩目以对。而狐姬却是正视轩辕，感受着轩辕那充盈着生机的躯体所散发出来的浓烈霸气。

倏然之间，狐姬收起了对轩辕的小觑之心，她清晰地感受到轩辕的斗志在疯涨。

“你以为掩住眼睛就能够不受影响吗?”狐姬的声音再一次充满了磁性，让人心生旖旎幻想。

叶七和猎豹在六丈之外，也禁不住心神恍惚，仿佛坠入了一个梦境之中，他们对狐姬的魅力和诱惑是一点办法也没有。不过所幸的是此刻双方距离尚远，又是在夜色之下，因此灵台仍保持着一丝清明，在骇然之下忙退回营地之中。

轩辕心中并不惊诧，狐姬能够将媚术和魔功运用到声音上，这很正常。当然，当他面对这杀人于无形的魔功之时，却也有些吃不消，他唯一值得庆幸的是在姬水河畔之时，为了对付地祭司，他曾借血如意来练习精神对抗之法。因此，一时之间他仍不至于心神失守。

“若是你想以声音来对付我也同样是徒劳，我并不需要用耳朵和眼睛!”轩辕说话之间，两手在双耳的耳廓之后轻点了一下。

“你封住了听觉神经?”狐姬大为惊愕，但突然之间她发现轩辕再也听不到她所说的话，更不会看到她在说话。

轩辕蒙住了眼睛，还封住了听觉神经，这场架还能够打吗?

狐姬也感到好笑，笑轩辕的犟，笑轩辕的傻，她不相信一个不能看也不能听的人会具有攻击力，这比盲人骑马更让人感到悲哀。不过，她已不再说话，因为轩辕根本就听不到，除非轩辕解开禁制，但他会吗?

狐姬不知道，轩辕是第一个让她的媚功无处可施之人，因为轩辕此刻如同一个又聋又瞎的残废，任何美丽的外表与任何甜美的声音都不会对他具有诱惑力。

夜风凛凛，篝火跃动中，山梁之上的一切都显得那般诡异。

“出手吧!”轩辕的声音如夜风一样冰冷。

狐姬没有出手，或许她觉得出手对付这样一个不能看也不能听的人是一种屈辱，这样一个等同于残废的人根本就不值得她出手。她是何等身份，何等地位，不过她却没有说什么，因为说什么也是多余的，轩辕根本就听不到。

“圣姬，就将这小子交给我吧！既然这小子不自量力，我们也不用对他客气！”偃金自黑暗之中走了出来，淡然道。

狐姬对偃金的出现并不惊讶，事实上，她岂会不知偃金的存在？

“好吧，既然如此，就将他交给你吧！”狐姬乐得清闲，她实不想向这个等同于废人的人出手。

“想不到你还带了帮手，好吧，就一齐上吧！嗯，你是偃金，你身上的狐臭味是一点也没减！”轩辕吸了一下鼻子，突然道。

狐姬和偃金大惊，自偃金身后走出的人也同样吃了一惊，但听到轩辕后面一句话，偃金勃然大怒。

狐姬不禁好笑，道：“你的鼻子看来也与眼睛一样好使！”但很快记起轩辕是听不到她说话的，不由意兴索然。

“小子，老夫本还有些惜才之心，但你竟如此不识抬举，老夫就废了你吧！”偃金说着就要出手。

“轩辕小心！”叶七和猎豹见对方又来了高手，不由得大惊，那群山海战士都未出现，那是轩辕的安排，面对狐姬这样的绝代妖姬，这群人出来只会使局面更乱。因此轩辕下了禁令，若不是他召唤绝不可以出营参战，连叶七和猎豹也不例外。可是叶七和猎豹极度关心轩辕，又不得不出声，只是他们并不知道轩辕已经听不到任何声音。

“供奉，杀鸡焉用牛刀？让敖江来生擒这小子好了！”偃金身后一名老者挺身而出，道。

偃金望了敖江一眼，虽然平时他并不怎么在意这个在神谷中吃闲饭的元老，但却知道敖江确实可算是个高手，比之帝十也不会逊色，不禁点点头道：“小心一些，这小子有些门道！”

敖江望着绑目封耳的轩辕冷冷一笑，忖道：“如果我连你这个残废也对付不了，岂还有脸面在东夷族中混？”

“小子，去死吧！”敖江旋身出击，手中亮出一根尖利至极的铁刺，直向轩辕扎去，速度快极，而角度也刁钻至极。

轩辕如同一截木头一般，似乎并未察觉到已命悬一线。

狐姬不禁摇了摇头，对轩辕似乎有些惋惜，一个优秀的年轻人竟这般死去，确实有些遗憾。不可否认，轩辕那凸起的肌肉和那完美的体形对她是一种诱惑。

对于淫荡成性的狐姬而言，拥有轩辕这种体魄的壮男乃是难得的享乐极品，更难得的是轩辕如此年轻，且功力深厚至极。

偃金眼中闪过一丝不屑，敖江的刺只差五寸便要钉入轩辕的身体了，他不信轩辕还能躲过。对于一个不能看也不能听的人来说，与敌人交手完全是一种悲哀。若是在正常情况下，便是三个敖江只怕也难是轩辕之敌，可是此刻……

偃金的脸色蓦地变了，敖江的利刺竟刺了个空。

“去死吧!”轩辕一声低吼，拳头以无可比拟的速度自敖江的侧面击出，在敖江几乎没有反应过来之时，便已击实。

“哇……啊……”敖江一声惨号，庞大的身子飞弹而出，脑袋竟然碎得如一个烂南瓜，脑浆和鲜血涂满了一地。

轩辕一动未动，精赤的身子在篝火的映衬下，闪动着诡异的光彩，仿佛一切都是极不真实的。

狐姬和偃金的脸色都大变，他们似乎根本就不曾料到轩辕的攻击竟是如此凶猛而诡异，使得敖江根本没有半点反抗之力。

当然，这也怪敖江太轻视轩辕了，这才被轩辕一击而中，可是轩辕刚才那疯狂的一拳也绝对足以令偃金震骇。

叶七和猎豹见轩辕大展神威，一拳毙敌，不由得大感放心。

“好霸道的功力!”狐姬暗暗咋舌，但她有些难以想象，轩辕既不能视也不能听，又是如何知道敖江的出击方位？又是如何避开那利刺的一击呢？这使她的心中充满了疑问。

偃金也在惊讶，轩辕那一拳角度之刁钻之精确，仿佛是亲眼所见，再经过精心计算才得出的结果。可是轩辕明明目不能视、耳不能听，那他凭什么分辨敌我呢？又凭什么如此清楚地辨出敖江的精确位置呢？这像是一个谜。

“偃金，不必让你的属下来送死了，他们根本就不是我的对手，尽管我不视不听！”轩辕自信地道。

“哼！”偃金杀意顿起。

“好，你的杀机升起来了，但还不够强烈，如果你就只是这种状态的话，今日你同样唯有死路一条！”轩辕淡漠地道。

偃金大惊，轩辕的感观之敏锐几乎已达到了骇人听闻的地步，甚至连他内心的情绪也给捕捉到了，这怎能不令偃金吃惊？

“想不到他已经可以做到以肢体的感觉去触摸周围的环境，我们确实有些小看了他！”狐姬大惊，不无赞赏地道。

“偃金，你心里有恐惧的情绪，作为一个高手，你使我深感失望！”轩辕摇摇头，悠然地道。

偃金心神再震，轩辕果然已经捕捉到了他内心的情绪，此刻他明白了为何轩辕能够如此清楚地把握住敖江的动静，那是因为轩辕是以心去看周围的一切，以生命的机能化为一种精神的力量去触摸周围的环境，甚至在他身体周围布下了一片思感的力场，任何进入力场的人都不可能瞒过轩辕的触觉。而轩辕之所以脱下衣衫，便是为了让身体的每一寸肌肤更好地感应到身体周围气流的变化和风向的变化，更以此感应到对手的攻势。

狐姬也看出了这一点，此刻她也知道，轩辕即使是蒙上眼睛和封住听觉也不会有多大不妥，对其功力的影响也是有限。她确实有些难以想象，以轩辕的年龄，功力竟可达到如斯境界。

偃金心惊之时，轩辕已一声轻笑，双手凭空一抓，身旁的两堆篝火射出两道火舌，竟在轩辕双臂一合之时化为一个巨大的火球向偃金撞去。

偃金心下骇然，此刻的轩辕与当日在忘忧谷外的轩辕似是两个截然不同的人，此刻轩辕深沉得犹如黑暗的夜空，那种气势含而不露却又深不可测，无形无影又无处不在，他甚至感到轩辕的气势已向他的内心攻至。

轰……偃金双臂一挥，将那团火球击成星星点点的火光，四散而飞。

“接我此招！”轩辕双臂再伸，两堆篝火竟向中间一合，将轩辕吞没其中，而后便有一团巨大的火球再次撞向偃金。

“好强的火劲！”狐姬大惊，但她并未出手，她自是不能出手，那将是对偃金的不敬重。事实上，她也不屑与偃金联手，而她的身份更不允许她这样做。毕竟，她乃东夷族的四大供奉之首。

偃金大吼一声，挥手击出自己的铜棍，凝聚了全身的功力欲与轩辕来个以硬碰硬。

“不要!”狐姬也吃了一惊，她甚至感到偃金有些失策。

轰……巨大的火球连偃金和铜棍也一并吞没了，然后爆出一声巨响，偃金和轩辕各自分开。

偃金的衣衫竟着了火，轩辕身上依然似燃烧着一层烈焰。

“偃金，你的修为退步了!”轩辕怪笑着悠然挥掌斩出。

哧……一道刀形的烈焰划破两丈虚空，向尚未立稳身形的偃金劈到。

“以气化刀，好猛的阳刚之劲!”狐姬骇然低呼。

偃金正欲再组织攻击，便感一股强大的刀气破空而来，只得再回身而击。

砰……那刀形烈焰斩在铜棍之上，竟震得偃金退了一步。

“好小子，真是太小看你了!”狐姬再也不能忍受，偃金根本就不是轩辕的对手，尽管轩辕目不能视、耳不能听。

“好，两人一起上，省得我麻烦!”轩辕大笑，双手连挥。

夜空顿时一片光亮，在轩辕挥掌之时，必有一柄火刀劈出，更似乎满天都弥漫着无尽的火光，弥漫着霸烈的刀气。而轩辕却犹如融入了黑暗的怪物，虚无缥缈，攻势却快得让人吃惊。

“哼，不知天高地厚的小子!”狐姬冷哼道，自她袖间射出一段长长的绸带，刹那之间，绸带如同虚空之中狂舞的灵蛇，不停地缠绕、回旋……

轩辕虽目不能视、耳不能听，但其感观却是灵敏至极。狐姬一出手，他顿感似乎处处受阻，处处存在着绊脚的绸带，一不小心便被其缠住，使得他活动的自由大受限制。而有时候他劈出的火刀被这绸带连刀带气反弹而回攻向自己，这使他惊骇不已。

偃金形态极为狼狈，刚才与轩辕硬拼，被烈火烧得须发皆焦，他发现自己的功力竟与轩辕相差一截，这的确让他有些骇然，幸好狐姬代他挡住了轩辕的攻击，否则后果不堪设想。他无法想象，在三个月间，轩辕的武功竟精进如斯。

“轩辕，今日是你的死期！”偃金挥动兵刃，更配合着狐姬，以二打一的攻势向轩辕展开疯狂的攻击。

轩辕冷哼几声，却并非因为偃金的话，而是他对外的感观被狐姬那似乎无处不在的绸带所搅起的风声给混淆了，再无法保持绝对的敏感。

狐姬似乎已经看出了轩辕的弱点，这才来干扰轩辕皮肤对外界的感觉，然后对轩辕进行攻击。

轩辕有些无奈，他不敢摘下绑着眼睛的布带，因为他不敢正视狐姬的面容，也不敢解开耳朵的禁制。刚才在火焰之中，他还刻意护住那布带不让其烧毁，这便是为了防止正视狐姬。这个女人确实很可怕。

“这大概就是你的天魔舞吧？果然厉害！”轩辕说话之间，身形疾退。

狐姬微讶，这时候轩辕居然还有能力说话，确实让她有些惊异。

轩辕一退，刚好迎上偃金的铜棍，他竟然丝毫不避偃金这力逾千钧的一击。

“去死吧！”偃金大喝之时，铜棍已重重地砸在轩辕的背上。

铜棍与轩辕的背部竟然没有发出半点声音，让偃金惊骇欲绝的却是那铜棍仿佛是击在虚空中，根本就不受力，不仅仅如此，他的力道更是自铜棍之上疾传入轩辕的身体之中。

轩辕一声长啸，化掌如刀，以迅雷之势直扑狐姬。

狐姬也吃了一惊，她感到轩辕一时之间功力暴增，那锐利的刀气以无坚不摧的气势直取她而来，招式直截了当，毫无花巧。轩辕竟要与她以硬碰硬！

让狐姬吃惊的是她发现自己竟避无可避，轩辕的气势将她整个人死死地罩在一个强大的气场之中，使其不得不面对轩辕的攻击。

嘶……轩辕的掌刀过处，那欲阻轩辕攻势的绸带尽数绷断，化为碎片漫天飞舞，而轩辕的身子便像一柄横空而过的巨刀，破空劈风而过。

狐姬欲避无从，唯轻挥玉臂倒迎而上。

轩辕的嘴角闪过一丝淡漠的笑意，身子骤地加速，便像是在玩魔法一般。

轰……狐姬计算失误，闷哼之下暴退五步。

轩辕的身子也倒翻而出，刀气四射之下，地面的泥石乱飞，篝火在两股巨大的气旋相激下，火苗暴升三丈，更增添了几分惨烈之势。

迷茫之中，偃金破开乱飞的泥石，直取轩辕。他绝不能让轩辕活着，这个年轻人实在太过可怕，他的惊惧是绝对有理由的。对于东夷诸族来说，轩辕乃是头号欲除掉的敌人，皆因轩辕与东夷九黎结怨太深，根本就没有缓解的可能性。

蓦的，偃金在昏暗之中发现了一双雪亮深邃且不可揣度的眼睛。

这是一双似蕴含着奇异力量的眼睛，将人内心的一切全都看得清晰明白，似乎一切的秘密和情绪皆毫无保留地袒露在这双眼睛之下。

偃金发现这双眼睛之时，顿觉自己赤身裸体地立在秋风之中让千万人观赏，那种感觉让他心悸。

这是谁的眼睛？

是轩辕！在与狐姬硬拼之下，刀气四射竟割开了那蒙眼的布条，让轩辕的眼睛再次暴露在夜风之中。

黑暗，不可能阻止得了轩辕的目光，他也无法想象自己眼睛的穿透力。但轩辕却发现自己看到了偃金内心的惊惧，看到了偃金那骇异的表情和眼神的惊诧。

轩辕笑了，为偃金的惊惧而笑，他似乎没有思虑自己能够以眼睛看清别人内心的想法是一种不现实的矛盾，但这个矛盾却真实存在着。世界因为矛盾才会存在，生命因为矛盾才变得真实。矛盾往往是构成一种事物特征的基架。

轩辕出手了，在他的目光透入偃金的心底之时，他发现了偃金招式的破绽，发现偃金的动作是那么迟缓而生硬，所以他出手了。

偃金发现轩辕的手掌竟是那般灵活，那般巧妙，那般快捷，划过虚空便像一尾游于水中的鱼儿，流线像神迹一般优美、生动、奇妙。当他再仔细看时，轩辕的手掌已如一柄刀般破入了他的攻势，而那里正是他招式的破绽所在。

偃金大骇，惊退，他发现自己无论怎样攻击都不可能阻止轩辕这要命的手。因此，他唯有选择疾退，但是他却绝望地发现，在他后退之时连连变换了七十九种手法都不能封住轩辕这夺命的一击。

狐姬也发现了轩辕这一招之间的杀机，更发现了偃金的无奈，但等她刚赶上来之时，轩辕的手掌已经击实。

偃金听到了骨裂的声音，也仿佛听到了脏腑爆裂的声音，但他已经无法以言语表达，最后的动作只有一个，那便是飞跌而出。最后的声音也只有一个，是绝望的狂号，所有的语言都被由口鼻间喷出的血浆所代替。

这个结果是偃金做梦也没有想到的，他竟会就这样败在轩辕手中，而且这一败却是如此惨烈。如果他还有一点思想，定会想起死去的童旦，以及那几乎成了残废的风绝。

轩辕仰天一声低啸，像是在宣泄心头的郁闷，又像是在表达盖世的豪情。

狐姬的攻势竟顿在半途之中，她也发现了轩辕的眼睛，亮得让她心头发寒的眼睛。同时她更给轩辕那惊人的一击给镇住了，此刻的轩辕仿若变了一个人。

轩辕确实像变了一个人，浑身散发出一种让人心寒的霸杀之气，仿佛是擎天立地的高山，但轩辕的眼睛与身体所散发出来的气势却形成了极为相反的对比。他的眼睛是那般沉郁深邃，仿佛是一个无底的深渊，又像是无边的夜幕，罩在轩辕的目光之中，仿佛赤身立于无边无际的旷野上，拥有的只是孤独和寂寞。

狐姬竟忘了施展自己的媚术，忘了自己天生拥有的本钱，忘了轩辕是她的敌人，唯有无尽的震撼。

“你走吧，桃红和雅倩曾求我不要为难你，但我希望你不要再干那些伤天害理的事！”轩辕沉郁地道，同时双手在耳畔轻揉，解开听觉的限制。

狐姬露出一丝讶异，她知道，刚才轩辕绝对可在她怔神之间重创她，但轩辕却没有这样做，而且语气极为诚恳，绝无半点做作。狐姬更惊讶的却是轩辕竟能够将其精神力透过眼睛来影响她的情绪和斗志，但这绝对不是巫术。

"你可知道刚才错失了杀我的机会，往后你将面临更可怕的攻击？"

轩辕淡然一笑，望了望狐姬，有种说不出的洒脱，道："我知道，就算没有桃红和雅倩的叮嘱，我也绝难对你下手。不可否认，我无法抗拒你的魅力，更难狠下手来杀你。因此，我选择不出手，只是希望有一天我们不是敌人。当然，我的希望破灭的可能性会是九成九，但我仍想赌那剩下的一点点人性！"

狐姬眼中闪过一丝异彩，仔细地望了轩辕一眼，突然问道："你是否可以告诉我，刚才你影响我心神和斗志的是什么功夫吗？"

轩辕也微微一怔，淡漠地道："这应该说是受了你的启发，至于什么功夫，还没有名字，如果你想叫，便称之为破心诀好了。以心破心，以神制神，心破则无招不破！"

"破心诀？很好，你是我见过的人中，资质最高的年轻人！但很可惜，少昊不久也将来此，凭你的武功根本就不是他的对手，你好自为之了！"狐姬说完扭头望了已经气绝的偃金一眼，提了其尸体便迅速没入黑暗之中。

"轩辕！"叶七和猎豹欢喜无限地自营中冲上山坡，那群山海战士也都欢喜而至。他们对轩辕大展神威之举尽数看在眼里，哪还会不兴致高昂？

轩辕没有动，只是举目望着狐姬消失的方向，如一棵枯树般一动不动。

"轩辕，你怎让那妖妇走掉？"叶七有些不解地问道。

轩辕依然不语，只是嘴角边挑起一丝苦笑，一缕血水自挑起的嘴角边缓缓滑下。

"你受伤了？"猎豹吃了一惊，忙扶住轩辕，关切地问道。

"统领！"山海战士也极为震骇。

"大家快回营！"叶七诸人七手八脚地将轩辕扶回营中，留下一些兄弟监视四面的动静。

猎豹迅速去为轩辕弄了大碗人参汤为他灌下去，此时轩辕才长长地嘘了一口气。

“那妖妇的功力果然可怕!”轩辕摇头苦笑道。原来，轩辕在迫不得已之时欲借偃金之力，然后对狐姬施以全力一击，一举击伤狐姬后再来对付偃金。因此不惜以身子硬撼偃金全力一击，但谁知狐姬的功力之深竟然完全承受了轩辕那两大高手力量的一记重击，完全超出了轩辕的估计。而轩辕弄巧成拙，自己反受了伤。事实上，任谁硬撼偃金这般高手的全力一击，都不可能完好无损。

后来轩辕在恍然之间如有神助般将自桃红和雅倩那里所得来的媚功融入到自身的武功之中，在猝不及防之下让偃金着了道儿，而轩辕也便趁机击杀偃金。当然，这些还来自狐姬给他的启示，否则他绝对不可能临阵悟出这什么劳什子破心诀。

如此一来，便连狐姬也给镇住了，轩辕不是不想杀死狐姬，而是心有余而力不足，这才只好舍而求其次。

狐姬却不知道轩辕已经身受重伤，若是别人，她定不会相信挨了偃金一记重击而不受伤，但她曾听说过轩辕将风绝击成残废的那绝命一击便是与风绝以掌换掌，硬抗风绝一击。因此，她以为偃金一下子无法击伤轩辕那很正常。而轩辕新悟出来的破心诀确实有着极强的震慑力，使她一时之间也不敢轻举妄动，且轩辕表现得也是一副高深莫测的样子，让人无法看透虚实。若是轩辕拥有杀死偃金的力量，再战下去，狐姬觉得自己占不到任何便宜，兼之轩辕最后的一番话也颇能打动人，使她对轩辕的敌意大消。当然，如果说轩辕对她没有诱惑力，那是骗人的。因此，在内心深处，她并不希望轩辕死去，这才转身而去。

轩辕心中唯有暗自庆幸，如果狐姬再出手，他只怕是死定了。这个女人的武功比之偃金、鬼三之流至少高出两筹，恐怕不会比蒙络或是创世大祭司逊色，难怪能够坐上九黎四大供奉首席的位置。如果少昊的武功比狐姬更可怕，那轩辕确实唯有逃命的份儿了。

不过，轩辕庆幸那日在忘忧谷中借歧富和木神两大绝世高手的功力将龙丹的生机炼化，否则今日后果将不堪设想。

第一百零四章　怒气无敌

轩辕的伤势并不是很重，只是一时回不过气来，以他的体质，当很快便可以恢复。事实上，能够在狐姬的面前杀死偃金，他应感到骄傲了。

要知道，狐姬乃是与刑天这般高手齐名的人物，虽然她在武功上的修为比不过刑天，但其声名在老一辈高手之中却是响当当的，甚至可以直追当年的神族八圣。在东夷族中，也可算是数一数二的绝世高手，比之风绝和风骚更可怕，因此轩辕确应感到庆幸。

翌日，轩辕的伤势基本上已经完全康复，于是领着猎豹和花猛赶去桃红诸人的营地，由叶七主持山海战士的训练。同时，他要将这批人转移到沼泽之外，随时听候调遣。这群人或许在某些时候还大有用处。

沼泽之中的地形极为复杂，不过这片沼泽比之死亡沼泽来说根本就不算什么，更没有死亡沼泽之中的那么多怪物，或是因为这片沼泽太小，周围又存在着许多有熊族的猎人之故。在有熊族统治的数百年中，这片沼泽之中的异兽大概也死伤得差不多，所剩无几了。而其地质也在慢慢改变，本来松软的地面日渐变硬，终有一日这片地面也会成为实地。

桃红所在地与这里有二三十里，这并不是一个很远的距离，但也并非一个很安全的距离。

轩辕此刻便已清晰地感应到危机的存在，那是一种超乎寻常的感应，他一直都对危险特别敏感。而此刻在这片沼泽之中实聚集了许多敌人，来自各个不同组织的力量都聚在迷湖附近。

让轩辕不明白的是，这群人怎会全聚于迷湖附近呢？难道他们也知道神门的秘密？那他们又是自哪里知道这一点呢？难道河图洛书是被东夷人得去了？否则狐姬和偃金为何早早地来到了迷湖，还说少昊也要来这里？这确实让人有些费解。

当然，这一切已经不重要，该来的终究会来，这便像是宿命早定下的程序，而轩辕在意的却是这危险的来源。

花猛和猎豹也同样觉察到了危机的存在，只是他们比轩辕迟一些发觉危机所来的方向。但他们终还是看到了危机的所在，那是曲妙和鬼三及许多鬼方的好手。

鬼方的人也聚到了沼泽之中，这里确实是越来越热闹了。看来这些人也都知道神门的秘密，既然这么多人知道，那神门的存在也就不再是什么秘密了，这确实让人有些意外。但这个消息究竟是谁传出去的呢？究竟是谁告诉这些人有关神门的秘密呢？

轩辕不由得无可奈何地摇了摇头，这些人也来找麻烦，看来今日可真是祸不单行。不过，依轩辕的估计，这群人应该追了他有一段路程，或许是从他走出山海战士营就开始追踪了。这群人自不敢在山海战士营中现身，那样单凭那两百精锐战士也可以杀死他们。因此，曲妙和鬼三跟踪到了此地。

“轩辕，我们又见面了！”鬼三神色诡异地笑了笑，似乎在向轩辕表示揶揄。

“是的，很不幸，我们又见面了！”轩辕耸了耸肩道。

曲妙和鬼三成犄角而立，挡住了轩辕三人的去路，而在周围更有八名泏曲部的高手，包括曲终在内。

这股实力似乎足够对付轩辕和猎豹、花猛三人。

猎豹后悔没有多带些高手在身边，此刻竟被曲妙和鬼三给困住。当然，后悔是不起任何作用的，他们必须面对这一切。

轩辕不欲交战，并不是因为他害怕曲妙和鬼三，而是因为他感到在这附近仍然潜藏着某种危机，而这种潜在的危机若有若无，却非来自曲妙和鬼三。若非轩辕拥有超凡的灵觉，绝难觉察到这一点。不过，此刻他不想交手大概也是不行了，因为鬼三和曲妙绝对不会放过他。

“其实，我也是在到处找你们！”轩辕突然道。

鬼三和曲妙诸人一阵错愕，曲妙旋即阴阴一笑，淡漠地道：“那你现在已经找到我们了！”

“是的，在我们交手之前不知道是否可以先向两位请教几个问题？”轩辕吸了口气道。

“哦，你还挺有雅兴。”鬼三讶然一笑道。

“首领，这小子诡计多端，可能是在故意拖延时间，我看还是速战速决好了！”曲终提醒道。

“你太看得起我了，我只想问问鬼三，去年的五月二十六你可是在姬水神潭附近救走了一个叫蛟幽的女孩子？”轩辕淡然问道。

鬼三的眼中闪过一丝亮彩，并不否认，点头道：“不错！”

“那请问她现在哪里？”轩辕心神禁不住微微紧缩，问道。

“她现在好得很，荣华富贵一切她都有了，更是最得天魔宠爱的妃子之一，你小子可以死心了！”鬼三不无揶揄地笑了笑道。

轩辕身子一震，脸色顿时变得苍白：“你说什么？”

“哈哈哈……”鬼三一阵大笑，缓缓地道，“小子，你也不用如此，能够成为天魔的女人是她的福气，你应该为她感到高兴才对。”

“你们不是曾说过只要我找到河图洛书，你就可以将她交还给我吗？难道这一切都只是谎话？”轩辕身上的骨节一阵噼啪爆响，声音冷得如同浮在水面冰块相撞击的响声。

“但是现在我们已经不需要河图洛书了，当然，如果你能拿河图洛书来换，天魔又岂会在乎一个女人？我保证若你换了她绝不会后悔，能够伺候天魔的女人，没有一个床上功夫会让人失望……”

“你们死定了！”轩辕自牙缝之间蓦地迸出这五个字，冷得让人心头发颤。

鬼三和曲妙也禁不住微感心寒，但却相视而笑，他们的目的便是要轩辕发怒。

轩辕缓缓地收回投向远处的目光，自那不知边际的虚空中回落到鬼三和曲妙两人的脸上，犹如两柄寒刃。他心中只有悲愤，只有痛楚，莫名的痛楚，犹如心与五脏全都扭翻在一起，心间更有种酸涩的味道。

轩辕没想到得到的竟是这样一个消息，他宁可听到蛟幽的死讯，因为他已经伤心了一次。可是当他想到自己心爱的女人被压在别的男人身下……那种感觉让他的心在滴血。是的，这一刻他才发现，自己爱蛟幽是如此之深，那是一种自小就培养起来最真最纯的感情，与燕琼、褒弱、桃红的那种情感是不可同日而语的。这并非轩辕偏心，事实上，情和爱并不能画上一个等号。

轩辕心痛，他想杀人，从来都没有像这一刻如此想杀人。杀所有与天魔有关的人，杀所有让他生气的人，杀所有可能污辱过、欺负过蛟幽的人。他需要发泄，发泄那无可言喻的悲痛，杀人，是一种发泄的方式。

猎豹和花猛感觉到轩辕似乎在燃烧，自轩辕身上散发出来的气息是那般炽热，炽热得让人窒息，让生命枯萎。

这是什么气势？这是怎么回事？

鬼三和曲妙也感受到了异样，他们所感受到的却是无尽的生机都向轩辕奔去，仿佛轩辕成了一个巨大的吞噬生命力的怪物。

轩辕身边的树木、杂草竟然在片刻之间枯萎，仿佛失去了所有的生机，而这枯萎的范围正在向外扩展，以轩辕为中心向外扩展。

“你们死定了！”轩辕又迸出了这样一句话，但他的眼睛却变得空洞而深邃。那仿佛是两个黑洞，没有任何光能够透射而入，没有人能够自那双眸子之中看到任何情绪，而那双眸子之中仿佛有着一种无法解释的磁力，牵引着每个注视它的人进入另一个虚渺至极的空间。

鬼三和曲妙禁不住心寒了，就因为轩辕这句重复了一遍的话。刚开始轩辕说这句话之时，他们未曾在意，只是悠然地笑了笑，但轩辕再次将之说出来之时，却仿佛有一种不可逆转的力量，仿佛是一柄无形的枷锁紧束住他们的心神。

方圆三丈之内，树木草皮全部枯死，包括几棵小树，而四面八方的生机仍似乎不断地被轩辕吸纳。

“这是什么魔功?”鬼三和曲妙骇然，但他们已经不能够再有片刻的犹豫，更不能再让轩辕的气势无休止地扩大。虽然他们不相信轩辕能胜过他们的联手之击，但他们却也害怕奇迹出现，因为轩辕的表现的确太过诡异。

“小心!”猎豹和花猛喝道，欲助轩辕而出手，但却发现他们竟无法突破轩辕周身所笼的一层无形气场。

轩辕的身体周围竟然布下了一道强霸炽热的气场，这让猎豹和花猛吃惊，他们不知道轩辕何时拥有了如此可怕的功力，但他们并不怀疑轩辕的能力，因为轩辕从来都是那么高深莫测，自一开始到最后都没有人知道他究竟有多大的潜力。

轩辕没有动，对曲妙和鬼三两大高手联手的攻击竟似乎视若无睹，是那么冷静而沉稳，冷静得让人害怕，让人心寒……

轰……轰……曲妙和鬼三的攻势竟自轩辕身边滑开，并未击中轩辕。

轩辕如同幽灵一般自鬼三和曲妙之间滑了过去，是那般诡异，那般迅捷利落，仿佛只是一阵风，一缕气，炽热烫手的气流。

当鬼三和曲妙一击落空的时候，轩辕竟出现在曲终的面前，突兀得仿佛轩辕亘古以来就是立在曲终的面前。

曲终狂号一声出手，他竟来不及拔出兵刃。轩辕的速度太快，而且那股炽热的气流让他涌起了一股绝望。那种压力仿佛有无数道灼热的风自他的七窍猛地灌向内腑，而生机也便被挤压而出……

这是什么武功?曲终的绝望几乎充斥了整个思想，唯一的一点清醒便是想知道这是什么武功，这是什么气势……但是他能知道吗?

轩辕的眸子里闪过一丝冷厉而残酷的杀机，仿若利刃般刺透了曲终最后的思想。

曲终发现自己的拳头已经握在轩辕的手上，同时还有一阵骨碎肉裂的声音，然后脑袋一阵剧痛，一切便变得虚无，连他自己的惨叫之声也未听到。

曲终死了，以最简单而快捷的方式死了，轩辕的拳头击爆了他的脑袋。此时的轩辕更如噬血的疯兽，在击爆曲终脑袋之时反手切出，一道有形有色的刀气竟将自侧面攻来的沚曲战士劈成两半。而后，轩辕便倒撞向鬼三和曲妙的攻势之中。

曲终竟如此轻易地死了，就像做了一场梦，一场无法醒来的梦，而这个噩梦却是沚曲人的。

猎豹和花猛也被轩辕的疯狂给震住了，他们从没见过轩辕以如此疯狂的打法杀人。他们怎会不知道曲终的可怕？那是个几可与虎叶平级的高手，可是竟未能在轩辕手上走一招。在轩辕的身上究竟发生了什么事？发生了什么变故？是什么让轩辕拥有这神鬼莫测的功力？

鬼三和曲妙怒号，他们也没有料到轩辕最先对付的人竟是曲终，而且如此利落，但却不能否认轩辕的可怕。他们也深深地感到，此刻的轩辕已非数月前的轩辕。

轩辕双臂以一种极为诡异的角度分划而出。

鬼三和曲妙忍不住骇然惊呼：“气刀！”

不！不仅仅是气刀，更有气剑，轩辕的右手之上仿佛长出一柄丈许长的巨大气刀，色泽鲜红如火，散发着炽热的气焰。而左手却延伸出一柄丈余长的气剑，锋锐的剑气刀风激得已经枯萎的草木旋舞乱飞，那几棵枯萎的小树更被绞得粉碎。

鬼三和曲妙几乎无法相信自己的眼睛，但这却是事实。

“你们死定了！”轩辕低号一声，双手一合，刀与剑轰然而合，更蓦地暴长，合为一柄几达两丈长四尺阔的异刃，自上而下疾劈。

轰……曲妙和鬼三如两只狼狈逃窜的林鸟，分向两个不同的方向疾射，这一刀便在两人之间劈下。

地裂四丈，泥土和杂草随着强大的刀气如飓风般摧枯拉朽地向四面冲开。

猎豹和花猛也如风中弱草一般无法承受那种强烈的冲击，踉跄而退。

沚曲高手更是狼狈，甚至有人被刀气所伤，个个灰头土脸而退，哪里还想到谁敌谁友，简直像是到了世界的末日。

“不可能，不可能，龙丹岂是人力可以炼化的?”鬼三心有余悸地倚在六丈之外的一棵被他撞折的大树上，骇然自言自语道。

曲妙哇地吐出一口沙泥，他的发结被刀气割开，衣衫碎裂，比鬼三狼狈多了，那是因为他的速度没有鬼三快。他做梦也没想到，轩辕的武功竟如此可怕。

“你说对了，龙丹虽非人力可以炼化，但却并非不能炼化之物，所以今日你死定了!”说话间，轩辕已逼入鬼三两丈之内。

鬼三如同见到了鬼一般，一弹而起，但他的速度却比轩辕要慢上半拍，待他惊觉之时，虚空之中已满是色如烈焰形如刀的气劲。

每一刀都是发自不同的角度，不同的方位，但却只有一个目标，那就是鬼三!

曲妙大惊，立时飞身向轩辕扑到。若是让轩辕各个击破，那他也难逃厄运，唯有他与鬼三联手或可与轩辕一搏。因此，他不能不出手相救鬼三。

轩辕体内的龙丹实早已被催活，与他本身的功力融为一体。

这一切正如鬼三所说，单凭人力确不可能将之催化。龙丹的力量是来自大自然，而人与自然相比，是何等的渺小?龙丹的生机本就可纳自然之生机为已用，若以人力强行相逼，只会遭到龙丹的反噬，轻则全身功力俱废，使像轩辕在阻止敖广追杀叶皇诸人时一般，龙丹生机逆冲无法控制，而使得轩辕一时之间功力尽失，成为废人。若非桃红在机缘巧合之下引发轩辕体内龙丹，只怕轩辕早就死在神谷中了。如果人力指引不当，更有可能使轩辕火劲焚身，筋脉俱裂而亡。在君子国东山口之时，轩辕便差点难逃此劫，所幸山崖被震塌，而那足以让轩辕筋脉俱焚的火劲全都让鬼三、土计、童旦和风绝这四大高手给消受了，使得轩辕逃得一命。但童旦却糊里糊涂地死了，到死还不明白是怎么一回事。而后风绝也被这龙丹的气劲稀里糊涂地击成残废，若风绝知道是怎么回事，不后悔死才怪。轩辕反而是因祸得福，幸免于难，也解了君子国的劣局。

因此，轩辕可不敢再造次去诱发龙丹的生机，没有绝对安全的办法，他宁可一点一点地开发龙丹的潜力。因此，轩辕一直都极为小心地去避开体内龙丹的力量，直到再次遇到歧富。

歧富深通医理，对龙丹阳刚之性知之甚深，在轩辕第一次入忘忧谷之时，便开始构思化开龙丹之法，终于与木神共同想出了以大自然之力化开龙丹之生机。而这种方法便是借忘忧谷之中的万花大阵为引子，将万花的生机引入轩辕的体内，进而催化龙丹的生机，借大地之气和地火圣莲的纯阴之气中和龙丹的阳刚之气，再附以歧富和木神的绝世功力，在轩辕自身的诱导之下，终于将龙丹的生机与轩辕自身的生机融为一体。

那个过程虽然简单，但是其变化之复杂实是常人难以想象。若非轩辕体质早被龙丹改造，而且其体内早已拥有龙丹真气以及地火圣莲的真气，只怕轩辕仍难逃一死。

轩辕没死，他熬了过来，这就使他注定会成为一个绝顶高手。经历了这次相融之后，他竟可以用自己的生机吸纳大自然的生机以壮大自身的气势，这个结果是歧富和木神也没有想到的，应归功于万花大阵。

万花大阵之中的那股生机是无可比拟的，使轩辕的心神更为贴近自然，能够更深切地感受到自然力量的存在。是以，他可以将自己的思感通过心来化为一种实质的精神力。不过，轩辕并不想将自己的真正实力表露于外，更不想让蒙络和创世大祭司知道自己的真正实力，这才会在与齐充交手之时没有用全力。若是对付齐充之时全力而攻，齐充岂能挡得了轩辕如此多的重招？但这一刻，轩辕真的怒了。

轩辕怒，不仅怒，心头更有着无尽的悲愤，因为爱，才会恨，才会痛苦！

爱的力量可以创造天地，恨的力量却可以毁灭天地，在不知不觉间轩辕竟然使他身边的草木全部枯死，这是因为恨。

他恨鬼三，恨天魔罗修绝，恨鬼方所有人，甚至恨他自己！如果不是他当初出的主意，蛟幽如何会被逼下天台？如何会被鬼三所救？如何会在鬼方受辱……所以他恨，恨天，恨地，恨自己！也因此心内充满了杀机，无穷无尽的杀机。

轰……鬼三冲破了刀气所罩的气场，但他却不可避免地受了伤。

轩辕的刀劲很狂，很野，很密集，使得鬼三身上每一道刀痕都皮焦肉烂，那无形的刀气更冲撞得鬼三经脉混乱。

鬼三须发皆焦，衣衫破烂，面色酡红如同喝多了酒一般，轩辕在一刹那之间竟劈出了三百多道刀气，而他却只能挡开两百多道。虽然他有护体真气，但是在轩辕那疯狂的攻击之下，几乎是气绝力竭而亡，此刻五脏犹如被烈焰焚烧，那种痛苦确实莫可名状。

曲妙的攻势也如暴风骤雨，那铁钺织成了一道道密密的气墙，如倒扣而下的大锅，死死地笼住轩辕的每一个进攻方位。他绝不能留手，面对此刻的轩辕，他必须全力以赴，这个年轻人确实太可怕了。

曲妙其实有些后悔，后悔没在昨晚轩辕受伤之时出手。那时候就算是面对两百山海战士，也会比此刻面对伤势痊愈的轩辕强。

事实上，曲妙昨夜就发现了轩辕的下落，那是轩辕在击毙偃金时的一声低啸惊动了他。曲妙和鬼三闻声而至，这才发现了轩辕。但是他们不敢正面与两百山海战士交手，他们虽然功力高绝，可面对两百精锐战士，也不敢轻举妄动。因此，他们在路上设伏欲杀轩辕于路途之中，但是他们却太低估了轩辕的实力，反把自己陷入了一种绝境之中，这确是一种讽刺，而此刻他们却又不能不面对轩辕。

鬼三踉跄而退，却不能不感激曲妙相救及时，否则轩辕只要再出手，他焉有命在？但曲妙这一式强攻，使得轩辕只好回头对付曲妙。

轩辕没有半点慌乱，只是低低一声轻啸，十指如风般弹出，动作之优雅自若犹如品茶赏月，但曲妙那疯狂的攻势却不自觉地顿住。

便在这时，轩辕整个人都化成了一柄巨剑，冲天而起，更带着耀眼的火光，直撞向曲妙的钺影之中。

裂……一声尖锐的摩擦之声响过，那如铁锅倒扣之势的钺影竟被剖成两半，轩辕的身子丝毫无阻地冲天而起。

“山裂！”轩辕那冲天而起的身子在虚空之中蓦地倒旋而起，头下脚上，俯冲而落，身如巨剑，化为万刃，如一层层剑潮般铺天盖地斩下。

猎豹和花猛都看得心神俱醉，招式依然是山裂，但此刻在轩辕的手中施展出来却再不是往日那霸道无回的杀招，而是化成了阴柔之劲，以另外一种形式攻下。

巨雷可裂石劈山，但长江之水却更能凿山裂壁，滴水穿石，唯有水流才能让山势巧夺天工裂开峡谷。轩辕一改往日的霸杀之气，以一种新的意境来演绎山裂之势，若是青云亲见，也会大加赞赏。

曲妙大惊，他的攻势本就被轩辕冲得溃不成军，却没想到轩辕的攻势如此快又回来了，而且气势是如此之强，如此之奇诡。那密集的剑气仿佛将每一寸虚空都绞碎，更欲将他的肉体千刀万剐一般，那种感觉实让他心头发寒，强大的压力几乎使他无法喘过气来。

鬼三的脸色变得犹如死灰，此刻他几乎是浑身乏力，更别说出手救曲妙了，刚才轩辕的攻击几乎将他的信心完全击溃了。此刻的轩辕便像是东山口时的轩辕，是一只浑身燃着魔焰的怪物。鬼三没有想到要向轩辕攻击，他所想到的竟只有一个字——逃！

逃，逃得越远越好，最好永远都不要再与轩辕交手。

鬼三竟然不战而逃，不仅丢下了曲妙，也丢下了沚曲族的众高手。

鬼三确实是个自私的人，生命始终是可贵的，明知留下来只有死路一条，他哪还会做这样的傻事？

猎豹和花猛也毫不留情地与沚曲的另七名好手战成一团，这群沚曲高手哪里有心思恋战，鬼三逃了，曲终死了，曲妙自身难保，哪会有斗志？这便使得猎豹和花猛捡了个便宜。否则，以他们两人之力如何能敌这七名沚曲高手？

曲妙心中恨，恨鬼三，恨自己，更多的是愤怒。鬼三竟在这个时候逃走，还亏自己刚才舍命救他。虽然曲妙知道即使鬼三出手也是无济于事，但这种被出卖的感觉却是极不好受。

死并不可怕，但心伤的感觉很可怕。曲妙心痛，心痛之余也激起了其潜在的凶性，毕竟，他也曾是一代高手，也曾是风光无限的王者，即使是死，也要死得轰轰烈烈。因此，他决定豁尽全力与轩辕一拼。

天地在刹那之间暗了下来，所有的声音，所有的空间都被一股虚无却又霸烈凄厉的气息给充斥了。

是剑气，是杀气，也是怨气，天怒人怨。

哗……一个巨大的霹雳惊碎了虚空，一道亮丽的闪电自高远的天顶直劈而下，擦亮了暗淡的林间，擦亮了众人的视线，但一切全都被定格于一种永恒的凄惨之中。

血迹，自曲妙的额角滑下，也不知是被闪电所劈还是被那如银河倒泻的气剑所伤，这已经不重要，重要的是在黑暗远离之时，曲妙的额头有一道血痕。

轩辕背对曲妙而立，如山岳，如巨渊，或更像是一棵参天古树，一动不动，定格成一道永恒的风景。

曲妙的眼中没有愤怒，没有仇恨，没有怨气，只有一丝淡淡的忧郁，一丝无奈的苍凉和落寞，像是一个被遗弃的孤儿。自曲妙的表情中看不到痛苦，只是他的嘴唇翕动了一下，但是什么也没能说出来，在一阵风之后悠然倒下，如枯朽的败木，如倾倒的废墟，而他的生命也在这一刻远逝而去。

曲妙死了，没有人知道刚才那一阵突然的黑暗究竟发生了什么，或许轩辕知道，但他不说；或许曲妙知道，但他已不能说。这是个谜，就像是曲妙究竟是被闪电劈死还是被轩辕劈死这个问题一样，让人难以解释。不过，闪电来得很凑巧，也可以说是一种默契。

或许，那道闪电才是轩辕杀人的利刃。

所有人都震住了，也许轩辕是唯一的例外。但轩辕没有动，此刻他静立在有些凉意的秋风中，若不知情的人，还会以为他已经枯朽了。

猎豹和花猛回过神来，发现那几名泚曲高手已走得一个不剩。他们全都溜了，如鬼三一般，全都悄然而遁，连他们的首领和护法的尸体也不要了，可想而知，他们逃得是如何狼狈。

猎豹和花猛不由得望了望轩辕，他们不明白轩辕为何要让这些人逃走，以轩辕的武功，难道还不能将这几个人留下？

花猛和猎豹上前欲问，但在他们刚靠近轩辕之时，轩辕突地迎风缓缓而倒。

“轩辕……”花猛和猎豹大惊，一个箭步上前，急忙将轩辕给扶住。

轩辕脸色苍白如纸，竟已昏迷过去。

“怎么会这样？快，扶轩辕去湖边！”猎豹大急，他怎也没有料到会是这样一个结果。事实上，刚才那一阵黑暗，外人根本就无法看清究竟发生了什么事，自然也便不知道轩辕因何而受伤，更不清楚轩辕伤势如何，这怎叫猎豹和花猛不急？

事实上，轩辕受伤是很有可能的，要知道曲妙是鬼方第六大高手，以他的武功在临死前的反击是何等的具有威力，轩辕受伤岂非正常至极？也难怪轩辕不出手阻止那七名汢曲高手的逃走了。

花猛背起轩辕，便欲向桃红诸人的营地奔去，却被猎豹一把拉住。同时猎豹暴出一声低吼，一曲身，背上的皮衣如一片云彩般抖出。

虚空之中突地交叉着飞来数十柄雪亮的弯刀，而猎豹的皮衣正是罩向这些弯刀。

花猛背着轩辕一阵闪晃，飞速避开几支自暗处射来的箭矢，心中大惊，也大恼，却不明白这又是自哪里杀出的一群敌人。

枝叶爆碎，泥土乱飞。弯刀，不仅仅是自四面而至，更有自地下破土而出。

敌人，来自地下！

猎豹和花猛都吃了一惊，猎豹的皮衣一拖一抖之间，消弱了弯刀的攻势，脚下猛旋，扫起一片泥土，直撞向地下飞出的弯刀。

“快撤！”猎豹低喝，花猛岂会不知道？他本是以腿法著称的，身法之快自是没话可说，在发现弯刀竟破土而出时，他背着轩辕便已移形换位，欲向后退。

“没有用的，今日就是你们的死期！”一声冷哼自花猛的身后响起。

花猛有些泄气地落下，不用想也知道，此刻他们落入了一个无路可退的陷阱之中。

猎豹一退再退，却摆脱了弯刀的攻击，与花猛靠背而立，神情肃穆至极。

“放下轩辕可放你们一条生路!”一个阴冷的声音传来。

猎豹不屑地望了望那满脸花斑，看上去活像一只毒蛤蟆的汉子，冷冷地问道：“你们究竟是什么人?”

“本座乃是花蟆之王！如果你们识趣的话，乖乖听话，否则唯有死路一条!”那满脸花斑的汉子冷冷地回答道。

“哦，原来你们就是花蟆妖人，难怪一个个都像是癞蛤蟆!”花猛毫不在意地打趣道。

“哼，死到临头，还逞口舌之利，真是两个无知小儿!”一名手执大弓的汉子冷叱道，这人赫然便是乐极七代。

乐极七代的身边全都是一群身着黑衣、手执弯刀的渠瘦杀手，这群人只待花蟆王或是乐极七代一声令下，就要对花猛和猎豹两人行分尸之刑。

乐极七代手中的弓极沉，他的极乐神弓被人所夺，唯有再换上一张普通的弓，如此不免使得他的箭法大打折扣。事实上，在对付轩辕的行动之中，他似乎次次失利，也使他在渠瘦族中的声望大跌，不再得渠瘦王的宠信。因此，他对轩辕可谓是恨之入骨。

若非轩辕，他将不会失去极乐神弓，也不会造成童旦身死，风绝残废，而使他受到牵连。可是他也拿轩辕没办法，这个年轻人确实很可怕，无论是武功还是智计，乐极七代都不是轩辕的对手。因此，他一直都不敢与轩辕正面交手，但此刻的情形却不同。

此刻的不同是因为轩辕已经身受重伤，乐极七代和花蟆王都在等，等这个机会，而他们也终是如愿以偿。

如果不是轩辕重伤而倒，他们或许不敢现身，皆因轩辕的武功太可怕了，几乎让他们寒了胆，曲终也算是位一等一的高手，但在他面前却如此不堪一击，便连曲妙也在其手中惨死。乐极七代虽然自负，但修为也不过与曲终在伯仲之间，如果他手中有极乐神箭，那又是另一回事，但是他没有。所以，他在面对轩辕时根本就没有半分胜算把握，尽管有花蟆王和这群渠瘦杀手，但是以鬼三和曲妙的武功，任何一人都不可能比花蟆王逊色，而轩辕击杀曲终如探囊取物。

乐极七代实应庆幸，庆幸轩辕重伤而倒，虽然他并不明白轩辕为何而受伤，但在他的估计之中，轩辕应是昨夜的旧伤复发。

乐极七代也与鬼三一样，昨夜便已发现了轩辕的存在，但由于力量薄弱，而不敢对轩辕发动攻袭。凭他的眼光，岂会不知道那两百有熊战士没有一个好惹？因此，他也与鬼三一般放弃了袭营杀轩辕的诱人想法，而静待轩辕离营而出。

花蟆战士和渠瘦杀手成环状将花猛和猎豹围在中间，便像是众猎人在捕兽一般，每个人神色都微微有些紧张。

花蟆王要杀轩辕的心与乐极七代一样，轩辕当初击杀花蟆顶级杀手吸血鬼，后又为青丘人大杀他的十几位战将，使得花蟆部元气大伤，更无力入侵青丘国，因此花蟆王不得不与渠瘦族联手来对付他们共同的敌人轩辕。

当然，花蟆凶人与九黎族之间关系密切，渠瘦族更与东夷有着某种联系，两股实力自是一拍即合。而此次前来有熊，这两部也是身先士卒赶来。

轩辕乃是东夷的大敌，昨夜，偃金之死与敖江之死对花蟆王的震撼很大，使得他也不敢对轩辕轻举妄动，如果连狐姬也不能胜轩辕，他更是没有可能取胜。因此，他一直潜于泥土之下等待着机会，而此刻正是最好的机会。

“大王，何必跟这两个小子啰唆，把他们一并砍成肉酱就是了！”一名花蟆汉子道。

“杀！”花猛蓦地一声暴喝，他们绝不能这样干耗，必须杀出一条血路突出包围，否则他们今日是死定了，没有谁可以救得了他们，一切只能够靠自己！

猎豹和花猛心意相通，知道凭两人之力，又要保护轩辕，不可能战胜杀光这么多人，而且这些敌人之中也有许多高手，唯一的生机便是占住先机，杀出重围逃命，否则只会是死路一条。

花猛身形快极，如同踏着一阵幽风。

啸啸……弯刀如雪，尽皆飞射而出，但是花猛和猎豹不怕，不仅不怕，反而将身形撞入弯刀的攻势之中。

花猛的脚出如电，准确无比也快捷无比，像是在虚空之中织下了一张大网，将所有的弯刀全都封阻。

猎豹一声怒吼，铁拳带着风雷之声击入那被花猛脚下封住的刀网之中。

这些弯刀还未能够完全发挥出绝对的优势，正在延伸之际便被花猛压制住，使其长攻远打的优势尽失，力道顿减。而此时猎豹的重拳如巨锤般砸入其中，竟使弯刀倒射而回。

那群渠瘦杀手大惊，猎豹和花猛的雷霆攻势几乎将他们的阵脚打乱。

“哼，想走，没那么容易!”花蟆王冷哼一声，两只肿胀的手幻起五颜六色的光影，直向花猛抓去。

花蟆王的目标是花猛，因为轩辕在花猛的背上，而花猛的速度对他的属下也是一个严重的威胁。当然，他挑中花猛攻击是因为花猛背着一个人，行动多少要打些折扣。

铮……乐极七代的铜弓钢弦拉响了。

猎豹还想向前冲，但是却不能不避乐极七代的箭。

噗……猎豹皮衣一抖，带着一股强劲的真气撞向那自侧方射来的劲箭，箭与皮衣一触，两股气劲立刻爆开，猎豹的皮衣炸成碎片，而那支劲箭依然射向猎豹的面门，不过，在力度和速度上打了个折扣。

猎豹心中暗惊乐极七代这一箭之力，但他仍然极速扭身，伸手轻拨。

“呀……”乐极七代的箭被猎豹拨歪，恰巧射入一名花蟆人的胸膛。

乐极七代一看，气得差点要将大弓扔出去，自认为得意的一箭居然落空，反而伤了自己人，他只得弃箭不用挥弓便攻。

猎豹却不搭理他，错身向花蟆王撞去，护住花猛，他绝不能让人将花猛绊住。

轰……猎豹毫无花巧地与花蟆王对击了一拳，他的身形不由自主地倒退四大步，撞到花猛背上的轩辕躯体上。

花蟆王也被震得倒退一小步，晃了一晃却又稳住了身形，不由得暗骇猎豹的拳劲之猛，几乎击得他掌心发麻。

花猛见猎豹相护，也不客气，背负轩辕，腿出如风，那种速度几乎让众花蟆战士眼花缭乱。不过难缠的却是那群渠瘦杀手，这群人的弯刀可长攻可短打，变幻莫测，且那弧度攻击的路线尽是曲线，让人防不胜防。花猛又要护住轩辕，根本就无法突破那层层刀网，还在一不留神之下挨了两刀。不过这些弯刀是横拖，而非直劈，也幸亏如此，否则不劈得花猛腿骨断折才怪。

花蟆王一步不让，更不给猎豹任何喘息换气的机会，肿胀的肉掌再次劈出，掌心彩芒更盛，甚至伴随着一阵恶臭之气。

猎豹心中暗惊，他怎会不知花蟆王的掌中含有剧毒？刚才与之硬撼一记，拳面仍有点麻痒之感，显是毒素入侵了皮肤，如果再接这一掌岂会好受？但他却不能不接，而正在此时，突觉一股火热如山洪般的狂流自背部涌入体内。

猎豹还未曾明白是怎么回事时，手臂被这股狂流一冲，竟不由自主地狂轰而出。

砰……啪……闷响之下，花蟆王的手臂竟在猎豹猛拳的轰击下爆碎，那清脆的骨折之声只让猎豹目瞪口呆。

花蟆王如中了邪般暴退八步，在他不可思议之时，顿觉与猎豹硬拼的右臂已经没有了知觉，而一阵剧痛更钻入了心头。

“我的臂，我的手！”花蟆王如撞到鬼一般以左手抓住那已经完全不听使唤、扭曲肿胀的右臂，几近哭泣地怪号起来。

猎豹不敢相信地望了望自己的拳头，顿时明白，这是刚才那股突然传入体内如山洪般的气劲在作怪，而他的身后是花猛。

不，不仅是花猛，还有花猛背上的轩辕。对！一定是轩辕，刚才注入自己体内的功力是轩辕的，也就是说刚才那一拳事实上是轩辕击出的，而轩辕也并没有受伤。

这是为什么？为什么轩辕不直接出手？为什么轩辕要故作伤重？猎豹心中涌起了万丈的豪情，知道轩辕只是故作伤状之后，他一颗悬着的心全给放下了。

乐极七代也被猎豹那一拳给震住了，挥出一半的铜弓竟停在半空之中。

花蟆人更是心胆俱寒，连他们的头领也被猎豹一拳击成重伤，怎叫他们不心寒？

“砍掉我的手！快，快砍掉我的手！”花蟆王几近哭号地呼道。猎豹那一拳将毒气倒逼而回，充斥于他的右臂之中，更有攻向心脏的迹象。因此，这条被废了的手臂不仅肿胀，更是要命之物，但是要花蟆王亲自砍掉自己的右臂，却又没有这份勇气，只好请别人帮忙。

第一百零五章　速腿破箭

花猛也是突然之间神威大展，似觉得有着使不完的力气，浑身若置于一个巨大的气炉之中，飘逸轻灵更胜未负人之时，每一脚踢出不仅力道惊人，更能带起一股强风让那些攻来的兵刃方向大乱。而在他的周身更似有一个旋动的气场，巨大的引力使得攻来的敌人缚手缚脚。

哧……一柄弯刀划过花蟆王的右肩，那只肿胀的手臂齐肩而落，掉到地上之时竟如摔烂的冬瓜，自皮肉中涌出的不是血，而是脓水，更散发出一阵阵恶臭。

乐极七代看得心寒不已，花蟆王差点痛昏过去，几名花蟆战士忙将之扶到一边。

“替我杀了他！”花蟆王如狼嚎鬼哭一般指着猎豹吼道。

乐极七代也不再犹豫，铜弓一挥，直取猎豹。

“哼，不知死活，我就让你死个痛快吧！”花猛背着轩辕，如幽灵一般截在猎豹之前，冷哼着腿如狂潮般向乐极七代踢去。

乐极七代大惊，轩辕曾以双腿打败他的往事记忆犹新，而眼前花猛的腿法比之当日的轩辕却更为可怕，怎叫他不心惊？不过他曾在事后对轩辕的腿法仔细研究了一遍，因此对腿法并不陌生。只是花猛的腿法确实太快，快得让乐极七代防不胜防，甚至找不到哪里才是花猛脚的所在，抑或每一道脚影都是真实的。

猎豹对花猛的突变没有一点惊讶，一切仿佛都在他的意料之中，心中的斗志更盛，竟使那些渠瘦杀手有些胆寒。

砰……乐极七代的铜弓竟被花猛一脚给踢弯，而乐极七代的身子更是不由自主地滑退七尺，双脚在地上拖起了一道深深的痕迹，如同被木犁犁过一般。

乐极七代的手臂变得麻木不仁，他几乎无法想象花猛脚下的力道有多么强大，那通过弓背所传达的震力只差点没让他的肋骨断折。

花猛根本没给乐极七代任何喘息的机会，乐极七代在尚未缓过气来之时，便已再中花猛一脚。

这一脚可算是把乐极七代给废了，至少踢折他五根肋骨，内脏还不知道有多少处受伤。

乐极七代的躯体如腾云驾雾般射出四丈，啪嗒一声摔在一处泥沼之上，猛吐出几口鲜血，那铜弓也变形得不成模样。

两个主帅都身受重伤，这群花蟆战士和渠瘦杀手哪里还有心情再战？一个个狼狈而逃。

花猛和猎豹也并不想再追，事实上，他们也受了些皮肉之伤，更不想在这路上耽误太多时间，务必要赶回湖边与众人会合。

花蟆王和乐极七代也在最短的时间内被人带走，在花猛的估计中，乐极七代活命的机会不大，花蟆王也算是废了。因此，他没有必要赶尽杀绝。而轩辕为何要诈受重伤呢？这之中定有原因，说不定在一旁尚有强敌环伺，因此花猛和猎豹更是不敢追。

啪啪啪……一阵清脆的掌声倏然在林间响起，显得极为突兀。

花猛和猎豹正欲离开，但这掌声像是有股魔力一般使他们不得不驻足而望。

一望之下，花猛和猎豹不由得微感错愕，他们看到了一个人，一个戴着鬼脸面具的人。

这人的面具闪耀着金灿灿的色泽，显然是以黄金打造而成的。更奇的是这人身上的衣衫，也是金光闪烁，像是一片片巨鳞镶嵌而成，足蹬金靴，一切都是以金片所制，使人眼睛为之一亮。

这人极为高大，缓步而行之间自有一股王者霸气，呼吸间有着说不出的坦然自若，但却生出使人不敢正视的威仪。那巨大的披风也闪烁着金属的光泽，不经意间还会露出脖颈间的一串红宝石项链。

项链闪烁着妖异的红芒，辉映着金衣金面具，构成了一种独特的震慑力。

花猛和猎豹倏然间似乎发现自己的呼吸是那么沉重，像是心在收缩，气不够喘。他们从未有过这般异状发生，今日还是头一遭。可是，这是因为恐惧吗？或者这是因为来自于对方的压力？他们不知道，不明白，甚至已经缺少了思考的余地。在他们内心深处，只有这个打扮怪异莫名的人物，而无自己的思想。

“你是什么人？”猎豹神情有些茫然，但他已回过神来，知道必须问清楚对方的身份，不过，他发现自己的声音有些紧张。

“强将手下无弱兵，你们两人的身手很好！”那金衣怪人答非所问地望了猎豹和花猛一眼，悠然道。

花猛心头一寒，那透过黄金面具的两道目光犹如黑暗中的电火一般，直透入他的心底，像是将他心中的思想一览无余。面对此人，他竟生不出一点斗志。

“年轻人，你背上的人就是轩辕吗？”那金衣怪人的声音有种说不出的缓和，但却有着无可抗拒的力量，使得花猛生不出半点抗拒的心理。

那便像是心甘情愿地被一个强者征服的感觉，愿意无条件地回答对方的问话，花猛此刻便是如此，所以他点了点头。

“你是什么人？”猎豹深深地吸了口气，竟然一下子护在花猛的身前，与那金衣怪人对视。

花猛身子一震，似清醒了过来，怒道：“你刚才干了什么？”

金衣怪人哈哈一笑，不屑地望了望猎豹和花猛一眼，不答反向花猛背上的轩辕道：“年轻人，何须再装？你不是一直在等我出现吗？我既已出现，你也该醒了！”

花猛和猎豹一惊之时，轩辕也悠然一笑，轻轻落地，缓步移至猎豹之前，道：“阁下好眼力，只不知阁下是何人？”

“凤妮难道不曾向你讲过老夫吗?”金衣怪人悠然反问道。

“凤妮?”轩辕微一皱眉，顿时色变，失声道，“你是太昊大神?”

“太昊大神”四个字使得猎豹和花猛也为之骇然。

轩辕笑了，今日的事情似乎很有意思，迷湖今日还真是热闹极了，就连几有天下第一高手之称的太昊也亲来凑热闹了。

若说天下最令人崇拜与神往的高手，本应是四人，一为南方太昊，一为东方少昊，一为北方天魔，另一人则是中驻熊城的太阳，但是太阳暴死，天下高手便仅有三位。就连神族八圣与太昊相比，也低上两级。要知道，太昊、少昊、天魔乃是由盘古氏所册封，其地位和身份仅次于女娲、伏羲，而太昊更是伏羲的接班人，可想而知其身份是何其崇高。

没有人知道太昊的武功究竟有多高，也没有人知道太昊、少昊、天魔三者之间谁的武功更高，但由于太昊继承了伏羲之位，因此人们便习惯性地让太昊坐大，成为天下第一。

轩辕绝没想到会在这种情况下见到这传奇般的人物，猎豹和花猛心下释然，也难怪一开始他们便被对方的气势所慑，这并不一件丢脸的事。

“晚辈不知是大神驾到，有失礼之处，还望海涵!”轩辕笑容满面地行礼道。他并不知道太昊来意如何，但是他从未想过自己能够是太昊的对手。因此，他没有想象自己会与太昊交手，也不敢正面去惹这个他绝对惹不起的人物。尽管他已经杀了风际和风游，决定对伏朗不客气，所幸，这些太昊应该不会知道。

“今日一见，果然不简单，我道是什么人能败我儿伏朗，更让陶基看中。年轻人，你应该感到骄傲。”太昊望着轩辕，声音依然平缓至极。

“晚辈不敢，晚辈所凭仅是一时之侥幸，比之大神，晚辈犹如皓月之畔的星辰，仍需加倍努力!”轩辕似是有些诚惶诚恐。

“哦，你想与我比?”太昊微讶，但那声音让人不知其喜怒，更不可能看清其表情。

“大神乃是轩辕的偶像，我毕生所愿便是如大神一般攀登武学的极峰，哪怕只有大神的一半能耐也不枉此生了!”轩辕坦然之中不无拍马屁的成分。

太昊哈哈一笑，显然是对轩辕的话极感满意，事实上确没有人不喜欢被别人吹捧，何况如太昊这种心高气傲、不可一世的人物？而轩辕拍马屁的话不露痕迹，又别具一格，虽然太昊平时奉承话听得多了，但再听轩辕之语也大感受用。

“颛臾说得没错，你果然能说会道，有熊有你这般人才，实是大幸。只要你能不懈努力，到老夫这个年龄或许也会攀上武学的极峰，你这一生的成就说不定还会超过老夫呢。”太昊悠然道。

“多谢大神夸奖，轩辕定会更加努力，但愿能不负大神今日之语！”轩辕心头大为放心，知道太昊仍不知道他杀了风际和风游，说不定还没有入熊城见伏朗呢。因此，太昊对他所知可能仅限于颛臾大主祭所说的一些，以及伏朗昔日传书所讲的一些。若是这样的话，太昊会以为自己与伏朗是合作的伙伴，当然不会对自己动手了。在迷湖的境内，轩辕实不想多出这样一个可怕的敌人，那时只怕他倾所有的力量都难以对付太昊。而如果在这种环境之下，或可以得到太昊的帮助，如果是这样的话，自己的实力便可大增。

太昊瞟了一眼那被轩辕击出的巨大刀坑，悠然一笑，道：“凤妮和伏朗不曾与你同来吗？”

“不曾，圣女和令郎都另有要事待办，所以未能同来。”轩辕半真半假地道，顿了顿，又惊奇地问道，“大神也知道神门在此的消息吗？”

太昊见轩辕如此开门见山，便点了点头。

“不知大神可去过熊城？要不要晚辈让人通知圣女和令郎前来见大神呢？”轩辕试探着问道。

“老夫尚未入城，你也不必去叫他们，既然都有要事，就让他们自己去好了！老夫之来，一是为了神门，二是为了看看你轩辕究竟是怎样一个人，竟能得颛臾如此看好。今日一见，果未让老夫失望！”太昊悠然道。

“只大神一人独来吗？若是如此，不如请大神与晚辈同去扎于迷湖畔的营地吧！”轩辕极为客气地问道。

“不必了，老夫喜欢一个人清静，不过老夫有一物要轩辕代我交给凤妮，因为老夫或许暂时不能去熊城!”太昊说话之间自怀中掏出一个奇古的木匣，木匣古朴而典雅，约有半尺见方。

“哦。”轩辕望了望那奇古的木匣，有些不明白何以太昊过门而不入。不过，对于这样的神奇人物，往往会有意想不到的行径。轩辕对此也不是太过奇怪，只是伸出双手欲接过木匣。

“未见凤妮不要轻易打开此匣，便是伏朗也不必让他知道。轩辕先答应我，可否能够办到?”太昊突然收住木匣，肃然道。

轩辕一怔，不解地问道：“这是为何?难道连令郎也不能够看吗?”

“至于原因此刻先不告诉你，等凤妮看了匣中之物后，你再问她，她定会告诉你满意的答案!”太昊似是在故弄玄虚。不过，轩辕不会怀疑，天下间脸戴金色面具、身着金衣金靴的只有一个人，那就是太昊!正如少昊是银衣银靴银面具一样，这便是招牌，独一无二的招牌。

没有人敢说太昊是故作神秘，没有人会认为太昊是在故弄玄虚，因为天下间还没有谁有这个资格。

太昊自己本就像是一个谜，他是代表三苗实力最强一部至高无上的首领，更是天下间奉为大神的数几个人之一，如木神、水神、火神、青云之类还只是太昊的晚辈。传说太昊是百岁后娶妻生子，此时至少也有一百数十岁了，没有人能想象这是怎样一个人物，能够想到的大概也只有一个称呼——神，活着的神。因此，太昊有骄傲的资本。

轩辕目前仍不能与太昊翻脸，也不敢!既然太昊亲自来到有熊，他回去之后也不能不好好地调整一下对伏朗的策略了，至少目前有太昊这个帮手会好得多。至于以后如何对付这个可怕的人物是另外一回事，或者与歧富、木神、剑奴诸人联手与太昊一搏，应该不成问题，何况还有满苍夷。

若事情真发展到了那无可回避的一步，该打也还是要打的，以他身边的这些高手，歧富、木神、满苍夷、剑奴，还有虎叶，加上他自己，六名高手联手，会战不下一个太昊?那是轩辕不相信的事，但这一刻他却绝对不敌太昊，不管他如何自信，都不敢放手一搏。

“轩辕明白，定不会有负大神所托!”轩辕扮相极为恭敬，他也觉得自己是块演戏的好料子，虽然他并不想演戏，但也不反对自己偶尔逢场作戏。这是生存的根本，也是发展的根本，他不觉得自己伟大，也不会故装伟大，却知道该如何去伟大。伟大只是结果，而不是经过，一切的手段只是为一个伟大的结果。因此，他没有必要在这个过程中刻意掩饰自己，那只会使本不复杂的事情变得复杂。

“很好!”太昊再次送出木匣。

轩辕心中却在暗自猜想这木匣子之中究竟存放着什么东西，值得太昊如此慎而重之，而太昊为何对自己如此信任呢?恍惚间，轩辕已双手搭于木匣之上，也就在此时，他心里一阵紧缩，手感告诉他，木匣并非木质，而另一种直觉也告诉他，事情绝非这么简单。

咔……嚓……轩辕的直觉并未能逆转突然生出的变故，那木匣竟在突然间炸开，犹如一把枷锁般扣住了轩辕的双腕，更巧妙地锁在一起。

木匣并非木匣，而是一把奇妙的大锁。木匣更非木质，这是一种甚至比金铁更沉重的怪金属，经过巧妙的机关设计，只等送出双手。

轩辕也为这突起的变故惊住了，他的直觉仍迟了一步，这纯粹是一个陷阱，等着他陷入的陷阱。而此时，太昊出手了。

太昊出手了，动作快得如电光火石，而且那金属披风如同张开的利刃，切向轩辕的腹部，指掌间更罩住了轩辕正面所有的要穴。

轩辕惊怒，他的反应速度不谓不快，但是却快不过太昊以有心算无心，更出乎轩辕的意料之外。那匣子锁后竟系着一根金属链，金属链的一端牵在太昊的手中，轩辕是欲退不能。

噗噗噗……轩辕连中三十四指，太昊封住了他的三十四处大穴，使之根本就没有机会反抗。

猎豹和花猛都傻了，他们无论如何也没有料到会突起如此变故，更没有想到以太昊今时的地位身份会如此不要脸地对轩辕施以暗袭。待他们明白过来之时已经迟了，轩辕的生命已握在了别人的手上。

轩辕恨、恼、气，如果不是双手被锁住，他有一百种方式可以阻住太昊击在他身上的这三十四指，事实上，太昊的指法也不是绝对的高明，更不像他想象的那么可怕。但如今轩辕双手被锁，不仅如此，还受制于别人，因此他连一种挡开太昊手法的方式也无法施展，只得受制于人。

轩辕绝对没有想到太昊竟是如此卑鄙，竟如此不顾身份地对他施以暗算，可是他又能如何？事实上，都怪他太高估了太昊的人格，太高估了太昊的武功，谁能想象到一个几乎被称为至尊的天下第一高手、不可一世的大神会对一个后生晚辈施以暗算？如果这传出去只会笑掉所有人的大牙。两人之间相差一百余岁，可事实上……

轩辕唯有苦笑，除了苦笑之外，他不知道以什么样的表情来表达他此际的心情。或许他该大笑，狂笑，可是他没有这种闲情，也没有这种雅意，因为此刻他只是个阶下之囚。轩辕的确没有料到，自己会是以这样的方式成为阶下之囚。

当然，如果向外人说，轩辕是栽在太昊的手上，保证不会有人笑他，保证不会有人讥讽他，更不会有人说他不该。但是如果以这种方法失手，轩辕心中的确不服！

“你这是什么意思？”花猛和猎豹怒问道。

“哈哈……”太昊似乎有些得意，笑了笑，淡淡地斜瞟了花猛和猎豹一眼，冷然道，“如果你们连这点意思都不明白，我可以称你们为傻子！”

“你……”猎豹大怒，但却无可奈何。

“我真为你感到羞耻，如果你还是个人物的话，就真刀真枪凭真功夫与轩辕一决高下，耍这等阴谋诡计，你就不怕丢伏羲氏的脸吗？”花猛怒叱道。

“取胜之道本就是无所不用其极，只有愚人才争一气之长。娃娃，你们应该好好学学！”太昊悠然道。

花猛和猎豹对望了一眼，把心一横，怒吼道：“我们跟你拼了！”说话间两人一左一右直向太昊扑来，他们似乎根本就没有想到太昊是何等人物，又岂是他们所能敌的？

“不要！”轩辕惊呼，他不愿看着花猛和猎豹惨死，更没有想过花猛和猎豹会是太昊的对手，尽管刚才太昊封住他穴道的指法并不甚高明，但人的名树的影，谁也不敢小看太昊的力量。

太昊冷哼一声，他竟不与花猛和猎豹相对，而是一带轩辕，抽身而退。

“放下轩辕！”猎豹大急，不顾一切地扑上前，而此时他突然发现打横里伸出了一只手。

砰……猎豹的身子不受控制地倒退八尺，双腿在地上拖出两道长长的坑痕，若非他的下盘稳重如山，大概少说也要翻上三五个筋斗。但饶是如此，他仍感气血翻涌，五脏隐隐作痛，不禁暗骇对方强横的功力。

花猛也如猎豹一般，发现自己所有的脚影全都踢在一堵墙上，不！应是一件鼓起的巨大披风上，那件披风之内似乎充盈着无穷的气劲，将花猛所有的力道全都反弹而回，让他自己承受了自己击出的劲力。

花猛无法自制地倒翻出三丈，双足落地差点一个踉跄，但他很快立稳了身形，却发现在太昊的身前缩着一人。

此人半蹲半立，面对太昊，背对花猛，那件巨大的黑披风仍在无风自鼓。那人缓缓地立直身子，再悠然转身，露出一张俊逸而微带沧桑的脸，一双眸子之中似总带着一丝深沉的忧郁，年龄在四十至五十之间。

那人轻轻地拂了拂披风之上所沾的尘土，动作有种说不出的优雅，那黑色的紧身衣裤、黑色的皮靴与太昊金光灿灿的打扮相比，确实有些相映成趣。花猛和猎豹无法否认这个人的儒雅俊逸，若再年轻二十岁，保证可以迷倒天下间许多女子。

刚才就是此人在电光火石间挡住猎豹的拳，阻止花猛的腿，所有的动作是如此利落，如此洒脱，像是在演一场戏。

“风绝！”轩辕也看清了来人的面目，不由得惊呼。眼前之人像极了风绝，只是这一身打扮与风绝稍有些异同，那双眼神也微微有些差别，其余的乍一看与风绝竟无二致，也难怪轩辕脱口喊出了“风绝”这个名字。

猎豹和花猛大惊，单一个太昊，他们已没敢往好的地方想，如今再来一个风绝，他们岂有活路？要知道风绝乃九黎族的族王，是一个绝顶高手，以他们的武功根本就不足以为敌，也难怪刚才对方轻松一招便将自己两人击退，这确实形成了一个有死无生的局面，何况轩辕此刻也命悬敌手。

“娃娃，你叫错了，本王不是风绝，而是风骚，也便是新一代九黎之王！”那黑衣人悠然叹了口气道。

“风骚！”轩辕一怔，这才恍然，难怪此人与风绝如此神似，原来是兄弟两人。看来当日自己确实已将风绝给废了，否则风骚也不可能成为九黎之王了。

轩辕没想到风骚竟会在这个地方、这个时候出现，而且与太昊在一起，这确实有些不可思议。恍惚间，轩辕顿悟，向太昊冷然问道：“你究竟是谁？你绝不是太昊！”

“哈哈……”那人一阵长笑，半晌才悠然自得地摇了摇头道，“你发现得太晚了，老夫确实不是太昊！”

“什么？”花猛和猎豹大恨，他们竟被此人给耍了。不过，他们知道，即使此人不是太昊，其武功也绝对可以列入顶级高手之列，否则绝不可能拥有这般强霸的气势。

“你就是九黎四大供奉之中的奄仲！”轩辕声音苦涩地道。

“轩辕果然是轩辕，一点就通，难怪帝恨、童旦、偃金都先后败死在你的手下，这一切都并非偶然！”风骚淡然赞道。

轩辕不禁苦笑，自己终日打雁反被雁啄，但他却不能不承认风骚和奄仲的高明，竟将他的心理完全利用了。

在奄仲的言谈举止中，使得轩辕不自觉间走入了陷阱，而事实上这之间并非没有破绽，只是轩辕一开始便被太昊这个名头给震住了，而忽略了某些细节。更巧的却是轩辕也是心怀鬼胎，想着如何利用太昊，害怕太昊看出了他的心思，因此故示出一种坦然而诚恳之态，不敢仔细深入地问太昊某些问题，从而使得奄仲轻易地充当了这个假角色。

事实上，一开始奄仲便在算计着轩辕，以奄仲和风骚这两大高手的实力，也不敢正面与轩辕交锋。鬼三和曲妙的结果使他们不能不慎重，而狐姬和偃金的结果更让他们心寒，本以为轩辕已受重伤，因此他们只让乐极七代和花蟆王出手，自己静观其变，谁知道乐极七代和花蟆王败得这么快，使他们根本来不及出手。不过，他们也因此而怀疑轩辕并未受伤，这才施行他们的太昊计划。

轩辕再细想起来，确实是漏洞百出，可是此刻后悔也没有用，他已经成了阶下之囚，还能够说些什么？他只能表示冤，这一场交手败得冤，也真是聪明一世糊涂一时。

世间或许真的只有金衣金面金靴这一套行头是太昊的招牌，但正因为太昊常将自己的面目掩饰在那金面具之中，而使人扮之更加容易。因为天下的金银多的是，太昊能造金衣金靴金面具，别人也同样能造，也许所造的行头并不尽相同，但对于从未见过太昊的人来说，却是很容易蒙混过关的事。奄仲便是利用这一点诈骗轩辕，而轩辕竟轻易地相信了，这确实是种悲哀。

当然，由此也可见东夷人不仅在熊城之中有奸细，在陶唐氏之中也存在着耳目，否则怎会知道颛臾大主祭和轩辕之间的事及轩辕与陶基之间的关系？

不过，轩辕对此已经没有办法深究了。

“没想到吗？”奄仲揭下面具，露出一张尖瘦而白皙的脸，只是脸上爬满了皱纹。

“确实没想到，我终是棋差一着，你比童旦和偃金的确强多了，若他们有你一半的狡猾，只怕我早就已经完了！”轩辕悠然道。

奄仲不无自得地笑了笑。

“你也应该感到骄傲了，能够令我们如此大动干戈之人，你是数十年唯一的一个！”风骚神情冷漠地道。

“但这也是一种悲哀！”轩辕掀了掀眉头，苦笑着道。

“我想，没有必要再多说什么，那两个小子就交给族王了！”奄仲冷酷地道。

轩辕瞪了花猛和猎豹一眼，喝道：“还不速去报信……呜……”轩辕一句话还没有说完，便被奄仲制住了哑穴，只把轩辕气得干瞪眼，但又无可奈何，奄仲对人体穴道和经络的认识似乎并不下于他。

这或许也叫十年风水轮流转，当日轩辕总是拿这一招来对付别人，可今日别人也拿此招来对付他。

花猛和猎豹怎会不知道眼下情况的糟糕程度有多大？凭他两人之力别说奄仲和风骚这两大高手，便是单对风骚一人，他们也只有等死的份，这是绝无逆转的境况。轩辕这么一喊，他们丝毫不犹豫地向两个方向逸去。

花猛和猎豹两人心中都明白，如果他们选择同一个方向的话，两人都得死，他们绝对无法闯过风骚那一关。如果两人分开来逃走，或许还有一人可以活着，他们欺风骚分身乏术，才会如此选择。两人心中早有默契，逃得一个是一个，回营告诉桃红和陶莹诸人，再想法救轩辕或为其报仇，否则他们三人死了也是白死。

“想走？没那么容易！”风骚冷哼一声，披风陡涨，如一张巨翼扇动，他那庞大的躯体竟然如鸟一般飞起，以极速撞向花猛。

花猛本以为自己的速度够快，但风骚的速度比他更快。不仅如此，风骚更似算准了他逃逸的路线。

花猛一时间刹不住脚步，竟向风骚撞去，仓促间低吼一声：“翻云腿！”整个身子扭成一团强劲的旋风，千万条腿影犹如巨锥一般直破入风骚的气场。

“雕虫小技！”风骚不屑地冷哼了一声，双手在身前划了一个形如太极的圆圈，缓推而出，双臂之间更如同在搅和着一个旋涡般划动。

啸……空气似乎在倏然之间被撕裂，发出一阵刺耳的锐响。

花猛发现自己的身子不由自主地陷了进去，仿佛是坠入了一个巨大的旋涡，又像是一个让人窒息的涵洞，腿法已经不攻自乱。或许并非是乱，而是根本就踢不出去，仿佛两条腿被一件什么东西给粘在了一起，重愈千钧。

花猛骇然，但抽身而退已是不可能，也没有这个能力，他便像一只被人抓在手心的小鸡。风骚的功力和武功根本就不是他所能想象的，他们之间的差距也确实很大。

轩辕瞪着眼干着急，但却无能为力。奄仲封住了他三十多处穴道，便是想冲一时也冲不开这么多，叫他怎能不急？花猛和猎豹这对战友与他之间可算是亲如兄弟，他又怎能眼睁睁看着两人葬身于风骚的手中呢？

咔嚓……花猛一声惨号，他忽然间觉得双腿的直骨竟被风骚击断，而他的身子也如断线风筝般飞跌而出。

风骚冷哼一声，看也不看花猛一眼，一抖披风，再次如大鸟般飞起。

不，应该说风骚更像一只巨大的蝙蝠。

轩辕肝胆俱裂，他恨，从未有过这一刻般去恨一个人，便是在听到蛟幽已成为别人的女人之时，他都不曾有这一刻的恨意深重。

花猛知道自己完了，一双腿完了。他练了十数年的双腿，但却如此轻易地被人毁了，这或许便是命运的残酷，命运与他开了一个玩笑，一个让他伤心欲绝的玩笑。

花猛宁愿死，或者死了会比这一刻好过，风骚废了他的双腿，让他腿上的直骨完全碎裂，这是一个绝不可能修复的创伤。

曾经，他为拥有这样一双腿而感到骄傲，他也为能自创出这样的腿法而自豪。是的，他拥有这样一双脚，是多么的与众不同，可是这一切都将成为过去，都将如梦一般醒来，如云一般散去，留下来的只有永远都抹之不去的伤痛。从今以后，他能做的便只有让别人抬着……

花猛没有流泪，但在哭泣，哭泣的声音在心中，同时心头更在滴血！他恨，恨世道无情，恨苍天无义，恨……他也不知道该恨谁。他的脑中似乎是一片空白，一片混淆，但是他挣扎着以双手撑起了上肢。

痛，如万箭穿心一般噬蚀着花猛的每一根神经，但，他麻木了，像是灵魂已经死去，像是生命已经远逝，留下的，只有麻木残缺的肉体和永无休止的痛。他的目光空洞得可怕，而唇间滑出了血水，是牙齿咬的。不过，他没有感觉到，肉体的痛算什么？心痛才是真正的痛！

轩辕的心在抽搐，他闭上了眼睛，似乎听到了自己的呻吟。他不想看花猛的表情，可是却不能制止自己的思绪。

欲哭无泪，花猛是他的好兄弟，他知道，花猛完了，同时更知道废了花猛的双腿等于是要了花猛的命。

轩辕知道，花猛曾多么骄傲自己有这样一双好腿，他曾看见花猛花一个时辰去修剪脚趾甲，还知道花猛每天必会以热水将双脚浸洗近半个时辰，直至水凉……他是这样爱惜着自己的双腿，便像爱惜自己的生命一般。可是此刻，他再也无法为双腿骄傲了，他甚至无法凭双脚走路……所以，轩辕心中恨、怒、痛，一个多好的兄弟，一个多好的朋友，就这样被毁了，而且是在他的眼前，在他的目光之下……

轩辕只觉得心中有一团火，一团无法发泄的火，在燃烧，在膨胀，这使他的心更痛！他知道这是仇恨，这是杀机，这是怒，这也是痛！而此时，他听到了猎豹的怒号和悲呼，那像是一头发疯的狼在号叫，像是一只丧偶的虎在悲啸。

轩辕的心再一次抽搐，那团火更猛更烈，烧得他也想号叫，也想放声悲啸，也想喊得声嘶力竭。可是他不能，他喊不出来，他叫不出声，就算他憋上再大的劲也是徒劳，而他却可以听。

轩辕又听到了一声重物落地的声音，而后是猎豹的呻吟和花猛的悲啸，但这阵悲啸的声音很低，如同垂死的雄狮，在呼出最后一阵沉重的气息……轩辕知道，猎豹也完了。

“看看吧！这很精彩，你最好的兄弟就是这样一个死法！”奄仲笑得很残忍，声音更多的是冷酷。

轩辕想一头撞死这个老不死的，但是他做不到，甚至连动一根指头的力量都没有。他深深地吸了口气，以最大的勇气睁开了眼，于是他心碎了。

猎豹的手没了，双臂齐肩而下，竟被硬生生地撕下，鲜血如泉水般涌了出来，他便跌落在花猛的身边，显然已痛得昏了过去。

花猛在悲啸，但他以最坚韧的意志为猎豹封住了双肩上所有的穴道，阻止血流，更撕下衣衫艰难地为猎豹包扎伤口，而他自己的身子仍在忍受着无可比拟的绞痛。

轩辕流泪了，清澈的泪水自眼角滑下。他从未想过自己会有流泪的一天，他无法出声，但生命仍在，感知仍在，情义仍在，人性仍在。怒、痛、恨、杀机再加上情和义，他倏然觉得自己的肉身已经不再存在，剩下的只有一团火，一团不受任何因素制约的火，无尽地燃烧着、膨胀着，在刹那之间，便只剩下灵魂，只剩下怒、恨、痛、杀机和情义，在绝不可能的情况下，轩辕可以动了！肉体无法制约他生命的机能，更不可能制约他的灵魂！

轩辕闭上了眼睛，陷入了一个完全虚幻的世界，那个世界漆黑一片，但他却看到了一团火，燃烧于黑暗中的火，那便是他自己！

轩辕知道，那团火就是自己的生机所在，是生命的本源……

奄仲似发现了轩辕的变化，等他注意之时，轩辕周身传出一阵连珠般的爆响，如有一股强烈的气流冲破层层相阻的纸面，是那般惊心动魄。不仅如此，奄仲发现手中所握的铁链突然之间如同烧红的烙铁般炙手。

叮叮叮……在奄仲未曾反应过来之时，那条铁链竟熔成废铁散落了一地。

“去死吧！”轩辕闭着的眼睛突然睁开，更爆出了一声惊天动地的巨喝，如山崩地裂，天地倾陷，万马齐嘶。没有人可以想象那是怎样一种威势，怎样一种气魄。

奄仲的心神几乎被这突如其来的大吼惊得碎乱无序，但他毕竟是高手，在这种情况下仍知道出手相击。

轩辕能动的不仅仅是思想，更有肉体，因为怒，因为痛，因为恨，因为杀机和情义，在完全没有可能的情况下，他一下子冲破了三十五处穴道，在精神和肉体的争斗中，精神引领了一切，任何肉体的限制都无法阻挡精神的突破。当一个人的精神冲破一切禁制之时，已经没有什么事情是他不能够办到的了，奇迹也便会在这种情况下产生。

轩辕出手了，夹着无尽无期的怒、恨、痛和杀机出手了。

这不能叫招，但却也不能说不是招，在轩辕被锁的双手间笼罩着一层如同烈火般的气焰，那奇妙而古怪的锁如同一个张牙舞爪的怪物，拖着轩辕整个身子直撞向奄仲那闪烁着金光的躯体。

对于奄仲的攻击，轩辕没有丝毫回避的意思，不仅不避，反而更加快了自己的速度，他的整个身躯如同一头着火的魔龙，以无可比拟的速度袭入奄仲的攻势之中。

砰……奄仲一掌正斩中轩辕的肩头，但却无法阻止轩辕的整个身体撞入他的怀中，然后他听到了骨折的声音，是自己的。

“哇……”奄仲整个身形如断线的风筝般飞跌出七丈开外，更连续撞断了五棵比碗口还粗的大树，然后才重重地坠落。

天空之中的血雨在透过林隙的阳光照射之下，煞是凄艳。

轩辕默然转身，双眸之中尽是血色，那充血的瞳孔犹如两颗红宝石，一头半尺长的黑发根根倒竖，浑身更如同燃烧着一层黑火魔焰。

风骚骇然，竟被轩辕的神情给镇住了，虽然他经历过的大小阵仗无数，但像轩辕这般的对手也还是头一遭遇到。那逼人的气焰似乎覆盖了十多丈的空间，紧紧地罩住了他。

花猛也呆了，似乎忘记了自己的痛楚，忘了猎豹，忘了一切，眼中只有那骇人的轩辕。他感受到了轩辕心中的悲愤、杀机和那浓浓的情义。

生命本是一种升华，是一种精神和灵魂的升华，而精神和灵魂却是以感情为基础，只有至情至性之人才能将生命的能量升华到最炽烈的境界。而悲、怒、恨便是轩辕不自觉地燃烧生命的支柱。